世界文學
經典名作

好兵帥克

OSUDY DOBRÉHO VOJÁKA ŠVEJKA ZA SVĚTOVÉ VÁLKY

JAROSLAV HAŠEK

雅羅斯拉夫・哈謝克 著

關於・本書

《好兵帥克》是捷克作家雅羅斯拉夫・哈謝克一部未完成的長篇小說，他計劃要完成六部，在生命的最後兩年中完成《好兵帥克》的前三部與第四部的起頭，還沒有完成第四部時，哈謝克便於一九二三年1月3日因結核逝世。他的一個朋友卡爾・范涅克幫忙續成，但品質和風格與哈謝克原作不甚相符，結尾顯得虛假而且平庸，許多譯本都沒有採用這段故事。

主人翁帥克是一個參加了第一次世界大戰的奧匈帝國捷克籍普通士兵，他出身市民，看似愚蠢而實際上極富機智並帶有痞氣。小說深刻地揭露了走向末路的奧匈帝國的種種弊病，並對當時社會和軍隊中所存在腐敗、醜惡的現象和天主教教士們的虛僞進行了深刻的諷刺。本書筆法幽默，對白常常令人啼笑皆非。帥克樂觀、幽默的態度也使他成爲捷克民族的象徵。

《好兵帥克》是捷克有史以來的文學傑作，被譯成六十多種文字，廣爲世界各地的讀者喜愛。和小說本身一同成爲傑作的還有捷克著名畫家約瑟夫・拉達爲本書所配的數百幅插圖。本書被認爲是最重要的反戰小說之一，約瑟夫・海勒曾說如果不是看過《好兵帥克》，自己不會寫出《第22條軍規》。而有些人則認爲本書的意義不僅在於對戰爭和時代的描寫，如米蘭・昆德拉稱：「《好兵帥克》可能是最後一部偉大的通俗小說……」「哈謝克在《好兵帥克》中並不將軍隊……描繪成奧匈社會中的一個階層，而是視之爲世界的現代模式。」

帥克可以說是捷克文學史上最著名的文學形象，「帥克」這個名字也溶入到了捷克語言之中。同時，小說中塑造的其他人物也深入人心。尤利烏斯・伏契克曾在其名著《絞刑架下的報告》中將他所厭惡的典獄官比作杜布中尉。

另外，以帥克命名的事物有——

- 小行星2734「哈謝克」即是以雅羅斯拉夫・哈謝克而命名；
- 小行星7896「帥克」命名自《好兵帥克》的主角；
- 一列由České dráhy運營的自布拉格經布拉提斯拉瓦至布達佩斯的歐城列車（eurocity）被命名爲「雅羅斯拉夫・哈謝克號」。

關於·作者

雅羅斯拉夫·哈謝克（捷克語：Jaroslav Hašek，一八八三年4月30日～一九二三年1月3日）是一名捷克幽默小說作家、諷刺小說作家和社會無政府主義者。他的最知名的作品是《好兵帥克》，一部關於一戰時一個士兵鬧劇般的遭遇，以及諷刺當時愚蠢僵化當局的諷刺小說，這部小說在哈謝克生前並未完成，但目前爲止已經被翻譯成了六十種語言。除此之外，哈謝克尚有一千五百篇左右短篇小說存世。

哈謝克生於波希米亞的布拉格（時屬奧匈帝國，自一九九三年起屬於捷克共和國），其父約瑟夫·哈謝克是一所高中的數學老師，因爲家貧，哈謝克的家庭，包括比雅羅斯拉夫年幼三歲的弟弟Bohuslav，以及一位孤兒表姐妹瑪麗亞經常搬遷，在雅羅斯拉夫的幼年間即搬遷超過十次，他從來未曾眞正有過穩定的家，而這樣的生活也明顯的給雅羅斯拉夫帶來了漫遊癖的影響。在他十三歲時，他的父親死於過量飲酒，而她的母親無力獨自養家，因此在十五歲時雅羅斯拉夫從高中輟學，成了賣藥商人，但最終他還是從一間商業學校獲得了畢業。他曾經短暫的當過銀行職員和販狗商人（他將筆下的主角帥克也寫成了這個職業，帥克口中大量荒誕的奇聞，也正是從此而來），他更傾向於記者這種更加自由的職業。但儘管如此，他曾經混跡於吉普賽人和流浪漢的圈子當中，並從中沾染頗多惡習，而這也使他成爲一個不羈並且行蹤不定的人。

早在一八九七年雅羅斯拉夫還是個學童的時候，他就曾參加過反德暴動。一九〇六年，雅羅斯拉夫加入了無政府主義者運動，他定期的地爲無產者工人講座，並且在一九〇七年，成爲了無政府主義雜誌Komuna的編輯，作爲一個在奧匈帝國活動的無政府主義者，他的行爲受到了警察的密切監視。對他來說，被逮捕甚至入獄是家常便飯，對他的指控包括許多次的毀壞藝術以及至少一次的襲擊警官（爲此他被判入獄一個月）。在《好兵帥克》的第一章中，雅羅斯拉夫就對奧匈帝國誘捕有嫌疑的政治顛覆分子的行爲進行了辛辣的諷刺。他被任命爲雜誌《動物世界》的編輯。但很快就又失業了。

最終，哈謝克被征入伍。《好兵帥克》中大量的人物都是基於哈謝克在戰爭期間遇到的人的。哈謝克並沒有在前線待太長時間，他於一九一五年9月被俄國俘虜。在俄國戰俘營中，他度過了一段相對較爲輕鬆的時光，因爲他被指派給戰俘營的長官作秘書。在一九一六年，他被允許離開戰俘營，以宣傳者的身份加入新成立的捷克軍團。

一九一七年俄國革命以後，他作爲布爾什維克黨的一員留在俄國。哈謝克加入了紅軍並且成爲一個兵團政委。在這期間，他締結了另一個婚約（儘管仍舊與Jarmila是夫妻）。最終，他於一九二〇年回到了布拉格，希望能夠完成《好兵帥克》。但是，在一些圈子裡他並不受歡迎，而且被當作一個叛徒以及重婚者。在此時，哈謝克病情已經相當嚴重。他不能寫作後，在Lipnice村家裡的臥室裡口述帥克的章節。他在一九二三年因爲戰爭期間染上的肺結核在Lipnice村去世，時年39歲。

目錄

關於・本書／017
關於・作者／017

第一部

第一章　好兵帥克干預世界大戰／017
第二章　好兵帥克在警察局／017
第三章　帥克見法醫／017
第四章　帥克從瘋人院裡被趕出來／017
第五章　帥克在警察署裡／017
第六章　帥克踏出惡性循環，又回了家／017
第七章　帥克入伍／017
第八章　帥克被當作裝病逃避兵役的／017
第九章　帥克在拘留營／017
第十章　帥克當了神父的傳令兵／017

第十一章　帥克陪神父舉行彌撒／017
第十二章　帥克當了盧卡施中尉的傳令／017
第十三章　大禍臨頭／017

第二部

第一章　帥克在火車上鬧的亂子／017
第二章　帥克的遠征／017
第三章　帥克在吉拉里－西達的奇遇／017
第四章　新的磨難／017
第五章　從里塔河上的布魯克城到蘇考爾／017

第三部

第一章　穿過匈牙利／017
第二章　在布達佩斯／017
第三章　從哈特萬到加里西亞前線／017
第四章　快步走／017

卷首語

偉大時代就得有偉大的人物出現。有一種謙卑的，默默無聞的英雄，他們既沒有拿破崙的英名，也沒有那些豐功偉業。可是把這種人的品德分析一下，連亞歷山大大帝❶也將顯得黯然無色。今天走在布拉格的街上，你就會遇到一個人，他一點也不覺得自己在這偉大的新時代的歷史上有什麼重要性。他很謙卑地走著自己的路，誰也不去驚動，同時，也沒有新聞記者來驚動他，請求會見。如果你請問一下他貴姓大名，他會用樸素的謙卑的聲調說：「我是帥克。」

然而，這位一聲不吭、毫無架子、穿得很寒酸的人，正是我們所熟知的好兵帥克。當波希米亞王國❷的公民們還在奧地利統治之下的時候，他們就交口稱讚這個驍勇、剛直的人了。今天，雖然我們成立了共和國❸，他的光輝也不會因而消逝的。

❶ 亞歷山大大帝（公元前356—323），馬其頓國王，古代歐洲戰略家，也是曾憑武力侵略過埃及和波斯帝國的野心家。

❷ 即捷克。一五二六年，捷克王國併入哈布斯堡帝國後，改稱爲波希米亞王國。

❸ 指第一次世界大戰結束以後一九一八年十月成立的資產階級共和國。

我很喜歡好兵帥克。在敘述他在大戰❹中的奇遇時，我相信讀者對這個謙卑的、默默無聞的英雄，一定也會引起共鳴的。他並沒像希羅斯特拉特❺那個傻瓜那樣，僅僅為了自己的事蹟可以登報或編入教科書，就縱火焚燒依斐蘇斯❻的女神廟。

僅僅這一點，就夠了。

---

❹ 指第一次世界大戰。

❺ 希羅斯特拉特，是小亞細亞依斐蘇斯人。公元前三五六年為了給自己製造名氣，竟縱火把城裡美麗的女神廟燒了。

❻ 依斐蘇斯是古時的小亞細亞的一座城市。城以阿爾特彌斯女神廟而出名。在希臘神話中，阿爾特彌斯象徵大地的一切生產力。

第一部

D. Maclise, R.A.　　T. Landseer.

1 好兵帥克干預世界大戰

「原來他們把斐迪南給幹掉啦！」女傭對帥克先生說。很多年以來，軍醫審查委員會宣布他害了神經不健全的慢性病，他就退了伍，從那以後一直就靠販賣狗來過活——替奇醜無比的雜種狗偽造血統證明書。除了幹這營生以外，他還患著風濕症。這時，他正用藥搓著他的膝蓋。

「哪個斐迪南呀，摩勒太太？」帥克問道，一邊繼續按摩著他的膝部。「我認得兩個斐迪南。一個幫藥劑師普魯撒幹活兒，有一天他喝錯了東西，把一瓶生髮油喝下去了。還有呢，就是斐迪南．寇寇斯卡，他是滿街撿糞的。這兩個隨便哪個死掉都沒有什麼了不起的。」

「不對，是斐迪南大公爵❶，就是那個康諾庇斯特地方的，帥克先生，您曉得，又胖又虔誠的那個。」

「天哪！」帥克驚叫了一聲，「這可妙透了！這事情在哪兒發生的呀？」

「在薩拉熱窩❷，您知道嗎，他們用左輪槍把他打死的。他正和他的公爵夫人正坐著汽車在兜風呢！」

「嘿，坐著汽車，多神氣呀！摩勒太太。唉，只有像他那樣的貴人才坐得起汽車哪！可是他不會料到兜一趟風就那麼嗚呼哀哉啦。而且還是在薩拉熱窩。喏，摩勒太太，那是在波斯尼亞省呀。我猜準是土耳其人幹的。我想當初咱們根本就不該把他的波斯尼亞和黑塞哥維那搶過來。你瞧結果怎麼著，摩勒太太！現在大公爵上了西天啦，他是受了半天罪才死的吧？」

「大公爵是當場就嚥了氣的。您知道，不應該耍弄那些左輪手槍。那玩意兒可厲害，眞不是玩兒的！前些日子咱們這邊有位先生也拿著支左輪槍尋開心。他把他一家子全給打死了。看門的上去看看四樓誰在放槍，喝，連他也給結果啦。」

「有一種左輪槍，隨便你怎麼使力氣扳它也不冒火，摩勒太太。這種槍還眞不少。可是我估

---

❶ 指弗朗西·斐迪南，奧匈帝國王位的繼承人。一九一四年六月二十八日他被塞爾維亞民族主義者暗殺，這件事就成爲第一次世界大戰的導火線。

❷ 薩拉熱窩是波斯尼亞——黑塞哥維那省的首府。這兩省十五世紀末屬土耳其，一八七八年又爲奧地利所侵占，第一次世界大戰後，劃入南斯拉夫版圖。

計他們準備幹掉大公爵的槍肯定比我說的那種強；而且我敢跟你打賭，摩勒太太，幹這趟營生的人那天還一定得穿上他最漂亮的衣裳。開槍打那位大公爵可不簡單，不像偷進人家園子裡行獵的人打個看守人；你先得想法子靠近他，像他那麼顯貴的人，不是隨便穿什麼都能接近的。你得戴一頂高筒的禮帽，要不然，你還沒找著方向，警察就先把你逮住了。」

「帥克先生，我聽說刺客有好幾個哪！」

「當然嘍，摩勒太太，」這時帥克按摩完了他的膝蓋。「譬如，你打算害一位大公爵或者皇帝，你當然先得找一個人商量呀。兩個腦袋總比一個強，這個出點主意，那個再出點主意，照聖詩上說的，功德就圓滿嘍。要緊的是你得一直要注意等你要幹的那位大人的車子開過……可是這樣的大人還有的是哪，他們遲早一個個都要輪到的。你等著瞧吧。摩勒太太，他們一定饒不過沙皇和他的皇后，儘管我們但願不會發生，也許連咱們這位奧地利皇帝自己也難保呢，既然現在他們已經拿叔叔開了張。這老傢伙的對頭真不少，比斐迪南的還多。剛才酒吧間雅座裡一位先生說，早晚有一天這些當皇帝的，一個個都得被幹掉，所以他們手下的大員們也搭救不了。」

「帥克先生，報上說大公爵通身都給子彈穿個稀爛。開槍的人把子彈對著他全放光了。」

「活兒幹得真麻利，摩勒太太，真麻利。我要是幹那麼一檔子營生，我一定買一支白朗寧槍；看起來像隻玩具，可是兩分鐘裡頭你足可以打死二十個大公爵，不論胖瘦。不過，這是咱們說句體己話，摩勒太太，一個胖的大公爵總比一個瘦的容易打，你還記得葡萄牙人怎麼槍殺他們國王吧！他是個胖傢伙。自然，一個國王也不會是個瘦子。好啦，我該到瓶記酒館去溜達一趟啦。要是有人來取那隻留了定錢的小使狗，你告訴他狗在我鄉下狗場裡那，我剛剪齊了它的耳朵，得等它耳朵長好才能領去，不然它會傷風的。把鑰匙交給門房吧！」

瓶記酒館只有一個主顧，就是做密探工作的便衣警察布里契奈德。掌櫃帕里威茲正在洗玻璃杯，布里契奈德巴望跟他鄭重地談談，可是老也談不攏。

「今年這夏天可眞不錯，」這是布里契奈德鄭重談話的開場白。

「糟透了，」帕里威茲回答說，一面把玻璃杯放進櫥裡。

「他們在薩拉熱窩可替咱們幹下了件好事，」布里契奈德發著議論，同時感到碰了釘子。

「我向來不過問那一類事，勒死我也不往那種事上插嘴，」帕里威茲先生小心翼翼地回答說，一邊點上他的菸斗。「如今要跟這類事糾纏上，那就等於去送命。我有我的買賣要做。一位主顧進來叫啤酒那麼我就給他們一杯啤酒。可是什麼薩拉熱窩，什麼政治，或者什麼死了的大公爵，那些跟我們這種人毫不相干，除非我們找死。」

布里契奈德沒再說下去了，他只定睛四下望了望空無一人的酒館，很失望。

「你這裡曾經掛過一幅皇帝的像啊，」過一會，他又找起話碴兒來說，「就在你如今掛著鏡子的地方。」

「對，」帕里威茲回答說。「從前是掛在那兒，蒼蠅在上頭留下了一灘灘的屎，所以我把它放到儲藏室了。你想，說不定誰會扯句閒話，跟著就許惹出麻煩來，那對我有什麼好處呢！」

「薩拉熱窩那檔子事是塞爾維亞人幹的吧？」布里契奈德又扯回來。

「這一點你錯了，」帥克回答說，「是土耳其人幹的，是爲了波斯尼亞和黑塞哥維那兩省。」

於是，帥克發揮起他對奧地利在巴爾幹半島的外交政策的議論——土耳其人在一九一二年敗在塞爾維亞、保加利亞和希臘手裡。他們要求奧地利出來幫忙，奧地利沒有答應，所以他們把斐迪南打死了。

「你喜歡土耳其人嗎？」帥克掉頭來向帕里威茲，「你喜歡那群不信上帝的狗嗎？你不喜歡他們，對不對？」

「反正主顧都是一樣，即使他是土耳其人，」帕里威茲說。「我們這種做買賣的人沒閒功夫理會政治。你們付了酒錢，坐下來，就隨著你們高談闊論去。這就是我的辦法。不論幹掉咱們斐迪南的是塞爾維亞人、還是土耳其人，是天主教徒還是回教徒，是無政府黨人、還是捷克自由黨的小伙子，對我反正都是一個樣。」

「那自然很，帕里威茲先生，」布里契奈德說道，重新希望這兩個人之間有一個被他抓住話柄。「可是，你不能不承認這件事對奧地利是個很大的

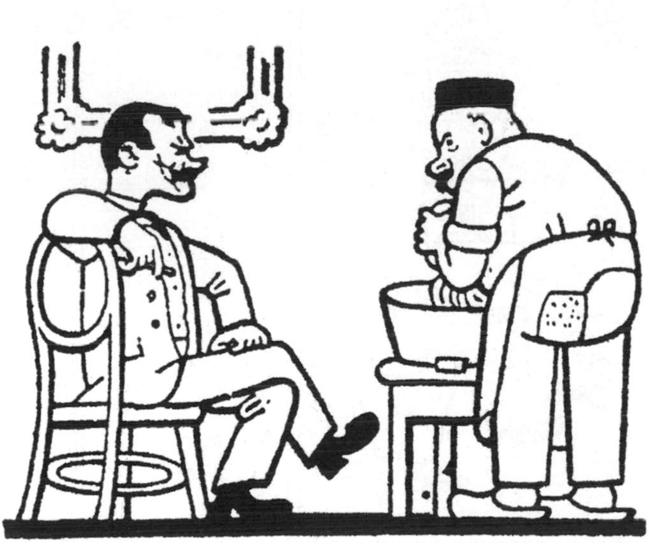

損失。」

帥克替掌櫃回答說：「是呵，誰也不能說個不字，一個驚人的損失，不是隨便什麼傻瓜就能代替斐迪南的。要是今天幹起仗來，我一定心甘情願替皇帝效忠，死而後已。」

帥克大大噓了口氣，又接著說：「你們以爲皇上會容忍這種事嗎？你們太不了解他啦。記住我這句話，一定會跟土耳其人開仗的——把我叔叔給害了，好哇，先在嘴巴上吃我一拳。準會打仗。塞爾維亞和俄羅斯會幫咱們，這場亂子可不小！」

當帥克這樣預卜著未來的時候，他那神情著實很壯觀。他臉上一片純眞，笑得像一輪明月，煥發著熱忱。他什麼都看得一清二楚。

「要是跟土耳其開起火來，也許德國人會向咱們進攻，」他繼續描繪著奧地利的前景。「因爲德國人跟土耳其人是站在一起的。他們都是下流貨，一群痞子。但是咱們可以跟法國聯合起來呀，因爲他們從一八七一年就跟德國人種下了怨仇。那可就熱鬧嘍，仗可就打起來啦。我知道的就是這些。」

布里契奈德站起來很莊重地說：「你也用不著再說下去了。跟我到走廊來，該我對你說點什麼啦。」

帥克跟著這便衣警察走進過道，不禁小小地吃了一驚；剛才那位鄰座的酒客掏出他的證章給他看了看，然後宣布逮捕他，立刻把他帶到警察局去。帥克竭力想解釋說一定是起了什麼的誤會，說他自己什罪也沒犯過，從來沒說過一句可能開罪誰的話。

但是，布里契奈德告訴他，實際上他已經犯了幾樁刑事罪，其中包括叛國罪。

然後，他們又回到酒館的雅座上去，帥克對帕里威茲先生說：「我喝了五杯啤酒，吃了兩根香腸，一個長麵包。好，我再來杯櫻桃白蘭地就得走了，因爲我已經被捕了。」

布里契奈德把證章掏出來給帕里威茲先生看，對他望了一陣，然後問道：「你結婚了嗎？」

「結了。」

「要是你走開，你老婆能照顧這生意嗎？」

「可以。」

「那麼，好吧，帕里威茲先生，」布里契奈德輕快地說。「叫你老婆到這兒來，把買賣交給她，等晚上我們再來拿你。」

「不用擔什麼心思，」帥克安慰他說。「我也不過是爲了叛國罪被捕的。」

「可是我怎麼啦？」帕里威茲先生嘆氣說：「我一言一語都是那麼當心呀！」

有里契奈德微笑了一下，然後志滿意得地說：

「我抓住你說的『蒼蠅在皇帝身上拉了屎』那句話，你得把這種話統統從腦袋裏挖出去。」

於是，帥克就跟著便衣警察離開了瓶記酒館。

好兵帥克就在這種他獨特的愉快而和善的神情下，干預了第一次世界大戰。他對未來有著那麼卓越的遠見，這件事歷史家們一定會感到興趣。如果後來局勢的發展和他在瓶記酒館發揮有些背道而馳❸，他們也得原諒他事先缺乏一番外交關係的訓練。

---

❸指第一次世界大戰中，德國和土耳其並沒有照帥克所推測的那樣跟奧匈帝國開起火來，他們是盟友，而帥克提到要聯合的法國，卻是交戰的對手。

2 好兵帥克在警察局

薩拉熱窩的暗殺案，使得警察局擠滿了許多倒楣鬼，他們一個個地被帶進來。巡官老頭子就在傳訊室愉快地說：「斐迪南這檔子事一定夠你們受的！」他們把帥克關到二樓監牢中的一間。一進去，已經有六個人待在那裡了：其中五個人圍坐在桌邊，另外一個中年人坐在牆角的一只草墊上，好像是故意不理睬大家。

於是，帥克就逐個地盤問起他們被捕的原因。

圍桌而坐的五個人幾乎異口同聲地對他說——

「是爲了薩拉熱窩那檔子事」；

「斐迪南那檔子事」；

「都是因爲大公爵被人暗殺了」；

「還不是爲了斐迪南事件」；

「因爲有人在薩拉熱窩把大公爵幹掉了」。

另外那個不理睬大家的人說：他不願意和別人打交道，因爲他怕自己惹上嫌疑。他只是因爲企圖暴力行搶而被捕的。

帥克就跟圍桌而坐的那簇陰謀家們混在一起了，他們把怎樣給弄到這裡來的經過互相地告訴了十遍以上。

除了一個人以外，其餘都是在客棧、酒館或咖啡館裡被補的。那個例外的是一位異常肥胖的先生，戴著副眼鏡，滿眼淌著淚水。他是在自己家裡被捕的，因爲薩拉熱窩暴舉發生的前兩天，他曾請兩個塞爾維亞學生喝酒，後來便衣警察布拉克斯瞅見他同他們一道去蒙瑪特夜總會，在那裡他又請他們喝了酒——這一點他已經在報告上簽字供認了。

帥克聽到他們關於陰謀顛覆國家的可怕故事之後，覺得理應指出他們所處的情勢是毫無希望的了。

「咱們全是一團糟，」他開始這麼寬慰他們。「你們說你們——或者隨便咱們誰——都不會倒楣的，可是你們錯了。國家要警察幹嘛的？還不就是爲了懲治咱們這些嚼舌根子的。時局危急到連大公爵都吃了槍子，像咱們這類人給警察老爺抓進來了又算得了什麼。他們這

麼做就是為了湊熱鬧，好讓這件事在斐迪南出殯以前不斷地引起大伙兒注意。咱們到這兒來的人愈多愈好，因為咱們大家在一塊兒，就誰都不悶得慌啦！」

話說完，帥克在草墊上伸開四肢，心滿意足地睡著了。

這時，警察局又帶進兩個人來。一個是波斯尼亞省人，他在牢裡來回踱著，咬著牙齒。另外一位新客就是帕里威茲，他一看到熟人帥克，就馬上把他叫醒，然後用一種充滿了悲傷的聲調說：「瞧，我也來啦！」

帥克彬彬有禮地跟他握了握手，然後說：「你來了我很高興，打從心裡高興。那位先生既然告訴你他會來接你，我早料到他是不會失約的。想到人們這麼守信用，真是怪不錯的。」

可帕里威茲先生說，他才管不著他們守信呢，同時，他低聲問帥克，別的犯人是不是小偷，會不會損壞他那買賣的名聲。

帥克告訴他，除了一個是因為企圖用暴力行搶而被捕的以外，其餘都是為了大公爵的事。

帥克又躺下來睡了，但是並沒睡多久，因為過一陣，他們就來提他出去審訊了。

於是，他沿著樓梯走到第三科去過堂。他滿面春風地走進傳訊室，問候道：

「大人們晚安！我希望諸位貴體健康！」

沒人答理他。

有誰還對著他的肋骨上捶了幾下，叫他站在一張桌子前面。對面坐著一位老爺，擺出一副冷冰冰的官架子，樣子凶得直像剛從倫布羅索❶那本論罪犯典型的書裡蹦出來的。

---

❶ 倫布羅索（1839—1909），意大利犯罪學家。

他殺氣騰騰地朝帥克狠狠地掃了一眼，然後說：「別裝傻相！」

「我沒辦法，」帥克鄭重其事地回答。「軍隊上就因爲我神經不健全，撤消了我的軍籍。一個專門審查委員會還正式宣布說我神經不健全。我是經官方文書判定的神經不健全——是慢性的。」

那位面帶凶相的老爺，一邊嘎吱嘎吱地磨著牙齒、一邊說：「從你被控告和你所犯的案子看來，你也一點也不傻啊！」

接著，他就一串串數落開帥克的罪名，從叛國起，直至侮蔑皇太子和王室。這一大串罪名中間特別顯著的，是對暗殺大公爵斐迪南這個事件表示讚許，從而又產生許多新的罪名，其中赫然昭彰的是鼓動叛變，因爲所有他的罪行都是在大庭廣眾之下犯的。

「你還有什麼可以替自己辯護的嗎？」那個滿股凶相的老爺得意揚揚地問。

「你們可眞給我搞了不少名堂，」帥克天眞地答道。「可是太多了反而沒好處。」

「那麼你全招認了？」

「我什麼都招認好了，你們得好好嚴辦。要是不嚴辦的話，你們怎麼交代呀！就像我在軍隊的時候——」

「住嘴！」警察署長大聲嚷道。「不問你，不許你說一個字。聽明白了嗎？」

「老爺，請您原諒，我都明白了。我已經仔細把您每個字都聽清楚了。」

「你平常跟誰在一起？」

「一個女傭人，老爺。」

「難道你在政界沒有熟人嗎？」

「老爺，有。我訂了一份《民族政策報》的晚刊。您知道，就是大家叫做小狗所喜歡的報紙。」

「滾出去！」那位相貌凶暴的老爺咆哮起來。

當他們把他帶出去的時候，帥克說：「再會，大人！」

帥克一回到牢裡，就告訴所有的囚犯說，過堂是再有趣不過的事了。「他們朝你嚷上幾聲，然後就一腳把你踢出來。」歇了一陣，帥克接著又說：「古時候可比這壞多啦。我看過一本書，上邊說不論人們被控什麼罪名，都得從燒紅的烙鐵上走過去，然後喝溶化的鉛，這麼著來證明自己沒有罪。許多人都受過那種刑罰，然後還被劈成四塊，或者給上頸枷、手枷，站在自然博物館附近。」

「如今被捕可滿有味道了，」帥克繼續滿心歡喜地說。「沒有人把咱們劈成四塊，或做類似那種事了。還給咱們預備草墊，一張桌子，每人還有個座位，住得又不像沙丁魚那麼擠。咱們有湯喝，有麵包吃，等會兒他們會給送一壺水來。茅房就在咱們跟前，這一切都說明世界有多麼進步了。啊，可不是嗎，如今什麼都改進得對咱們有利了。」

他剛剛稱讚完現代公民在監牢裡生活上的改進，獄吏打開門，嚷道：「帥克，穿上衣服，出去過堂！」

帥克又站在那位滿臉凶相的老爺面前了，那人出其不意地用粗暴冷酷的聲音問道：「你一切都招認嗎？」

帥克用一雙善良的、藍色的眼睛呆呆地望著那心腸毒狠的人，溫和地說：「假如大人您要我招認，那麼我就招認，反正對我也不會有什麼損害。」

那位嚴厲的老爺在公文上寫了些字句，然後遞給帥克一桿鋼筆，叫他簽字。

帥克就在布里契奈德的控訴書上簽了字，並且在後面加上一句：

「以上對我的控訴，證據確鑿。尤塞夫．帥克」

他簽完了字，就掉過頭來對那位嚴厲的老爺說：「還有別的公文要我簽嗎？或者要我明天早晨再來？」

回答是：「明天早晨就帶你上刑事法庭啦！」

「滾出去！」這是那天第二次從帥克對面發出來的吼聲。

他走進牢房，牢門剛一關上，同牢的人就爭先恐後地向他問東問西，帥克機智地回答說：

「我剛招認了斐迪南大公爵多半是我暗殺的。」

他一躺到草墊上，就說：「可惜咱們這兒缺個鬧鐘。」

可是第二天清早，沒有鬧鐘，他們卻把他喊醒。六點整，一輛囚車就把帥克押到省立法院的刑事廳去了。

「咱們是早起鳥兒有食蟲吃，一馬當先了！」當囚車駛出警察局的大門時，帥克對他同車的人們說。

3 帥克見法醫

對省立法院刑事廳既乾淨又舒適的小審訊室，帥克感到很滿意。審判官老爺們——新時代的彼拉多❶，不但不去光明磊落地洗洗手，還派人出去買了燉肉和皮爾森啤酒，不時地向檢察官傳遞著新的罪名。

審訊帥克的就是這樣一位老爺。帥克被帶到他面前，他就用娘胎裡帶來的禮貌請被告坐下，然後說：「那麼，閣下就是帥克先生了？」

「想來一定是這樣，」帥克回答說。「因爲我爹爹叫帥克，我媽是帥克太太。我不能給他們丟臉，否認自己的眞名實姓。」

審判官臉上泛過一片柔和的笑容。

「你可幹了件好事。你良心上一定夠不安的吧。」

「我的良心一向就不大安，」帥克說，笑得比審判官更柔和。「大人，我敢打賭我良心上比您還不安。」

---

❶彼拉多是古羅馬的總督。根據《新約》，耶穌就是經他判決釘十字架的。宣判前，彼拉多爲了表示自己與陰謀無關，先洗一遍手。

「從你簽署的口供看，我了解這一點，」那位司法大員用同樣慈祥的口氣說。「警察局對你使了什麼壓力沒有？」

「一點也沒使，大人。我親自問他們我應不應該在上邊簽個字，他們說應該簽，那麼我就照他們吩咐的做了。我不會爲了簽個名的事跟他們吵嘴的。那麼幹的話對我不會有什麼好處。事情得照章辦理。」

「你覺得身體沒一點病嗎，帥克先生？」

「大人，我可不能說一點病都沒有。我有風濕症，現在正在擦著藥呢！」

老先生又慈祥地笑了笑：「好不好我們請法醫來檢查你一下。」

「我沒什麼了不起的毛病，而且我覺得也不該去白白糟蹋老爺們的時間。警察局裡有一大夫已經檢查過我了。」

「儘管檢查過了，帥克先生，我們還是要請法醫來查一下。我們指定一個小委員會來研究你的情況，同時，你也可以舒舒服服地休息一下。再問你一個問題：根據口供，你曾說過不久就會爆發戰爭？」

「是呀，大人，戰爭隨時都會爆發的。」

審訊於是結束了。帥克跟司法大員握了手，回到牢裡對難友們說：「現在爲了殺斐迪南大公爵這個案子，他們要請法醫來檢查我啦！」

「我才不相信法醫呢，」一個樣子看來很機靈的人說。「有一回我僞造了幾張匯票，然後我又去聽哈維洛哥大夫的演講，他們把我逮住了。我就照哈維洛哥大夫所描寫的那樣裝抽了一陣羊癇瘋，在法醫委員會的一位大夫腿上咬了一口，又拿起一只墨水瓶，把裡邊的墨水全喝下去。可正因爲我咬了一個人的腿肚子，他們報告說我健康無病，結果我可就完蛋了。」

「我認爲咱們看事情得公公正正的，」帥克說。「天下誰能保得住沒個差錯？而且一個人越在一件事情上用心思，就越難免會出差錯。瞧，連內閣大臣們不是還有搞錯的時候嗎？」

法醫委員會要來確定帥克的智力和他被控的罪名是不是相符。這個委員會是由三位非常嚴肅的先生組成的，三個人中間，每個人見解都同另外兩個的見解有很大距離。對於神經病症，他們分別代表三派不同的理論。

如果在科學上南轅北轍的這些學派在帥克這個案子上取得了一致的意見，這僅僅是由於帥克給他們的壓倒一切的印象。他剛一走進這間檢查他神經狀態的屋子，看到牆上的奧地利元首肖像後，就馬上喊道：「諸位，咱們的皇帝，弗朗茲．尤塞夫一

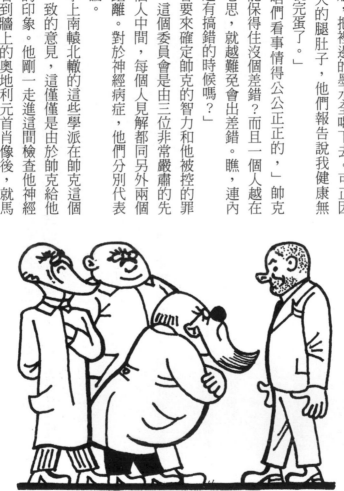

世❷萬歲！」

事情完全清楚了，帥克由衷的吐露使得他們沒有必要發出一連串問題。只有幾個最重要的問題得搞清楚，好證實帥克的真正見解，就是：

「鐳比鉛重嗎？」

「我從來沒稱過，大人，」帥克回答道，臉上甜蜜蜜地笑著。

「你相信世界末日嗎？」

「我得先看世界這個末日再說，」帥克信口回答。「可是我敢說，它不會明天就來的。」

「你能衡量地球的直徑嗎？」

「大人，這我可辦不到，」帥克回答說。

「可是我破個謎，請大人們猜猜。有一所三層樓的房子，每層有八面窗戶，屋頂有兩座三角牆，兩只煙囪，每層樓住了兩家房客。那麼，諸位，請你們告訴我這所房子的看門的，他奶奶是哪年

❷弗朗茲·尤塞夫一世（1830—1916），當時奧匈帝國的皇帝，他一直統治了六十八年。

死的？」

法醫們彼此會心地望了望，可是其中一個又發了個問題：「你知道太平洋頂深的地方有多麼深嗎？」

「這個，對不起，大人，我可不知道，」他是這麼回答的。「不過我可以相當把握地說，它比布拉格南邊那條河要深。」

委員會的主席乾巴巴地問了聲：「問夠了吧？」可是一位委員又問了一句：「一二八九七乘一三八六三是多少？」

「七百二十九。」帥克連眼睛也沒眨一下就回答說。

「大人們，多累了，」帥克必恭必敬地說。「我也很夠了。」帥克走後，三位專家根據精神病學者所發現的一切自然規律，一致同意他毫無疑問是個白痴。

4 帥克從瘋人院裡被趕出來

帥克後來形容瘋人院裡的那段生活時，他是滿口用歌功頌德的話來說的：「那裡的日子眞快活。你可以粗聲喊，尖聲叫，可以唱歌，可以哭，可以咩咩叫，可以起哄，可以蹦跳，可以念禱文，也可以翻筋斗；可以爬著走，可以蹺起一隻腳來，可以轉圈跑，可以跳舞，可以亂蹦，可以整天蹲在地上，也可以爬牆。我告訴你，我喜歡待在瘋人院裡，而且，我在那兒度過的是一生最暢快的日子。」

老實說，當他們爲了偵查帥克，把他從中央刑事廳帶到瘋人院後，那裡他受到的歡迎是大大出乎他意料之外的。他們首先給他洗了個澡。在浴室裡把他浸在一盆溫泉水裡，然後又把他拖出來，用冷水來澆。他們一連這麼搞了三遍，然後問他喜不喜歡。帥克說，比查理大橋❶一帶的公共澡堂好，並且說，他很喜歡洗澡。「如果你們再替我剪指甲，理理髮，那我就再快活也沒有了。」他又這麼補了一句，同時殷殷地笑著。

一切照他所請求的辦了。他們用一塊海綿把他周身都擦乾了，用一條被單把他裹起。然後把他抬到一號病房的床上，扶他倒下來，替他蓋上被子，吩咐他睡覺。於是，他就在床上高枕無憂

---

❶ 查理大橋是布拉格市中心的一座哥德式的古橋。

地入睡了。後來他們把他喊醒，給了他一盆牛奶和一個長麵包。麵包已經切成碎塊，一個看守人把著帥克的手，另一個把一塊塊碎麵包在牛奶裡蘸蘸，然後餵到他嘴裡，就像用麵糰來塡鴨一樣。等他睡著了，他們又把他喊醒，帶他到診察室去。帥克在兩位大夫面前脫得精光，使他回想起當年入伍時那種足以自豪的日子。

「向前走五步，再向後退五步，」一個大夫說。

帥克走了十步。

「我告訴你走五步的！」大夫說。

「多走幾步、少走幾步，我不在乎，」帥克說。

於是，兩位大夫吩咐他坐在椅子上，其中一個人敲了敲他的膝蓋，然後告訴那個說，反射作用很正常。那個大夫就擺著腦袋，也開始來敲帥克的膝蓋。這時，剛才那個大夫掀起帥克的眼皮，檢查他的瞳仁。然後他們就走到桌邊，用拉丁文互相嘀咕了一通。

一個大夫問帥克說：「你的神經狀態檢查過了嗎？」

「在軍隊裡，」帥克莊重而自豪地回答說，「軍醫官會正式宣布我神經不健全。」

「我看你是假裝有病逃避兵役吧，」一個大夫嚷道。

「說的是我嗎，大夫？」帥克鄙夷地說。「不對。說我神經不健全，很公道，我可絕不是裝病逃避兵役的那種人。不信的話，您到第九十一聯隊的值班室或者到卡林地方的後備隊指揮部去問問。」

兩個大夫中間那年紀較大的帶著絕望的神情擺了擺手，然後指著帥克對看守人說：「叫這個人穿上衣裳，把他帶到頭排過道的第三號病房去。然後你們來一個人，把他全部檔案送給辦公室。告訴他們快點結案，因為我們不想叫他老留在我們手上。」

大夫們又狠狠盯了帥克一眼。他恭順地向門邊倒退，一路不住感激涕零地鞠著躬。自從看守人奉命把衣服還給帥克之後，他們就都不再理睬他了。他們吩咐他穿上衣服，然後一個看守人就把他帶到三號病房去。辦公室需要幾天來完成打發帥克出院的文件。在那幾天中間，他又有機會來繼續很合他口味的觀察。大失所望的大夫們在報告裡宣稱他是——「智力低弱偽裝生病的逃避兵役者」。由於他們在中飯前釋放他，還鬧了一場麻煩。帥克堅持一個人不能沒吃中飯就由瘋人院被趕出來。院裡的看門的只好把巡官找來，把這擾亂秩序的行為彈壓下去。巡官就把帥克帶到警察署去了。

5 帥克在警察署裡

帥克在病人院裡的良辰美景過去了，緊接著來的卻是充滿了折磨的時日。巡官布魯安，凶得活像羅馬皇帝尼祿❶仁政下的一名劊子手，說：「把這小子推到牢裡去！」

話說得又乾又脆。可是巡官布魯安說這話時候，眼睛卻閃爍著一種古怪而反常的愜意。

牢裡，一張皮凳上坐著個人，在沈思著什麼。他無精打彩地坐在那裡，從他那神情來看，當牢門的鑰匙嘎啷響起的時候，顯然他也並沒覺得是要把他放了的跡象。

「您好，先生，」帥克邊說邊在板凳上那人的旁邊坐下。「不曉得幾點鐘啦？」

那人繃著臉，一聲也不吭。他站起身來，在牢門和板凳的咫尺之間來回踱著，好像忙著搶救什麼似的。

這時，帥克興致勃勃地審視了牆上的一些題字。一個未署名的囚犯在題詞裡發誓要跟警察拼個死活。話是這麼寫的：「絕不讓你們抓住。」另一個寫道：「肥頭大耳的傢伙們，你們胡說八道！」還有一個僅僅平鋪直敘地寫道：「余於一九一三年六月五日囚於此，待遇尚好。」接著一位滿懷幽思的先生題了首詩——

❶尼祿皇帝（37—68），古羅馬帝國的暴君。

悶來溪旁坐，
太陽入山陵，
山丘映微光，
佳人猶未來。

那個在牢門和板凳之間來回疾走的人停下了步，然後喘著氣，坐回原來的地方。忽然雙手抱頭嚷道：「放了我吧！」

隨後，又自言自語地說：「不，他們不會放我的，不會的，不會的。我從早晨六點就待在這兒了。」

接著，他出其不意地開腔了。他站起身來問帥克說：「你身上有一根皮帶嗎？我乾脆把自己結果了算啦。」

「很樂意幫你忙，」帥克回答，同時解下身上的皮帶。「我從來還沒看過人在牢裡用帶子上吊呢！」

他四下裡張望，接著說：「可是眞糟糕，這

兒沒個鉤子。窗戶的插門又經不住你。我給你出個主意，你可以跪在板凳旁邊那麼上吊。我對於自殺最感覺興致不過了。」

那個滿臉愁容的人望望帥克塞在手裡的皮帶，把它丟到一個角落裡，跟著就嗚嗚哭了起來。他一邊用骯髒的手擦著眼淚，一邊嚷著：「我是有兒有女的人呀！蒼天哪，可憐我那苦命的老婆！我公事房裡的人們會怎麼說呢？我是有兒有女的人呀！」連哭帶說，沒完沒了。

最後，他終於平靜了一些，就走到牢門口，用拳頭在門上又捶又砸。門外一陣腳步響，隨著一個聲音問道：「你要什麼呀？」

「放了我吧！」那聲音絕望得好像他已經沒什麼活頭了。

「放你去哪兒呢？」外邊接著說。

「放我回到公事房去！」這個愁苦的做了爸爸的人回答說。

在走廊的靜寂中，可以聽到嘲笑聲，非常可怕的嘲笑聲。腳步聲又移開了。

「看樣子那傢伙並不喜歡你，他才那麼譏笑，」帥克說。這時，那個沮喪的人又在他旁邊坐了下來。「那些警察要是發起火來，他們什麼都幹得出的。你要不打算上吊，乾脆就平心靜氣地坐下來，看他們究竟怎麼搞。」

過了好半天，走廊裡響起沉重的腳步聲。鑰匙在鎖孔裡嘎啷響了一聲，牢門開了，巡官喊帥克出去。

「對不起，」帥克豪爽地說，「我是十二點才來的。這位先生從早晨六點就等在這裡了。我並不急。」

他這話沒得到答覆，不過巡官那隻強人有力的手已經把帥克拖到走廊去了。並且一聲不響地把他帶到二樓去。

在第二間房子裡，桌邊坐著一位巡長。他個子魁梧，樣子看來很和藹。他對帥克說：「呃，你就是帥克，對嗎？你怎麼到這兒來的？」

「容易透了，」帥克回答說。「一位巡官把我帶來的，因爲他們不給我吃午飯就要把我從瘋人院趕出來，我不答應。請問他們把我當成什麼人了？」

「我來答覆你，帥克。」巡長和藹地說。「我們這兒沒理由跟你鬧氣。我們好不好把你送到警察局去？」

「像大家說的，到了這裡，一切就得聽你們的啦，」帥克心滿意足地說。「從這兒到警察局也是一段挺開心的黃昏散步。」

「我很高興咱們在這問題上見解一致，」巡長興高采烈地說。「你看，帥克，還是大家開誠公布地來談談好吧！」

「不論同誰，只要談談總是高興的，」帥克回答說。「我擔保永遠不會忘記您對我的恩典，大人。」

帥克深深地鞠了個躬，就在巡官陪伴下回到警衛室。不到一刻鐘，帥克就走在街上了。押解的是另一位巡官，他腋下夾著一本厚書，上面用德文寫著Arrestantenbuch❷。

---

❷意思是：「拘捕名冊」。

在斯帕琳娜街的一角，帥克和押他的人看到一簇人圍著一個告示牌擁擠著。

「那是皇上的宣戰布告，」巡官對帥克說。

「我早料到了，」帥克說。「可是瘋人院裡他們還不知道。其實他們的消息應當更靈通。」

「爲什麼呢？」巡官問。

「因爲那兒關著不少軍官，」帥克解釋說。當他們走近新擠到宣戰布告周圍的人叢時，帥克喊道：「弗朗茲．尤塞夫萬歲！這場戰爭我們必然獲勝！」

亢奮的人叢中也不知道誰在他帽子上敲了一下，於是，穿過熙來攘往的人叢，好兵帥克重新走進了警察局的大門。

「這場戰爭咱們的勝利是拿穩了。諸位，你們信我的話，沒錯兒！」帥克說完這幾句話，就對跟在他身旁走著的人們告了別。

6 帥克踏出惡性循環，又回了家

警察局裡到處彌漫著一片衙門氣味，當局一直在估計著人們對戰爭究竟有幾分熱心。局裡，除了少數幾個人還意識到自己是這個國家的子弟，而這個國家是注定要為了它完全無關的利益而流血之外，其餘則盡是一批堂哉皇哉的政界猛獸，他們腦子裡想的不外乎監獄和絞刑架，而他們就靠這些東西來維護他們那橫暴的法律。

審訊時，他們帶著一副惡意的和顏悅色的神氣來對付落在他們掌心的人，每句話沒到嘴邊以前，都先斟酌一番。

「對不起，你又落在我們的手裡了！」那些制服上縫著黑黃袖章的野獸中間的一個，看見帥克帶到他面前時說。「我們都以為你會改過自新，但是我們想錯了。」

帥克默默地點了點頭，表示同意。他的神情是那麼泰然自若，以致那些野獸們都莫名其妙地對他呆呆望著，然後著重地說：「臉上不許再裝那副傻相！」

但是，他馬上又換一種客氣的腔調接著說：

「你可以相信我們並不願意把你關起來，而且我敢保證我並不認為你犯了什麼重罪；由於你的智力差，你準是被人誘上邪路的。告訴我，帥克先生，是誰引你玩那套愚蠢的把戲？」

帥克咳嗽了一陣，然後說：「對不起，大人，我不知道您那愚蠢的把戲指的是什麼？」

「那麼帥克先生，」他假裝出一個忠厚長者的口吻說：「照帶你來的巡官說，你曾在街角的皇上宣戰告示牌前面，招來一大群人，並且嚷『弗朗茲．尤塞夫萬歲！這場戰爭咱們必然獲勝！』來煽動他們，你看這是不是場愚蠢的把戲？」

「我不能袖手旁觀啊，」帥克表白說，一雙天真的眼睛緊盯著審判官的臉。

「看見他們都在念著皇家告示而沒一個露出一點點高興勁兒的時候，我心裡很氣憤。沒人叫一聲好，或者三呼萬歲——巡長大人，任什麼動靜也沒有。看來眞好像跟他們毫不相干似的。我是九十一聯隊的老軍人，我忍不住了，所以才嚷出那麼一聲。我想如果您處在我的地位，您也一定會那麼做的。如果打起仗來，就得打贏它；而且，就得對皇上三呼萬歲呀。誰也不能攔住我。」

野獸被他說得沒話講了。他有點不好意思，沒敢正眼看帥克個天眞無邪的羔羊，趕緊把視線投到公文上，說：「你這份愛國熱忱我充分理解，不過我還是希望你能在別的場合去發揮更好些。你自己明明知道你所以被巡官帶到這兒來，是因爲這種愛國表現也許會……實在就不免會被大家認作是譏諷，而不是出於誠意。」

「當一個人被巡官逮捕了，那是他一輩子非同小可的時刻，」帥克回答說。「可是，如果他甚至在這種時刻還不忘記國家宣了戰以後他應該做些什麼，我覺得這樣的人畢竟不見得是個壞蛋吧。」

他們彼此瞠目相視了一陣。

「帥克，滾你的吧！」最後那個擺官架子的傢伙說了。「如果你再被逮到這兒來，我不客氣，可就把你送軍事法庭去懲辦了。明白嗎？」

沒等他理會，帥克冷不防撲上前去，親了他的手說：「願上帝爲您做的一切功德祝福您，隨便什麼時候您要喜歡來一隻純種的狗，就請光臨。我是個狗販子！」

帥克就這樣重獲自由，回家去了。

他思索了一下應不應該先到瓶記酒館去望望。於是，他又去推開不久前便衣警察布里契奈德陪他出去的那扇門。

酒吧間裡死一樣沉寂。幾個主顧坐在那裡，一個個都愁眉苦臉的。櫃台後邊坐著女掌櫃帕里威茲太太，她漠然呆望著啤酒桶的扳柄。

「喂，我又回來啦，」帥克快活地說。「給咱來一杯啤酒吧。帕里威茲先生哪兒去啦？他也回來了吧！」

帕里威茲太太沒回答，卻流了淚。她嗚咽著，在每個字上都強調出她的不幸，說：

「一個——星期——以前——他們——判了

他——十年——徒刑！」

「嘿，這可真沒想到！」帥克說。「那麼他已經坐了七天啦！」

「他多謹慎呀，」帕里威茲太太哭著說。「他自己總是那麼說。」

主顧們站起來付了酒帳，一聲不響地出去了。屋裡就剩下帥克和帕里威茲太太。

「那位布里契奈德先生還到這兒來嗎？」帥克問道。

「來過幾趟，」女掌櫃說。「他總是要一兩杯酒，然後問我有誰到過這兒。主顧們坐在這兒談足球賽，他也偷聽。他們一看見他來就只談足球比賽。」

帥克剛喝完第二杯甜酒，布里契奈德就走進了酒吧間。他很快地用眼睛掃了一下這空蕩蕩的酒吧間，然後在帥克身旁坐了下來。他要了點啤酒，等著帥克開口。

「啊，原來是您呀，」帥克說，隨著握起他的手。「我剛才沒認出來，我這記性眞壞，見一面就會忘了。前一回我記得咱們好像是我警察局裡見到的。近來貴幹怎麼樣？您常到這兒來嗎？」

「我今天是特意來找你的，」布里契奈德說。「警察局那邊告訴我說，你是個狗販子。我很想弄條捕鼠狗，或是一條狼狗，要不就是那一類的也成。」

「那好辦，」帥克回答說。「您要純種的還是條雜種的？」

「我想還是來一條純種的吧，」布里契奈德回答說。

「您不要條警犬嗎？」帥克問。「就是那種一聞出味兒來就會把您帶到犯案地點的！」

「我要條狼狗，」布里契奈德鎮定地說，「一條不咬人的狼狗。」

「那麼您要一條沒牙的狼狗吧？」帥克問道。

「也許我還是來條捕鼠狗吧！」布里契奈德有點發窘地表示。他對狗的知識很膚淺，而且如果不是警察局特別給他這些指示，他根本也不會去想到狗的。

但是，他接的指示簡單明瞭，而且緊急。他必須利用帥克販狗的活動跟他進一步接近。爲了這件事上面授權給他選用助手，也可以動用款項去買狗。

「捕鼠狗有各種尺寸的，」帥克說。「我知道有兩條小的，三條大的，這五條您可以統統放在膝頭上撫弄，我敢保它們很好。」

「對我也許合適，」布里契奈德說道。「多少錢呀？」

「得看大小啦，」帥克說。「問題就在大小上頭。一條捕鼠狗跟一頭牛犢不一樣。正相反；越小越貴。」

「我想要一條大的看家用，」布里契奈德說，他怕把秘密警察的款項動用得太多了。

「就這麼辦吧，」帥克說。「大的我賣您五十克郎❶一條，再大的您就給二十五克郎吧。可是有一件事忘記提了；您是要狗崽子還是要大些的狗？還有，是公狗還是母狗？」

「反正都一樣，」布里契奈德回答道，他感覺自己是糾纏到摸不著底細的問題上去了。「你替我預備好，明天晚上七點鐘我來取。那時候總可以預備齊了吧？」

「您儘管來吧，沒錯兒，我準都辦好。」帥克乾脆回答道。「可是由於眼下這情況，我得請

---

❶ 克郎是當時通用的貨幣名，每一克郎合一百個黑勒爾。

您先預支給我三十克郎。」

「那可以，」布里契奈德說，把錢付給他。「好，咱們爲這筆生意乾它一杯，我請客。」

他們每人喝了四杯，帥克付了他那份帳，就回到他的摩勒太太那裡去了。當她看見自己用鑰匙開門進來的是帥克，就大大吃了一驚。

「我以爲您得好多好多年以後才能回來呢！」她用慣常的坦率口氣說。

然後她去鋪了床，特別加意把一切收拾得妥貼周到。當她在廚房又見到帥克時，她熱淚盈眶地說：「咱們在院裡養的那兩條小狗呀，先生，它們死啦。那條聖伯納狗在警察來搜查的時候也跑掉啦。」

「摩勒太太，那些巡官們正在跟我搗麻煩。我敢打賭，眼下不會有很多人到這兒來買狗啦，」帥克嘆了口氣說。

奧地利崩潰後如果有人翻查警察檔案，在「秘密警察用款」下面讀到下列這些項目時，不知道他懂不懂得其中的含義，例如：Ｂ．四十克郎，Ｆ．五十克郎，Ｍ．八十克郎等等。如果他們以爲Ｂ、Ｆ、Ｍ些字母都代表人名的簡寫，以爲那些人爲了四十、五十、或八十克郎就把捷克民族出賣給奧地利皇室，那就大錯特錯了。

B代表「聖伯納種狗」，F代表「獵狐犬」，M代表「猛犬」。這些都是布里契奈德由帥克那裡帶到警察局去的狗，一條條都是奇醜無比的四不像，和純種的狗絲毫沒有共同的地方。帥克就把它們都冒牌賣給布里契奈德了。

他賣出的聖伯納狗是一條雜種獅子狗和一條來路不明的野狗交配的，獵狐犬卻長了兩隻獵獾狗的耳朵，個子大得像條猛犬，腿向外撇，眞像患了軟骨病似的。猛犬一頭的粗毛，下顎像蘇格蘭看羊犬，尾巴剪得短短的，個子不比獵獾犬高，而且屁股後頭剪個禿光。

後來卡魯斯密探也去買狗，他帶回一條通身是點子的膽怯的怪物，樣子像斑鬣狗，名義上算是蘇格蘭看羊犬。於是，秘密警察費用上爲了它又增加了R・九十克郎一項。

這條怪物據說還算是條獵狗。

但是連卡魯斯也沒能從帥克身上擠出什麼來，他跟布里契奈德的運氣差不多。帥克把一番巧妙的關於政治的話題引到怎樣給小狗醫治犬瘟症上去，而密探們千方百計佈置的圈套，唯一的結果是帥克又把一條雜配到難以置信、奇醜無比的狗，冒牌推銷給布里契奈德了。

7 帥克入伍

當奧地利軍隊從加里西亞❶的萊伯河岸的森林全軍潰退下來，在塞爾維亞成師的奧地利軍隊也正狼狽地吃著他們理所應得的敗仗時，奧地利陸軍部忽然打算起用帥克，希圖把帝國從危難中拯救出來。

帥克接到通知，限他一個星期以內去接受體格檢查的時候，他正躺在床上，他的風濕症又復發了。

摩勒太太在廚房裏給他煮著咖啡。

「摩勒太太，」帥克用沈靜的聲調從臥房裏說道，「摩勒太太你過來一下。」

等女傭站起到他床旁時，帥克就用同樣沉靜的聲調說：「請坐，摩勒太太。」他的聲音裏帶著一種神秘的莊嚴。

摩勒太太坐下以後，帥克從床上坐起來說：「我要從軍去了。」

「老天爺！」摩勒太太嚷道，「您去那兒幹嘛呀？」

「打仗，」帥克用一種陰沈的聲調說。「奧地利的形勢危急了。在北線上，爲了保衛克拉

---

❶ 加里西亞在波蘭南部，第一次世界大戰前爲奧匈帝國所侵占。

科❷我們的主力被吸住啦。南線上，我們要不趕快動手，他們就要把整個匈牙利都占領啦。不論怎麼看，情形都很糟，所以他們才召我入伍。真是的，昨天報紙上還說我們可愛的國家彌漫著滿天雲霧呢！」

「可是您的腳還沾不得地哪！」

「沒關係，摩勒太太。我要坐著輪椅去投軍。你知道街角上那個糖果店老板，他有我要的那種玩意兒。好多年以前，他曾用輪椅推過他那瘸腿的爺爺——而且是一個脾氣暴躁的老傢伙——去換空氣。摩勒太太，你就用那種輪椅把我推到軍隊上去吧！」

摩勒太太流下眼淚了。「先生，我還是給您找個大夫！」

「用不著。除了我的腿不受使喚，其餘部分我是很合用的一把炮灰。而且如今奧地利國難當頭，每個殘疾人都應當走上他的崗位。你儘管煮咖啡去好了。」

摩勒太太奔出房間去找大夫。一個鐘頭後大夫來了，帥克正在打盹。醒來，一位身材魁梧的先生正用手在他腦門子上按了一下，然後說：「別著慌，我是維諾拉笛來的帕威克大夫——伸手來給我看看——把這溫度表夾在胳肢窩底下——對了，就這個樣子——看看你的舌頭——再伸出來一點——別動——你父母是得什麼病死的？」

於是，正當維也納❸號召奧匈帝國內各個民族都要作出忠君報國的切實榜樣的時候，帕威克

---

❷ 克拉科是當時波蘭的首都，在加里西亞省。

❸ 維也納是當時奧匈帝國的政治中心。

大夫卻在爲帥克的愛國熱忱開著溴化物（鎮痛劑）並且囑咐這位英俊驍勇的戰士帥克不要去想入伍的事。

「繼續保持仰臥的姿勢，好生靜養，我明天再來。」

第二天他來了，在廚房裏問摩勒太太病人怎樣了。

「更厲害啦，大夫，」她眞切關懷地回答道。「夜裏他的風濕症又犯了。您猜怎麼著，他唱起奧地利國歌來啦。」

帕威克大夫只好又添了些溴化物的份量，來對付病人新發作的忠君的表現。

第三天摩勒太太說，帥克更嚴重了。

「大夫，下午他叫我出去，給找一張標出他所謂的戰場的地圖，晚上他就開始東想西想起來，他說奧地利一定會得勝。」

還有兩天，帥克就得去壯丁體格檢查委員會報到。

在這期間，帥克做了適當的準備。首先，他叫摩勒太太替他買了一頂軍帽。然後，他又叫她去街角糖果店那裏去借輪椅，就是老板曾經用來推過他那瘸腿爺爺——那脾氣暴躁的老傢伙——去換空氣的。他又記起還需要副拐杖。恰好糖果店老板也還保留著一副，作爲一家人對他們先祖父的紀念。

現在他就缺少壯丁們入伍胸脯上戴的花束了。這個，摩勒太太也替他置辦了。摩勒太太眼見這幾天瘦了許多，她走到哪裏都抹眼淚。

這樣，在一個難忘的日子，布拉格街上就出現了下面這幅忠君報國的動人榜樣：

一個老婦人推著一把輪椅，上面坐著一個頭戴軍帽的人，帽舌擦得錚亮，手裏揮著一副拐杖，外套上面還裝飾著一束豔麗刺目的鮮花。

這個人不斷地揮著拐杖，沿著布拉格的街道大聲嚷著：「打到貝爾格萊德❹去！打到貝爾格萊德去！」

後面跟著一群人，主要是一些沒人理會的流浪漢，是在帥克出發入伍的房子前面聚集起來的。

當帥克憑公文向巡官證明他那天確實是奉召去見體格檢查委員會的時候，巡官似乎有點失望。為了制止他繼續擾亂治安，就由兩名騎警把帥克連他的輪椅護送到體格檢查委員會裏。

關於這件事，《布拉格官方新聞》發表了下列一段記載——

〈殘疾人熱心愛國〉

昨日布拉格街道行人曾目睹一可歌可泣

❹當時貝爾格萊德是塞爾維亞京城，即今南斯拉夫首都。

事蹟。當茲國難危急之際，殊足證明我國男兒對年邁君主莫不急於竭誠報效。吾國今日實具希臘羅馬之古風，昔穆屠思．司開沃拉❺之手雖灼傷，而獨率軍勇猛作戰。昨日一手執拐杖之殘疾人坐在輪椅上，由一老嫗推之前進，此前此景，即為神聖感情之動人表現。斯捷克子弟，身雖殘，而獨自願投軍，以期為我君主獻出其身家性命。布拉格通衢大道對其所呼之「打到貝爾格萊德去！」莫不熱烈讚許，益足彰明布拉格人民對其國家及皇室之熱忱擁戴云云。

《布拉格日報》也用類似筆調描繪，最後結論說：這個志願從軍的殘疾人後面還跟著一簇德國人，他們用身子防護了他，以免他遭受協約國❻的捷克籍特務的毆打。

《波希米亞報》登載了這段新聞，要求對這位殘疾的愛國志士應當加以獎賞，並且說，凡德籍公民願對這位無名英雄有所饋贈的，可以逕送到該報館去。

體格檢查委員會主席鮑茲大夫辦事向來不容許人胡鬧。

兩個半月以來，經他手檢查的一萬一千名壯丁中間，有一萬零九百九十九名查出是裝病想逃

---

❺ 穆屠思．司開沃拉是紀元前六世紀羅馬帝國的一個英雄人物。

❻ 協約國指英法兩國。

避兵役的，剩下的那一個，當鮑茲大夫喊「Kehrt euch！」❼時，如果那不幸的傢伙沒中風，也一定會同樣被抓起來。

「把這個裝病的逃兵帶走！」鮑茲大夫確定那人已經死了之後說道。

就在那難忘的一天，帥克站在他面前了。

「由於神經不健全，體格屬最下等，」軍曹長一面翻閱著檔案，一面說。

「你還有什麼別的毛病嗎？」鮑茲大夫問。

「報告長官，我有風濕症，可是我粉身碎骨，也要效忠皇上。」帥克謙遜地說。「我的膝蓋腫了。」

鮑茲惡狠狠地瞪了好兵帥克一眼，嚷道：「Sie sind ein Simulant！」❽然後冷冰冰地對軍曹長說：「Den Kerl sogleich einsperren！❾」

兩個士兵用上了刺刀的槍把帥克押到軍事監獄裏去了。

摩勒太太扶著輪椅在橋上等帥克。直至看到他被刺刀押解的時候，她流了淚，掉頭就走了，把輪椅丟下，再也沒回去撿。

---

❼德語，意思是：「向後轉！」這裏以及後面幾個地方作者夾用德文，都是爲了表示奧地利統治者的身份。

❽德語，意思是：「你是裝病來逃避兵役的！」

❾德語，意思是：「馬上把這傢伙關起來！」

刺刀在陽光下面閃爍著，走到雷迪茲基⑩的紀念碑下時，帥克回頭對跟在後面的人群喊道：「打到貝爾格萊德去！打到貝爾格萊德去！」

紀念碑上的雷迪茲基上將用夢幻般的眼睛俯瞰著好兵帥克，看他拄著兩根舊拐杖一瘸一瘸地走遠了，大衣兜裏還插著一束新兵入伍的鮮花。押解他的人繃著臉，告訴行人說，他們是在把一個逃兵押到牢裏去。

---

⑩雷迪茲基（1766—1858），奧地利將軍。

8 帥克被當作裝病逃避兵役的

在這大時代到來的時際，軍醫們念念不忘的是消滅裝病逃避兵役和有這種嫌疑的人們的鬼胎。譬如那些肺結核、風濕症、脫肛、腎臟病、糖尿病、肺炎和各種雜症者。

裝病逃避兵役的人們應受的苦刑都規定下來了，苦刑等級計分爲：

一、絕對飲食控制——不論患什麼症候，一律早晚飲茶一杯，連飲三日；爲了發汗，每次隨服阿斯匹靈一劑。

二、爲了避免他們以爲軍隊都是吃喝玩樂，每人一律大量服用金雞納霜粉劑。

三、每天用一公升溫水洗胃兩次。

四、使用灌腸劑和肥皂水及甘油。

五、用冷水浸過的被單裹身。

有些勇敢的人五級苦刑全都受過，然後被裝進一具小小的棺材，送往軍用墓地去埋葬。可是也有膽小的，剛臨到灌腸的階段就宣稱病症全消了，他們唯一的願望就是隨下一個先遣隊馬上進入戰壕。

一到軍隊監獄，帥克就被關進一向當做病房的茅棚裏，幾個這種膽小的裝病逃避兵役的人已經待在那裏了。

靠著入口，床上躺著一個奄奄一息的癆病鬼，身子就裹在一條冷水浸過的被單裏。

「這是本星期裏第三個了，」坐在帥克右首的人說。「你有什麼病啊？」

「我有風濕症，」帥克回答說：周圍的人們聽了都咯咯笑起來。連那個快嚥氣的癆病鬼——那僞裝患肺結核的，也笑了。

「風濕症到這兒來可不中用，」一個身體肥實的人用沈重的口氣對帥克說。「風濕症免掉兵役的可能性比腳上生雞眼大不了許多！」

「最好的辦法就是裝瘋，」一個裝病逃避兵役的說。「我是意思是先給他裝作傻子，發宗教狂，宣揚教皇的至聖至賢；可是最後我想辦法花上十五克朗，請街上一個理髮匠在我胃上搞了點胃瘤。」

「我認得一個掃煙囪的，」又一個病人說。「你花上二十克朗，他可以叫你全身發高燒，燒得想從窗口跳出去。」

「那算不了什麼；」又一個說。「我們那一帶有個接生婆，你只要給她二十克朗，她能叫你的踝骨脫節得很厲害，保你殘廢一輩子。」

「我只花五克朗就把腳弄到脫節了，」靠窗口的一排床上有個聲音說。「我花了五克朗，還請了三杯酒。」

「我這病已經耗掉我二百克朗也不止啦，」那人隔壁一個瘦得像支鐵耙的人說。「我敢跟你打賭，天底下沒有我沒吃過的毒藥。我肚裏簡直塡滿了毒藥啦。我嚼過砒霜，吸過鴉片，呑過鹽鹵，喝過含磷的硫酸。我毀了自己的肝、肺、腎和心臟——老實說吧，我的五臟六腑全都完蛋了。誰也說不清我究竟得了什麼病症。」

「我看最好還是在胳膊皮膚下面注射點煤油，」靠門的一個人解釋道。「我一個表哥就是那麼走的好運。他們把他的胳膊從肘部鋸下來啦，從那以後，軍隊就再也不找他的麻煩了。」

「瞧，」帥克說，「你們爲了皇上都得受多大的罪呀，連胃都抽了出來。幾年以前我在軍隊裏的時候，那比這個還要糟。要是一個人病了，他們就把他的胳膊倒綁起來，把他往牢房裏一丟，讓他去養養。那兒可不像這裏，沒有床，沒有褥墊，也沒有痰盂。」

下午大夫查病房的時間到了。葛朗士坦大夫按著床查，一個軍醫處的傳令兵跟在後邊，拿著筆記簿。

「馬昆那！」

「有！」

「給他灌腸藥，吃阿斯匹靈。波寇尼！」

「有！」

「洗胃，吃金雞納霜。克伐里克！」

「有！」

「灌腸藥和阿斯匹靈。闊塔可！」

「有！」

「洗胃，吃金雞納霜。」

於是，事情就這麼一個挨著一個，無情地、機械地、迅速地進行下去。

「帥克！」
「有！」
葛朗士坦大夫對這新來的人盯了一眼。
「你什麼病？」
「報告長官，我有風濕症。」
葛朗士坦大夫在他幹醫務工作期間，沿用了一種微帶嘲諷的態度，他發現這比大喊大嚷還要有效。
「啊，風濕症，」他對帥克說。「你這種病可眞不輕！瞧，有多巧呀，早不得晚不得，偏偏在打起仗來必須服兵役的時候，你鬧起風濕症來了。我想你心裡一定非常著急吧。」
「報告長官，我確實非常著急！」
「哂，哂，他著急啦。你想讓我們來對付你的風濕症，多妙呀！不打使的時候，你這可憐的傢伙歡蹦亂跳得像隻山羊。可是剛一打仗，瞧瞧，馬上你的風濕症就來了，膝蓋也不靈了。膝蓋痛吧？」
「報告長官，膝蓋痛得厲害。」
「一夜一夜地睡不著覺，對不對，嗯？風濕症這種病可很危險，很難受，也很麻煩。我們這兒對付得風濕的人，有包你滿意的辦法。絕對的飲食控制和種種療法是百驗百靈的。你看吧，你在這兒治比在皮斯坦尼❶還好得快。接下來，你就可以大闊步地走上前線了，屁股後頭會揚一起片塵土。」

然後，他掉過身來對軍士傳令兵說：

「記下來：『帥克，絕對的飲食控制，每天洗胃兩遍，灌腸一次。』到了適當時候我們再看看還得安排些什麼。同時，把他帶到手術室去，把他的胃洗個乾淨，等洗夠了，再給他灌腸，灌得足足的，灌得他叫爹叫娘，那麼他的風濕症就會嚇跑了。」

接著，他又朝所有的病床發表一番演說，話裏充滿了機智和風趣十足的警句：

「你們千萬別以爲在這裏是跟傻瓜打交道，以爲隨便伙們玩些什麼把戲都可以混得過去。我一點也不在乎你們那些藉口。我曉得你們都是借著病來逃避兵役的，我也就照你們的路子來對付你們，像你們這種兵，我對付了不知道幾百幾千啦。這些床上曾收容過大批大批的壯丁，他們任什麼毛病都沒有，就是缺少點軍國民的尚武精神。他們的同胞在前線拼死拼活，他們卻想賴在床上裝死也不起來，一頓頓吃著醫院的飯，淨等著戰事結束。哼，可是他們打錯算盤啦，而你們也都打錯算盤啦。今後二十年以內，你們要是做夢想起當年打算瞞哄我的勾當，你們還會從夢裏驚叫起來的。」

「報告長官，」靠窗口一張床上有個人輕聲地說。「我完全好了。我的氣喘病半夜裏好像就無影無蹤了。」

---

❶ 皮斯坦尼是斯洛伐克地方的著名療養地。

「你叫什麼？」

「克伐里克。報告長官，我贊成灌腸。」

「好，出院以前給你灌腸，好給你上路助助神。」葛朗士坦大夫這麼決定了。「你也就不能抱怨我們這兒沒給你治病了。聽著，我現在念到誰的名字，誰就跟軍士來，他給你們服什麼就照服下去。」

於是，每個人都接受了照大夫開的一大副藥。帥克表現很吃得住苦頭。

「別憐惜我，」他央求著那個給他灌腸的助手說。「別忘記你曾經宣誓效忠皇上。即使是你自己的爸爸或者兄弟躺在這裏，你也得照樣給他灌，一點情也別留。記位，奧地利全靠灌腸才能穩如磐石，勝利必屬於我們。」

第二天，葛朗士坦大夫查病房的時候問起帥克對軍醫院的印象。帥克回答說，這是個頂呱呱的、管理良好的機構。大夫爲了酬答他，除了頭天的那份以外，又給他加上一些阿斯匹靈和三粒金雞納霜，叫他當場用一杯水冲服下去。就是蘇格拉底❷當年飲他那杯毒人參的時候，也沒有帥克服金雞納霜那麼泰然自若。葛朗士坦大夫如今把各級的苦刑都在他身上試過了。

帥克站在大夫面前，身上裹了一條冷水浸過的被單。大夫問他覺得怎樣時，他說：「報告長

---

❷蘇格拉底（公元前約469—399）是希臘哲學家。他以不尊敬國家所供奉的神，煽惑青年蔑視規定的制度等罪，被判飲毒而死。

官，就像在浴池裏或者在海濱消夏一樣。」

「你還有風濕症嗎？」

「報告長官，我的病好像還沒見好。」

於是，新的折磨又來了。

第二天早晨，那個著名的委員會❸的好幾個軍醫都出場了。

他們一本正經地從一排排床鋪旁邊走過，只說：「伸出舌頭來看看！」

帥克伸出舌頭把臉擠成個白痴般的怪相，眼睛眨巴眨巴的，他說：「報告長官，這是我舌頭的全部！」

隨著，帥克和委員們之間開始了一段有趣的談話。帥克辯解說，他所以聲明那句是怕委員們疑心他有意把舌頭藏起來。

另一方面，委員們對帥克的意見卻十分分歧。

---

❸ 指體格檢查委員會。

有一半委員認爲帥克是ein bloder Kerq❹，另一半則認爲他是個騙子，有意跟軍部開玩笑。

「我們要是對付不了你，我們不是人！」主任委員對帥克大聲嚷道。

帥克用一種孩稚般純眞安詳的眼神呆望著全體委員們。

軍醫參謀長走近了帥克，對他說：「我很想知道你究竟想搗些什麼鬼。你，你這海豚！」

「報告長官，我腦子裏什麼都不想。」

「Himmeldtnnerwetter❺！」一位委員腰刀鏗然碰響著，氣哼哼地說。「原來他什麼都不想，對嗎？你爲什麼不思不想，你這隻暹羅❻蠢象！」

「報告長官，我不思不想，因爲當兵的不許思想，許多年以前，當我還在九十一聯隊的時候，我們的長官總是對我們說：『當兵的不許思想。官長都替他們想好了。當兵的一旦思想起來，他就不成其爲兵，他就變成一個臭老百姓啦。』思想並不能……」

「住嘴！」主任委員悍然打住帥克的話。「我們早知道你。你不是什麼白痴，帥克。你就是調皮搗蛋，你很狡滑，你是個騙子、無賴，你是地痞子，你聽懂了嗎？」

「報告長官，聽懂了，長官。」

「我不是告訴你住嘴嗎！你聽見沒有？」

---

❹德語，意思是「一個白痴。」

❺德語，是咒罵語，這裏是「混蛋」的意思。

❻暹羅是泰國舊稱。

「報告長官，我聽見您說，要我住嘴。」

「Himmelherrgott❼，那麼你就住嘴！我說話的時候，你該明白我不要你的嘴唇動一下。」

「報告長官，我知道您不叫我的嘴唇動一下。」

幾位軍官老爺交換了個眼色，然後把軍曹長喊過來說。

「把這個人帶到辦公室，」軍醫參謀長指著帥克說。「等我們做出決定和報告。這傢伙什麼屁毛病也沒有，他就是裝病，想逃避兵役；同時，他還胡扯，拿他的長官開玩笑。他以爲到這兒是來尋開心的。他把軍隊看成了一個大笑話，像個雜耍場。等你到了拘留營，他們就會叫你知道軍隊並不是兒戲。」

當值班的軍官在傳令室裏對帥克嚷著說，像他這樣的人該槍斃的時候，委員們在樓上病房裏正惡狠狠地對付別的裝病逃避兵役的哪。在七十個病人裏頭只饒了兩名：一個腿給炮彈炸掉了，另外一個得的是眞正的胃潰瘍。

只有在他們兩個身上不能使用tauglich❽字樣。其餘的，連同三名患晚期結核的，都宣布爲體格健康，可以服兵役。

---

❼ 德語，意思是：「天哪」。

❽ 德文的意思是「健康無恙」。

9 帥克在拘留營

拘留營是由看守長斯拉威克、林哈特上尉和綽號「劊子手」的軍曹長瑞帕等三位一體主持著，沒人曉得有多少人在單號子裏被他們打死了。帥克一押到，看守長斯拉威克就猛地把一隻粗大肥壯的拳頭伸到他的鼻子下面，說：「你聞聞，你他媽的這個蠢貨。」

帥克聞了聞，然後說：「我可不巴望它在我鼻子上揍一下，它有墳墓的味道。」

看守聽了這句知趣的話，倒很滿意。

「喝，站直啦，」他在帥克的肚子上揍了一下。「你衣袋裏有什麼？要是香菸，你可以把它放在這兒。把你的錢交出來，免得他們偷。你的東西全都拿出來了嗎？好，那麼別調皮，不許撒謊，撒謊要你的小命。」

「把他關在哪兒呢？」軍曹長瑞帕問。

「把他推到十六號牢房裏去吧。叫他跟那些穿背心小褲衩的在一起。」看守長這樣決定了。然後他又繃起臉來對帥克說：「對，下流貨就得把他當下流貨對付。誰要搗亂，就把他送到單號子裏去。一到那裏，我們就把他肋骨全打斷了，打完了一丟，隨他死去。我們有權利這麼辦。瑞帕，你是怎麼對付那個肉販子的？」

「噢，那傢伙可給我們不少麻煩，看守長，」軍曹長瑞帕迷迷糊糊地說。「沒錯兒，那小子眞結實，我在他身上足足踩了五分多鐘，他的肋骨才咔嚓一下斷了，血從他嘴裏淌出來，就那樣，事後他還活了十天。喝，那傢伙可眞不好對付！」

「所以，你可以瞧瞧，蠢貨，誰要是在這兒搗亂，或者想開小差，我們是怎麼對付的，」看守長斯拉威克這樣結束了他的訓話：「搗亂或者開小差那等於自殺，因爲逮住了還是得要命。上頭派人來檢查的時候，你要是想趁機會告幾句狀，老天可憐你這癩皮猴。有人檢查的時候，要是問到你有什麼不滿意的地方，你得立正，你這臭畜生，敬禮。然後說：『報告長官，沒得可抱怨的，我十分滿意。』好，現在你這廢物把我的話重說一遍吧。」

「報告長官，沒得可抱怨的，我十分滿意。」帥克重複這句話的時候臉上，帶著那麼使人喜歡的表情，那看守長誤以爲是很坦白、很誠懇的表現了。

「好，把什麼都脫掉，只剩下背心小褲衩，到第十六號牢去，」他說道。

在十六號牢裏，帥克看見二十個人都穿著背心小褲衩。

要是他們的背心小褲衩不髒，要是窗口沒有鐵柵欄，一眼看去你會以爲是置身在一間游泳場的更衣室了。

軍曹長把帥克移交給「監牢管理員」，一個毛茸茸的、襯衫也沒繫扣子的漢子。他把帥克的名字寫在牆上掛著的一張紙上，然後對他說：

「明天有場把戲看。有人帶咱們去教堂聽道理。咱們穿背心小褲衩的只能緊貼著講壇下面站著。簡直笑死人了。」

正如所有蹲監牢和反省院的人們一樣，拘留營裏的人們也都最喜歡教堂。他們倒不是關心這種硬逼著去的教堂會不會使他們跟天主更親近些，或是多學些道德，這種無聊的事他們是不會去想的。望彌撒和聽道理的確給他們那拘留營的枯燥生活平添了一種愉快消遣。他們不在乎親近不親近天主，但是可很巴望在走廊或院子裏發覺一截丟掉的雪茄或香菸的屁股。

台上講的道理聽起來可也眞過癮，有多麼開心呵！奧吐·卡茲神父又是那麼有趣的人。他的說教就成爲拘留營的枯寂日子裏非常吸引人、逗人發笑、使大家耳目一新的事情了。他可以津津有味地聊著天主的恩典無邊，並且使那些卑賤的囚犯，那些失掉了榮譽的人們精神爲之一振。他可以從講台上用令人聽了很開心的話語咒罵。也可以在祭台上用雄壯的聲調朗誦著Ita missa est❶別出心裁地主持聖禮，拿彌撒大典開玩笑。要是他多喝了幾盅，還會編造簇新的禱文，一種從來沒有過，他獨家使用的禱告書。

有時候他手捧著聖爵❷、聖體或是彌撒畫，一不當心摔倒了時，那簡直滑稽到家了。這當

---

❶ 拉丁文，意思是：「彌撒已完，你們可去。」

❷ 聖爵是做彌撒時用來盛酒的長腳杯。

兒，他就大聲責備囚犯中間出來輔佐他舉行聖禮的一簇人，說他們是有心把他絆倒的，隨著，當場就判那些人坐單號子，或是上手銬腳鐐。受罰的人還覺得挺有味，因爲這都是監獄教堂趣劇的一部分。

奧吐這位隨軍神父中間的佼佼者，是個猶太人。他的經歷很複雜。他在一家商業學校念書，在那裏學會了匯票的業務，和關於匯票的法律。這種知識使他在一年之內把他爸爸開的卡茲公司搞得一團糟，破了產。於是，老卡茲先生和他的債權人商定了善後辦法，就到北美去了，瞞著那些債權人，也瞞著跟他搭伙的，那個人已經去阿根廷了。

因此，當年輕的奧吐．卡茲毫不介意地把卡茲公司贈給南北美洲時，他自己竟落到沒個安身之地，只好從軍了。

可是在這以前，他做了一件特別高尚的事：他領受了基督徒的洗禮。也祈求基督在事業上幫助他。他還考取了軍官。

於是，奧吐．卡茲，這個新出殼的基督徒就留在軍隊裏了。起初，他以爲會步步高升呢，可是，有一天他喝醉了，接著他就當了神父。

他講道之前從來不做準備，而人人都盼著聽他的講道。十六號牢房的寓客們穿著背心小褲衩被領進教堂的時候，一個個都是很莊嚴的。那些走運的，嘴裏嚼著路上拾到的香菸屁股，因爲身上沒有口袋，沒地方放。營裏別的囚犯圍立在他們四周，很開心地望著講台下面這二十名穿背心小褲衩的人。神父這時攀上講台，腳後跟的馬扎子鏗然作響。

「HabtAcht」❸他喊道：「我們來祈禱。你們跟著我唸。喂，你，站在後排的，野豬，別用手擤鼻涕。你們是在天主的宮殿裏，記著，你們可就得規規矩矩的。你們還沒忘記『主禱文』吧，你們這群強盜！好，咱們就來它一遍。呃，我準知道你們念不好的。」

他站在講台上，瞪著下面二十名穿背心小褲衩的光明天使，那些人跟在座的別人一樣，也正在開心得很呢。後排的人們在玩著骰子。

「這還不壞，」帥克小聲對旁邊的一個人說。那是個嫌疑犯，據說他用斧子把自己的同伴的手指頭全都剁了下來，好使那個人能脫離軍隊。收費三克郎。

「你等會兒看吧，」那人回答說。「今天這傢伙可勁頭兒十足。他就要嘮叨起罪惡的荊棘之路了。」

果然，這一天神父的興致極好。他總是情不自禁地往講台一邊靠，差不多就要跌了下來。

「我贊成把你們這群人全槍斃掉，你們這群廢料！」他接著說。

「你們不願意親近基督，而你們甘願走罪惡的荊棘之路。」

「我不是說過馬上就要發作了嗎，瞧，今天他勁頭十足，」帥克旁邊的那個人，很開心小聲地說著。

「那罪惡的荊棘之路呀，就是那和罪惡相搏鬥的路，你們這些笨頭笨腦的蠢貨。你們都是浪子，你們寧願在單號子晃蕩，也不知道回到天父身邊來。可是你們要抬頭往遠處往上面看，看看

❸德語，意思是：「立正！」

高高在上的天，你們就會戰勝罪惡，靈魂裏就會得到平安，你們這群下流東西！喂，後邊那個別打呼嚕了好不好。他不是匹馬，這也不是馬廄——他是在天主的宮殿裏。我要你們注意，我親愛的聽眾。好，我剛才講到哪兒啦？記住，你們這群畜生，你們是人，你們可以從烏雲裏朦朦朧朧地看到未來，你們應當知道萬物都是過眼浮雲，只有天主是永在長存。我本應當日夜爲你們祈禱，求求仁慈的天主，你們這群沒腦子的下流東西，求他把他的靈魂灌到你們冰冷的心裏，用他聖潔的慈愛洗淨你們的罪惡，使你們永遠屬於他。求他永遠愛你們，你們這群歹徒。可是你們錯打算盤啦。我沒意思把你們都領上大堂去。」說到這裏，神父打了個嗝，他繼續執拗地說，「我連個小手指頭的忙也不幫，我做夢也不會管你們的事，因爲你們都是些不可救藥的惡棍。你們聽見了沒有？嗨，就是你們，對了，穿背心小褲衩的？」

這二十名穿背心小褲衩的仰起頭來，異口同聲地說：「報告長官，聽見了。」

「單單聽見了還不夠，」神父又接著講。「人生的雲霧是陰暗無光的。天主的笑容也不能解脫你們的愁苦，你們這群沒腦子的賤貨，因爲天主的恩典也是有限的。你們休想我到這兒來是爲給你們消遣解悶，給你們尋開心的。我把你們一個個都判到單號子裏去，你們這群歹徒——我說話準算數。我在這兒白糟蹋時間，我看出我做的都是白搭。其實，就是大元帥或者大主教來，你們也一定是滿不在乎的。你們不會靠近天主的。可是，早晚有一天你們會記得我，到那時候你們會明白我是想幫你們忙的。」

在二十名穿背心小褲衩的人們中間聽到一聲嗚咽，那是帥克。他哭了。

神父往下一看，帥克站在那裏正用拳頭擦著眼睛。周圍的人們都愉快地欣賞著。

神父指著帥克繼續說：「你們都來學學這個人的榜樣。他幹什麼呢？他在哭哪。今天我們親眼看見一個人感動得流了淚，他要把他的心改正過來。你們其餘這些人做什麼呢？什麼也不做。那邊還有個人在嚼著什麼哪，看好像他爹媽把他養大了就是爲了反芻似的；那邊一個在襯衫裏摸虱子呢，而且是在天主的宮殿裏！眞他媽的混蛋，你們應當先忙著追求天主，虱子回去再摸也不晚。我就說到這裏了。你們這群流氓，我要你們在望彌撒的時候規規矩矩的，不要像上次那樣，後排一個傢伙竟拿政府發的襯衫換起吃的來。」

神父走下講台，就進了聖器室，拘留營的看守長也跟在後面。過一會，看守長出現了，一直走到帥克面前，把他從穿背心小褲衩的人叢中叫出來，領到聖器室去。

神父自由自在地坐在桌子上，手裏捲著一根香菸。看見帥克進來，他就說：

「對，我要的就是你。我考慮了半天，孩子，我覺得我看透了你。從我到這教堂以來，這還是頭一回有人聽我講道流了淚。」

他就從桌上跳下來，搖搖帥克的肩膀。他在一幅巨大而模糊的撒勒斯的聖．法蘭西斯❹像下嚷道：「那麼，你這惡棍，快點招認，剛才你只是假裝的！」

撒勒斯的聖．法蘭西斯的像似乎帶著質疑的神情凝視著帥克。另一幅掛像上，一位後身恰恰被羅馬兵丁鋸穿的殉道者，也心神錯亂地注視著他。

「報告長官，」帥克很莊重地說，他決心孤注一擲了。「我在全能的天主和可敬的神父面前

---

❹撒勒斯的聖．法蘭西斯（一五六七—一六二二），日內瓦的主教，死後被教皇封爲「聖人」。

坦白，我剛才是假裝的。我看出來您的說教需要的正是一個悔過自新的罪人，而這又是您找了半天沒找到的。因此，我想幫您個忙，讓您覺得世界上還有幾個誠實的人在。同時，藉這個玩笑我自己也可以開開心。」

神父把帥克的天眞無邪的模樣仔細打量了一番。一道陽光從撒勒斯的聖．法蘭西斯陰沈沈的像上掠過，給對面牆上那位心神錯亂的殉道者的像上增添了一股溫暖氣息。

「這麼一說，我倒有點喜歡你了，」神父說著回到桌旁坐下來。「你是哪個聯隊的？」他打起嗝來。

「報告長官，我屬於九十一聯隊，也不屬於那個聯隊，您明白吧？說老實話，長官，我簡直不知道我照理應該屬哪兒。」

「那麼你幹什麼到這兒來呢？」神父問道，同時，繼續打著嗝。

「報告長官，我實在不知道我幹嘛到這兒來，也不知道爲什麼我自己這麼一聲不響。我就是倒了楣。我什麼事都從好處著想，可是我總是倒楣，就像那幅掛像上的殉道者。」

神父望了望掛像，笑了笑說：「不錯，我確實很喜歡你，我得向軍法官打聽一下你的情形。不行，我不能跟你聊下去了。我得把這檔子彌撒搞完了。歸隊！」

帥克回到講台底下那簇穿背心小褲衩一道望彌撒的伙伴叢中後，他們問他神父把他叫到聖器室去幹嘛，他簡單乾脆地回答說：「他喝醉了。」

大家都用極大的注意和毫不掩飾的讚許著神父新的表演——他主持的彌撒。與會的教衆用審美的情趣欣賞神父反穿的祭衣，他們用一種熱切的心情注視著祭台上的一舉一動。

紅頭髮的輔祭（一個第二十八聯隊的逃兵，並且是個盜竊專家，）正在很認眞地從記憶裏拼命搜索彌撒的全套程序和技巧。他不但是神父的輔祭，並且是他的提辭人。神父不動聲色地把整句整句的經文都唸亂了，並且把節日也搞錯了，竟開始誦起耶穌降臨節的經文來，大家聽了倒都十分開心。他自己既沒有歌喉，又沒有辨別音樂的耳朵。教堂的屋頂就開始迴響起粗一陣細一陣的嚎叫聲，活像一座豬圈。

「今天他勁頭兒眞足，」靠祭台站著的人們心滿意足地說。

現在神父在台上差不多第三遍通起 Ita missa est 了，就像印第安人的吶喊。他的聲音把窗戶都震得直響，然後他又瞅了瞅聖爵，看還有酒沒有了。隨著他作出一個膩煩了的手勢，對聽衆說：「那麼，完了，你們這群歹徒們可以回去了。我看出在教堂裏，站在至聖的天主面前，你們並沒有表示出應有的虔誠，你們這群一文不值的浪蕩漢。下回再要這樣，我就照你們應得的懲罰的狠狠對付你們。你們會發現前些日子我給你們講的地獄不是唯一的，在人世間也還有座地獄。即使你們從前一個地獄超脫了，後一個你們還是跑不掉。Abtreten！❺」

神父走到聖器室，換上衣服，把聖酒從一只外面用柳條編起的酒瓶裏倒到啤酒杯裏，喝了下去。紅頭髮的輔祭把他扶上栓在院子裏的馬。可是他忽然記起了帥克。他下了馬，走到軍法官的辦公室。

---

❺ 德語，意思是：「解散隊伍！」

軍法官勃爾尼斯是個好交際的人，擅長跳舞，一個十足吊兒郎當的人。他對自己的差使感到十分無聊。他總是把記載著起訴細節的公文遺失了，於是他只好另外編造新的。他把逃兵當做盜竊案子審，又把盜賊當做逃兵審；他編造五花八門的罪名，人們連作夢也想不到的罪名，並且拿一些莫須有的證據來定罪。他總是把這些罪名和證據亂加在一些人們頭上，這些人被控的原始文件，也早已在亂七八糟的檔案中遺失了。

「喂，日子過得怎麼樣？」神父握了勃爾尼斯的手說。

「糟透了，」勃爾尼斯回答說。「他們把我的檔案弄得一場糊塗。現在只有鬼才搞得清楚哪是頭哪是尾了。昨天我把被控叛變的一個傢伙的所有證據送上樓去，現在他們又給打回來了，因爲據他們說，他的罪名不是叛變，而是爲了偷吃果子醬。」

勃爾尼斯厭惡地吐了口唾沫。

「咱們玩一陣牌好不好？」神父問。

「我把什麼都輸在牌上啦。前一兩天，我們跟那禿頭上校玩玩撲克，他把我的錢全都贏去了。神父近來怎麼樣？」

「我需要個傳令兵，」神父說。「今天我發現一個傢伙，他爲了跟我開現笑抹起眼淚來。我要的就是這麼個傢伙。他叫帥克，是十六號牢房的。我想知道他犯的是什麼罪，我可不可以想個辦法把他調出來。」

勃爾尼斯開始尋找起關於帥克的公文。像往常一樣，他什麼也沒找到。

「準是在林哈特上尉那裏哪，」他找了半天才說。「天知道這些公文怎麼在這兒失的蹤。我一定把它們送給林哈特了，我馬上給他打個電話。喂——長官，我是勃爾尼斯中尉。我說，你那裏會不會趕巧有關於一個叫帥克的人的公文？……帥克的公文一定在我手裏？那可眞奇怪啦……我從你那兒拿來的？那再奇怪沒有啦。他在十六號牢房。……是呀，長官，十六號牢房的公文全在我手裏。可是我想帥克的公文也許在你的辦公室裏打轉兒吶……怎麼？我不應該對你那麼講話？東西不會在你辦公室裏『打轉兒』的？喂，喂……」

勃爾尼斯在桌旁坐下，對於剛才調查得那麼馬虎，表示老大的不滿意，他和林哈特上尉不和睦已經有個時期了，雙方都是始終絲毫不變的。如果勃爾尼斯收到屬於林哈特上尉的一件卷宗，他就把它往旁處一丟，結果任何事情誰也查不出個水落石出。林哈特對於勃爾尼斯的卷宗也如法炮製。他們彼此還把卷宗裏的附件遺失。

（帥克的公文到大戰結束以後才在軍法處的文件裏找出來，被夾在關於一個叫約瑟夫・考地拉的卷宗裏了。封套外頭畫著一個小小的十字，下面寫著「已辦」字樣，並注著日期。）

「那麼，帥克的卷宗丟了，」勃爾尼斯。「我把他喊來，如果他招不出什麼罪，我就放了他，把他調給你去管理。他回到隊伍以後，就隨你的意思去辦吧。」

神父走後，勃爾尼斯吩咐把帥克提來，可是提來以後卻讓他站在門口，因爲他剛接到警察局的一個電話說：關於一等兵麥克斯納的起訴書第七二六七號的必需材料的收據，第一科已經收到了，下面有林哈特的簽字。

這時候，帥克就趁勢打量了一下軍法官的辦公室。

他對那間辦公室的印象說不上怎麼好，尤其是牆上那些照片。那都是軍隊在加里西亞的塞爾維亞執行各種死刑的照片。有些美術照片上面是被焚燒的茅屋，和枝上吊著死屍的樹木。有一幅在塞爾維亞拍的特別精緻的照片，上面一家大小都被絞死了：一個小男孩和他父母。兩名兵士拿著上了刺刀的槍在把守著上面有人被處死的那棵樹，前邊站著一個神氣十足的軍官，嘴裏叼著菸卷。照片的另一角，靠後邊，可以看見一個炊事班正在做飯。

「帥克，你鬧了什麼亂子？」勃爾尼斯問道，隨手把寫著電話留言的那張紙條放到卷宗裏去。「你搞的什麼鬼？你是願意自己招認呢，還是等著別人來告發？我們不能老這麼樣拖下去呀。你要想免掉一個厲害可是罪有應得的判決，就只有自己先招認。」

「那麼你什麼也不招認？」勃爾尼斯說。這時，帥克沈默得像一座墳墓。「你不說說犯了什麼罪被判到這兒來的？至少你應該先告訴我，別等我來告訴你呀！我再勸你一遍，承認你的罪吧！那樣好多了，因爲我們辦起來省事，並且你的刑罰也會判得輕些。」

軍法官用銳利的眼睛把帥克的臉和通身打量了一番，可是簡直摸不著頭腦。站在他面前的這個人身上放射著一股滿不在乎和天真無邪的神情，弄得他氣沖沖地在辦公室裏踱來踱去。要不是他已經把帥克答應給神父了，天曉得帥克會走什麼樣的惡運。

最後，他在桌旁站住了。

「你聽著，」他對帥克說。這時帥克正漠不關心地朝半空呆望著。「我要再碰上你，一定給你點厲害看。帶下去！」

帥克被帶到十六號牢房去了，勃爾尼斯就把看守長斯拉威克喊來。

「把帥克送到卡茲先生那裏，聽候指示。」他簡單地吩咐了一聲。「把釋放他的證件寫好了，然後派兩個人把他押到卡茲先生那裏。」

「長官，給他戴不戴手銬腳鐐？」

軍法官用拳頭在桌子上垂了一下。

「混賬！我不是明明告訴你把他的釋放證件寫好嗎？」

勃爾尼斯這一天跟林哈特上尉以及帥克打交道所累積下來的氣，一下子像瀑布般地全瀉到看守長頭上了。他最後說：

「你是我這一輩子碰上的天字第一號大笨蛋！」

這件事使得看守長很氣惱。他從軍法官那裏回來的路上，就伸腳去踢正在被罰掃過道的囚犯來出氣。

至於帥克，看守長想他不妨在拘留營裏至少再多待上一個晚上，額外享受一點。

在拘留營裏過的那個晚上的帥克永遠也不能忘懷的。

十六號牢房的隔壁有一個單號子，一個黑洞洞的秘窟。那個晚上，就聽到一個送到裏邊的士兵大哭大號。為了觸犯某項紀律，軍曹長瑞帕奉看守長斯拉威克的命令把那個兵的肋骨打斷了。

在走廊過道裏，可以聽到哨兵齊整的腳步聲。門上的洞眼不時打開，獄吏就從那洞洞往裏面瞭望。

早上八點鐘，帥克被提到辦公室去。

「通往辦公室的門的左首有一只痰盂，他們就往那兒丟菸屁股，」一個人告訴帥克說。「上了二樓還有一只。九點以前他們不會掃過道的，所以你一定能弄到點什麼。」

但是帥克叫他們失望了。他離開十六號牢房以後就沒再回去。十九個穿背心小褲衩的獄友不知他發生了什麼事，胡亂地作出種種猜測。

一個想像力特別活躍的守備隊隊員說：帥克曾企圖開槍打一個軍官，那天他就是被帶到摩托演習場上去處決了。

10 帥克當了神父的傳令兵

1

兩個兵端著上了刺刀的槍，帥克就在他們的光榮押送下，重新開始了他的歷險。他們正在把他送到神父那裏去。

這兩個押送兵由於生理上的特點，剛好互補短長：一個又長又瘦，一個又矮又胖。那瘦長個子的右腳瘸，那矮胖勇士左腳不靈。兩個人都是民團上的，戰前就都完全被免除兵役了。

他們繃著臉沿著便道往前磨蹭著，不時地偷望著走在他們中間、見人就行禮的帥克。他的便服以及他去應徵時所戴的那頂軍帽，在拘留營的貯藏室裏弄丟了，可是在釋放他以前他們給了他一套舊軍衣。這套衣服的原主人肚子大得像只鍋，身量比帥克高一個頭。褲腿肥得足足容得下三個帥克，褲腰高出他的胸口，渾身盡是褶子，惹起滿街人們的注意。那頂也是拘留營調換來的軍帽正好蓋住他的耳朵。

街上走路的人對帥克笑笑，他也用自己特有的甜蜜笑容和閃爍著親切的好脾氣的眼色來報答對方。

這樣，他們就向著神父所住的卡林地方走來。

他們一聲不響地走過查理橋。經過查理街的時候，那個矮胖子對帥克說：

「你知道我們幹嘛把你帶到神父那裏去嗎？」

「去懺悔❶，」帥克信口回答道。「明天他們就要把我絞死了。照例都是這樣。他們管這個叫作精神安慰。」

「他們為什麼要把你……？」那個瘦子很謹慎地問，而那個胖子用憐憫的眼光望著帥克。

「我不知道，」帥克答道，臉上帶著愉快的笑容。「我什麼都莫名其妙。我想是命該如此吧！」

「你不是個國家社會黨分子吧？」那個矮胖子說話也開始當心起來。他想最好還是把話說出來。「這反正跟我們沒關係。瞧，周圍不少人都用眼睛盯著咱們。一定是這刺刀引起了他們的注意。也許我們找個沒人看見的地方想法把它拔下來吧。你可別溜掉哇！如果你眞地溜掉，那可叫我們尷尬死了。你說是不是，吐尼克？」說完，他掉過頭去望望那個瘦子。瘦子低聲說：「對，我們把刺刀拔下來也好。他畢竟是咱們自己人呀。」

他對帥克不再疑神疑鬼了，心中湧滿了對他的憐憫。於是，他們就找到一個方便的角落，把刺刀拔了下來。這時，那胖子就讓帥克走在他身旁。

「你一定想抽支菸了吧？我是說，要是……」他剛想說：「要是他們准許你上絞刑以前抽支

---

❶懺悔是天主教中的一種儀式，教徒跪在神父旁邊懺悔，祈求寬免，病人臨死或囚犯臨刑前，必先懺悔。

菸的話，」但是他沒把話說下去，覺著在當時的場合，那麼說恐怕不很得體。

他們都抽了支菸。押送帥克的人就開始向他談起他們的老婆孩子，談起他們的五畝地和一頭耕牛。

「我渴啦，」帥克說。

瘦子和胖子對望了望。

「我們也許找個地方叫一杯酒喝，」胖子說，他從直覺知道那瘦子一定會同意。「可是得找一個不顯眼的地方。」

「我們到紫羅蘭酒館去吧！」帥克提議說。「你們可以把手裏的傢伙往廚房一丟。那裏還有人拉小提琴、吹口琴呢，」帥克接著說。「去喝酒的人也都不壞——妓女和一些不願意去眞正闊氣地方的人。」

瘦子和胖子又對望了望，然後瘦子說：「那麼咱們馬上就去那兒吧。到卡林還得有段路呢！」

在路上，帥克給他們講了些有趣的故事。走到紫羅蘭酒館的時候，他們都是興高采烈的。一進門，他們就照帥克提議的做了。他們把來福槍放到廚房去，然後走進酒把間。那麼，小提琴和口琴正在奏起一支流行曲調。

靠門地方，一個士兵正坐在一簇老百姓中間講著他在塞爾維亞受傷的事。他的胳膊上綁繃帶，口袋裏塞滿了他們送給他的香菸。他說他實在不能再喝了，人叢中一個禿了頂的老頭兒不斷地勸著他：「再跟我來一杯吧，小子，誰曉得咱們哪年才能再見著呢！我叫他們給你奏個什麼調子好不好?你喜歡『孤兒曲』嗎?」

這是禿了頂的老頭最喜歡的曲了。隨著，口琴和小提琴就合奏出那令人聽了心酸的調子來。老頭兒淌下了淚，並同用顫抖的聲音參加了合唱。

那邊桌子上有人說：「嗨，把那調調兒收起來成不成?連你們那討厭的孤兒一道滾蛋吧!」

帥克和押送他的人饒有興趣地望著這一切。帥克回想起戰前他怎樣時常照顧這個地方，但是押解他的人卻沒這種記憶；對他們這是十足新鮮的事，他們都開始愛上了這家酒館。第一個喝足玩夠了的是那矮胖子。瘦高個子還不甘罷休。

「我跳它一場舞去，」他喝完第五杯酒，看到一對對舞伴正跳起波爾卡舞❷的時候說。

帥克不停地喝著酒，瘦高個子跳完了舞，就把舞伴帶到桌邊來。他們又唱、又跳，同時一刻不停地喝著。下午，一個士兵走過來說，出五個克郎他就可以叫他們血液中毒。他說他隨身就帶著注射器，可以把汽油打到他們的腿上或手上，那足可以叫他們至少躺上兩個月。如果他們在傷口上不斷地塗唾沫，甚至可以躺上六個月，可能完全免掉兵役。

天快黑了的時候，帥克提議他們繼續上路去找神父。那個矮胖子這時候說話開始有些含糊不清，他勸帥克再待一會兒。那瘦高個子也說，神父盡可以等等。但是帥克對紫羅蘭酒館已經失掉了興趣。他威脅說，要是他們還不走，他就自己上路了。

這樣他們才動身。但是他不得不答應他們路上再找個地方歇歇腳。於是，他們又進了一家小

---

❷ 波爾卡舞是波希米亞的一種快步舞。

咖啡館，在那裏胖子把他的銀錶賣掉了，好繼續痛飲一番。出了門，帥克挽著兩個人的胳膊走。事情可給他不少麻煩。他們腳下不斷地要跌跤。嘴裏還一再表示想再喝它一通。那個矮胖子幾乎把那封致神父的信給弄丟了，帥克只得自己拿在手裏。他還得到處細細留神，免得讓軍官軍士們瞅見。費了九牛二虎的勁，他總算把他們很安全地領到神父的住所。

在二樓上，一張寫明「隨軍神父奧吐．卡茲」的名片告訴了他們，這是神父住的地方。一個士兵開了門，裏面可以聽到嘈雜的人聲和鏗然的碰杯聲。

「我們——報告——長——官——」那瘦高個子很吃力地用德語說，一面向開門的士兵敬禮。「我們——帶來——一封信——和一個人。」

「進來吧，」那士兵說。「你們在哪兒喝得這麼醉醺醺的？神父剛好也有點醉了，」那士兵啐了口唾沫，就拿著信走了。

他們在過道裏等了好半天。終於，門開了，神父匆匆忙忙地走進來。他穿著襯衫，手指間夾著支雪茄。

「原來你已經到了，」他對帥克說。「這就是帶你來的人。喂，有火柴嗎？」

「報告長官，我沒有。」

「哦，怎麼沒？每個士兵隨身都應當帶著火柴。一個不帶火柴的士兵——他是什麼？」

「報告長官，他是一個沒帶火柴的人。」帥克回答說。

「說得好。一個沒帶火柴的人不能給誰點個火。好，這是一項。秩序單上的第二項，你的腳臭不臭，帥克？」

「報告長官，不臭。」

「那就夠了。第三項，你喝白蘭地不喝？」

「報告長官，我不喝白蘭地，我只喝甜酒。」

「好。你瞧瞧那傢伙。他是我從斐爾德胡勃中尉那裏借來爲今天使喚的。是他的傳令。他一滴酒都不喝。他是個戒——戒——戒酒主義者，所以才派他去服兵役。因——因爲我不要像他那樣的人。」

神父這時候轉過來注意起押送帥克的人來了。那兩個士兵拼命想站直，然而腳下總晃晃悠悠，想靠來福槍來支持也不成。

「你——你們醉——醉啦，」神父說。「你們出差的時候喝醉啦，現在你們得受罰，我一定饒不了你們。帥克，把他們的來福槍繳下來。喊他們開步走到廚房去，帶著槍看守他們，等巡邏隊來把他們提走。我馬上就打電——電——電話到兵營去。」

這樣，拿破崙那句名言「戰局瞬息萬變」又應驗了。那天早晨這兩個士兵還提了上刺刀的槍押解帥克，防備他半途脫逃，隨著他又領他們走路；如今，

帥克卻拿著槍看管起他們來了。

當他們坐在廚房裏看見帥克舉了上刺刀的槍站在門口時，他們才開始發覺這個變化。

那個瘦高個子站起來，踉蹌地往門邊走。

「伙計，讓我們回去吧，」他對帥克說。「別裝傻瓜了。」

「你們走？我得看著你們，」帥克說。「我現在不能跟你們說話了。」

神父忽然在門口出現了。

「兵營電話打不通。因此，你們最好回去吧！可是記——記住，你們值班的時候可不許再喝——喝酒啦。跑步！」

爲了對神父公道起見，我們在這裏應當補充一句：他並沒打電話給兵營，因爲他那裏根本沒有電話。他只是對台燈座子嘮叨了幾句罷了。

2

帥克當上神父的傳令兵已經整整三天了。在這期間，他只見過神父一次。第三天上，一個從海爾米奇中尉那裏來的傳令兵把帥克喊去接神父。

路上，那個傳令兵告訴帥克說，神父和中尉吵了一場架，把鋼琴也砸壞了，醉得不省人事，怎麼也不肯回家，海爾米奇中尉也醉了，把神父趕到走廊的過道裡，神父就在門邊就地睡著了。帥克到了現場，把神父搖醒。神父睜開眼睛，嘴裏咕噥了一陣。帥克敬禮，說道：「報告長官，我來啦。」

「你來幹什麼？」

「報告長官，是來接您的。」

「嘔，那麼你是來接我的？咱們到哪去呀？」

「長官，回你家。」

「我回家去幹嘛？我不是在家裏了嗎？」

「可是——我——怎麼到了這兒的？」

「報告長官，您是來拜訪的。」

「不——不——不是拜訪的，你——你這話錯了。」

帥克把神父扶起來，挽著他靠牆站住。當帥克扶著他的時候，神父東倒西歪，緊緊靠著他，嘴裏說著：「你叫我摔倒了！」然後，傻笑了一陣，又說：「你叫我摔倒了！」帥克終於還是硬把神父抵著牆扶了起來。他就在這新的姿勢下又打起盹來。

帥克把他叫醒了。

「幹嘛呀？」神父做了一番徒然的努力，想貼著牆坐起來，向前磨蹭著。「你到底是什麼人呀？」

「報告長官，」帥克回答道，同時把神父推回牆邊。「我是您的傳令。」

「我沒有傳令，」神父吃力地說，這回他想栽倒在帥克的身上。兩個人糾纏了一陣，最後還是帥克完全勝利了。他趁勢把神父拖下樓去。到了門廳，神父拼命不讓帥克把他往街上拽。「我

不認得你，」他一邊糾纏一邊對帥克說。「你認得奧吐·卡茲嗎？那就是我。」

「我到過大主教的官邸，」他大聲嚷著，一把抓緊了門廳的大門。「教皇對我都很器重，這話你聽明白了嗎？」

帥克答應著，同時他對神父不客氣地說起話來。

「我告訴你撒開手，」他說，「不然的話，我就痛揍你一頓。我們現在回家去，你住嘴吧！」

神父撒開了門，可是又抓住了帥克。帥克把他推開，然後把他拽到街上，沿著人行道把他往回家的方向拖。

「那傢伙是你什麼人呀？」街上看熱鬧的人們中間有一個問道。

「是我的哥哥，」帥克回答道。「他休假回家，一看見我就喜歡得喝醉了，因爲他以爲我已經死啦。」

神父聽懂了最後幾個字，就站直了身子，朝路說：「你們中間誰要是死了，限三天之內必須向警察局報到，我好給你們的屍體祝福。」

隨後他又一聲不響了，一個勁兒要往人行道上栽倒。帥克就攙了他往回拽，神父的腦袋往前耷拉著，兩隻腳拖在後邊，就像一隻折了腰的貓那樣晃蕩著。一路上嘴裏還嘰咕著：「Dominus vobiscum——et cum spiritu tuo. Dominus vobiscum……」❸

走到雇馬車的地方，帥克扶著神父靠牆坐下，就來跟馬車夫們講價錢。講了半天，一個馬車夫才答應拉他們。

帥克掉過身來，發現神父已經睡著了。有人把他頭上戴的一頂圓頂禮帽（因爲他出門散步總穿便服）給摘下來拿走了。

帥克把他叫醒，馬車夫幫他把神父抱進車廂。神父進了車廂，神志簡直完全昏迷了。他把帥克當做了步兵七十五聯隊的朱斯特上校。他不住地咕嚕說：「長官，您高抬貴手吧，我知道我是個痞子。」過一陣，似乎馬車和通道邊石的磕碰把他震醒了。

他坐直起來，關始唱了幾句誰也不懂的歌，但是緊接著他又人事不省了。他掉過頭來向帥克眨眼，問道：「親愛的夫人，您今天好嗎？」

又歇了一陣，說：「今年您到哪兒去避暑？」

眼前的一切顯然他都看得迷迷糊糊，因爲他隨後就說：「哦，原來您還有這麼大的一個兒子哪！」他指著帥克說。

「坐下，」帥克嚷道。神父正想爬到座位上去。「不然我就教你點規矩。我說了準算數。」

神父馬上安靜下來了。他用一雙豬樣的眼睛從窗口往外凝視著，對他周圍的一切感到莫大的

---

❸ 拉丁文，意思是：「但願主和你們同在，也和你的心靈同在。但願主和你們同在……」

驚奇。接著，他雙手托腮，滿臉憂愁地唱起來：

好像只有我，
任誰也不愛。

但是他立刻住了口，想把菸嘴燃起來。

「它不著，」他把火柴劃光了以後，悵然若失地說。「都是你，我點一回你吹一回！」可是，他立刻又接不上碴兒了。他開始大笑起來。

「我把票給丟啦，」他嚷道。「叫電車停下來，我得找著我的票。」然後，做了一個無可奈何的手勢說：「那麼，好吧，車開下去吧！」

隨後，他又嘮叨起來：「在大部分情形下……對的，可以……在任何情形下……你錯了……二層樓……那只是個藉口……親愛的夫人，那是您的事，跟我沒關係……請開賬吧……我喝過一杯黑咖啡。」

在這種夢囈的狀態下，他開始跟一個假想的對手吵起嘴來，那人在一家餐館裏跟他爭靠窗口的座位。隨後他又把馬車當成火車，探出身子，一下用捷克話、一下用德國話嚷道：「寧百克到了，都換車。」帥克於是把他拖回來。神父又把坐火車的事忘記了，關始模仿農場裏的種種聲音。他學公雞打鳴時聲音拉得最長。他從馬車裏喇叭般叫出的聲音清澈而響亮。有一陣，他活躍得一下也閒不住，一心想跳出馬車，並且朝馬車旁邊走過的行人謾罵著。那以後，他又由馬車裏丟出他的手帕，喊馬車夫停車，因爲他的行李丟了。

一路上，帥克都是毫不容情地對付著神父。每逢他使出種種可笑的辦法想跳出馬車，或是打碎座位等等，帥克就朝他的肋骨狠狠揍幾下。神父對這種待遇已經毫不在意了。

忽然，神父勾起一陣愁思，哭了起來。他眼淚汪汪地問帥克可有個媽媽。

「我呢，朋友，在這世界上是孤身一人，你可憐可憐我吧！」他在馬車裏喊著。

「別囉嗦啦，」帥克說。「住嘴，不然大家就都說你喝醉了。」

「伙計，我沒喝醉呀，」神父說。「我清醒得像一個法官。」

但是忽然他站起身來，敬了個禮。

「報告長官，我喝醉了，」他用德國話說，這話他連續重複十遍，滿懷著絕望的心情說，「我是條骯髒的狗。」然後，他掉過頭來對帥克不停地央求說：「把我由馬車裏推出去吧。你幹嘛帶著我走啊？」

他又坐了下來，咕噥著：「月亮周圍有了圈圈。我說上

尉，你相信靈魂不朽嗎？馬能升天堂嗎？」

他開始大笑了起來。但是過了一會，他又掃興了。他百無聊賴地望著帥克說：「哦，對不起，咱們好像在哪兒見過面。你到過維也納嗎？我記得你好像是從神學院來的。」

他又朗誦了一些拉丁詩句來給自己開心。

「Aurea prima satis oetus, quoe vindice nullo。」❹

「這不成，」然後他又說，「還是把我推下去吧。你爲什麼不把我推下去呢？我不會跌傷的。」

「我跌的時候一定要鼻子朝地，」他用很堅決的口氣說。接著他又懇求說：

「嗨，老伙計，你照我的眼睛給來一巴掌吧。」

「你要一巴掌還是幾巴掌？」帥克問道。

「兩巴掌。」

「好吧，那麼打了啊！」

神父挨打的時候還大聲數著，滿臉高興。

「這對你有好處，」他說。「這麼一來能助消化。你再照我嘴巴上來一下。」

帥克馬上照他的意思辦了。

---

❹出自拉丁詩人奧維特（公元前四三—一八）的《變形記》第八十九行。大意是：「泰初是黃金時代，人人都自由自在。」

「費心啦！」他喊道。「現在我可心滿意足了。嗨，把我的坎肩給撕了吧，勞駕。」

他提出了各色各樣離奇古怪的要求。他要帥克把他的腳踝骨給扳脫了節，把他悶死一會兒；剪他的指甲，拔他的門牙。他表現出一種急於做殉道者的渴望，要求把他的腦袋割下來，放在一只口袋裏丟到河裏去。

「我腦袋周圍最好是一圈星星，」他興致勃勃地說。「我需要十顆。」

然後，他又談起賽馬，緊接著又扯到芭蕾舞上面，可是在那題目上他也沒逗留多久。

「你能跳扎達士舞❿嗎？」他問帥克道。「你會跳熊舞⓫嗎？是這麼來……」

他想壓到帥克身上。於是，帥克又揍了他一頓，然後把他放倒在座位上。

「我想要點什麼，」神父嚷道。「但是我不知道我要些什麼好。你知道我要什麼嗎？」說著，他把腦袋伏伏帖帖地往下一耷拉。

「我要什麼，那跟我有什麼關係？」他鄭重地說。「那跟你也沒什麼關係呀。我不認得你。你憑什麼那麼瞪我？你會比劍嗎？」

有一陣子他變得更凶猛了些，並且竭力想把帥克從座位上推下去。等到帥克老老實實用他優勢的臂力把他制伏了以後，神父就問道：

「今天是禮拜一，還是禮拜五？」

---

❿ 扎達士舞是匈牙利的一種快步舞。

⓫ 熊舞是一種土風舞。

他還急於知道那是十二月，還是六月。他顯得很善於問五花八門的問題，如同：「你結婚了嗎？你愛吃戈爾剛左拉的乳酪嗎？你們家裏有臭蟲嗎？你眞沒生病嗎？你的狗長癩沒有？」

他是話越來越多。他說他買的馬靴、鞭子和鞍子今天還沒付錢呢；說幾年前他得過一種病，後來是用石榴治好的。

「沒時間想些別的啦，」他說道，隨著打了個嗝。「你也許嫌麻煩，可是，哼，哼，我怎麼辦好呢？哼，哼，你說給我聽。所以，你得原諒我。」

「熱水瓶者，」他繼續說，忘記剛才說的什麼了。「乃一種可以使飲料及食品保持其原有溫度之容器也。你覺得哪種遊戲公道些，橋牌還是撲克？」

「對了，我在哪兒看過你，」他柔和地說，輕輕拍著他的腳。「分手以來你長成大人了。能夠看見你，我一切的麻煩都不算白費。」

說著說著他興起了詩意，開始談起回到充滿了快樂的面龐和溫暖的心的陽光下。

然後，他跪下來，一邊祈禱一邊大笑著。

馬車終於到了目的地。把他弄下馬車來可眞不容易。

「我們還沒到哪，」他嚷道。「救命啊，救命啊！我給他們綁了票。不，我還要接著往前走啊！」

就像把一隻煮熟的田螺硬從它的殼裏挖出來一樣，神父也是那麼硬從馬車上給拖了的來的。有一陣子直好像他會被扯成兩半，因爲他的兩隻腳跟座位糾纏不開了。最後，他就被拖進門廳，拽上樓梯，推進他的房間。

在那裏，他就像只口袋一樣被丟在沙發上。他說他絕不付馬車錢，因爲那不是他喊的。足足花了一刻鐘的時間向他解釋馬車還是坐了的。即使那樣，他還繼續爭辯著。

「你們想坑我！」他說，一面向帥克和馬車夫擠了擠眼，「我們一路都是走來的。」

但是，忽然間——他又慷慨了起來，把荷包丟給馬車夫說：「好，全拿去吧。多一個銅板少一個銅板我不在乎。」

其實，要是更精確些，他應該說三十六個銅板，多一個少一個他不在乎，因爲他的荷包裏一共只有那麼多。馬車夫把神父搜了一遍，一面說著要打他的耳光。

「好吧，你打我一下吧，」神父說。「你以爲我吃不住嗎？我經得起你五下。」

馬車夫從神父的坎肩口袋裏又摸出一枚五克郎銀幣才走了，一路抱怨自己倒楣，神父耽誤他的時間，又少給了錢。

神父好半天還沒入睡，因爲他一再玩著新的花樣。他什麼都想幹：彈鋼琴、練跳舞、炸魚吃等等。但是，終於他還是入睡了。

3

早晨帥克走進神父的房間的時候，看到他斜倚在沙發上，心情很沮喪。

「我記不清是怎麼由床上爬起來，跑到沙發上的啦，」他說。

「長官，您壓根兒也沒上過床，咱們回一到這兒，我馬上就將您扶到沙發上去了。別處我再也扶不動了。」

「我都幹了些什麼事？我做了什麼沒有？我是喝醉了嗎？」

「長官，您簡直醉得一塌糊塗，」帥克說。「說實話，您撒過小小一陣痙攣性的酒瘋。我看，長官，您最好還是換換衣服，洗一洗。」

「我覺得眞好像給誰狠狠揍過一通似的，」神父抱怨說。「而且，我口渴得厲害。昨天我鬧得凶嗎？」

「噢，沒什麼，長官。至於您的口渴，那是因爲昨天您喝多了。這口渴可不容易治。我認得一個桌椅匠，他在一九一〇年的除夕，有生頭一次喝醉了。第二天元旦，他口渴得厲害，而且心情懊惱，就買了條青魚吃，然後又喝起來了。他天天這樣，足足幹了四年，什麼辦法也沒有，因爲每星期六他總買幾條青魚，吃上一個星期。這是我們第九十一聯隊的老軍曹長談起的一件惡性循環的故事。」

神父無精打采，苦苦地懊惱了一場。那陣子誰聽到他的談話，都會以爲他經常去聽禁酒主義者的演講的。

「白蘭地是毒藥，」他肯定地說。「必須是正牌貨才行。甜酒也是一樣。上好的甜酒不多見，要是我此刻有點眞正的櫻桃白蘭地，」他嘆了口氣，「我的腸胃一定可以立刻就好了。」

於是，他摸摸衣袋，看看他的荷包。

「好傢伙，我就剩三十六個銅板了，把這沙發賣掉好不好？」他想了一想。「你說呢？有沒有人想買只沙發？我可以對房東說，我把它借給人了；或者說，有人硬從我這兒搬走了。不，沙發隨它去吧。我派你去找施拿貝爾上尉，看他肯不肯借我一百克郎，前天打牌時候他贏了點錢。要是他不肯借，到維爾索微斯兵營去找馬勒中尉試試看。那兒要是不成，再到哈拉德坎尼找費施爾上尉試一試。告訴他我得付馬料錢，而我把錢都花在酒上頭啦。要是他也不答理，那麼咱們只好把這架鋼琴當掉，管它個鳥！別讓他們把你搪塞住，就說我已經到了山窮水盡的地步。你愛怎麼編就怎麼編吧，只要別空著手回來，不然我可就把你送到前線去。問施拿貝爾上尉他在哪兒買的櫻桃白蘭地，替我買上兩瓶。」

帥克把事情辦得很漂亮。他的天眞和他的誠實樣子使人們完全相信了他說的話。他認爲對施拿貝爾上尉、費施爾上尉和馬勒中尉說神父給不起馬料錢不相宜，可是他想最容易得到人們支持的，莫如說神父付不出私生子的津貼了。於是，他在每個人那裏都弄到了錢。

當他帶著三百克郎凱旋歸來的時候，神父（這時已經洗了澡，換上了乾淨衣裳）看了可大吃了一驚。

「我一下就全弄到手啦，」帥克說。「這樣我們明後天就不用再在錢上發愁了。事情一點不難辦，儘管施拿貝爾上尉那裏我是央求禱告了好半天才弄到的。哼，那傢伙可壞透了。但是當我告訴他私生子津貼的話……」

「私生子的津貼？」神父重複一句，嚇了一跳。

「是啊，長官，私生子的津貼。您知道，就每星期給娘兒們多少錢。您不是要我隨便編嗎？我只能想出那個理由來。」

「你可眞給搞糟啦，」神父嘆息了一下，然後在房裏來回踱著。

「簡直搞得亂七八糟。」他抓著腦袋。「啊，我腦袋痛死了。」

「他們問起是誰，我就把咱們街上一位耳朵聾了的老太婆的住址告訴他們啦，」帥克解釋說。「我得照規矩辦事，因爲命令是命令啊！我得想個說法，不能讓他們把我搪塞住。現在外邊過道上有人等著搬那架鋼琴呢，我把他們找來，好讓他們替咱們把它抬到當鋪裏去。鋼琴一弄走可就好了。咱們可騰出地方，又有錢入袋。有幾天咱們可以用不著發愁了。要是房東問起咱們把鋼琴弄到哪兒去了，我就告訴他鋼琴裏頭的弦斷了，把它送到工場去修啦。我已經對看門的老太婆說過，這樣，等把鋼琴裝在運貨車上搬走的時候，他們就不會覺得奇怪啦。沙發我也找到主顧了，是個舊木器商——我的一個朋友。他下午就來。目前一只皮沙發值很不少錢哩。」

「你還幹了些什麼旁的沒有？」神父問。仍然捧著腦袋，樣子很沮喪。

「報告長官，您叫我買兩瓶像施拿貝爾買的那種櫻桃白蘭地，我買了五瓶。您看，現在我們手裏有了存貨，就再也不會在酒上鬧飢荒了。趁著當鋪這時候還沒關門，我看，把那架鋼琴送去好不好？」

神父用一個手勢作了回答，表明他這回楣算倒透了。一轉眼間，鋼琴已經被搬到運貨車上給運走了。

帥克從當鋪回來的時候，看見神父坐在那裏，面前擺著一瓶開了塞子的櫻桃白蘭地，正爲著中午的肉排炸生了發著脾氣，他又醉醺醺的了。他向帥克表示從下一天起他一定要重新做人了。他說，喝烈性飲料就是不折不扣的唯物主義，而人生來是要過精神生活的。他這種哲學論調談了足有半個鐘頭。正當他打開第三瓶酒的時候，那個舊木器商來了。神父把沙發幾乎等於白送地賣給了他。他請木器商別忙著走，聊聊天，可是那買賣人使他很失望，他說他必得告辭，好去買一只便壺。

「可惜這個東西我沒有，」神父很抱歉地說。「不過一個人不能預備得那麼齊全啊！」

舊木器商走了以後，神父和帥克又談了一陣體己話，隨談隨喝著另外一瓶酒。話題一部分是關於神父個人對女人和紙牌的看法。他們聊了好半天，黃昏到來的時候帥克和神父還沒談完。

可是夜間，情勢不同了。神父又恢復到前一天的樣子。

這種牧歌式的插曲一直演到帥克對神父說：「我夠了。現在你得給我滾上床去乖乖睡個覺，聽見了嗎？」

「好，好，親愛的孩子，我就滾上床去，」神父咕噥著說。「你記得嗎，咱們同在第五班待過，我還替你做過希臘文的練習題呢！」

帥克硬拔下他的靴子，脫了衣裳。神父唯唯諾諾，但同時卻望空對著什麼人抗議說：

「諸位，你們看，」他對著碗櫃說，「我的親戚對待我有多麼凶呀！」

「我不認我這些親戚啦，」忽然他用堅決的口吻說，一面鑽進被窩去。「就是天地都跟我作對，我也不認他們啦。」

屋子裏迴響著神父的鼾聲。

4

大約就在這當兒，帥克探望了一下他的老傭人摩勒太太。門是摩勒太太的表妹開的。她含了一泡眼淚告訴他，摩勒太太用輪椅把帥克送到軍醫審查委員會那天，她自己也被捕了。他們把她送到軍事法庭去審訊，由於找不到可以問她罪的證據，就把她弄到施坦因哈夫拘留營去了。她來過一張明信片，帥克拿起家裏珍藏的這宗東西讀起來：

親愛的安茵卡：

我們在這兒很舒服，一切平安。睡在我隔壁床上的人出水痘……這兒也有得天花的……不算這些，都很平安。

我們吃得夠，並且撿土豆……做湯喝。我聽說帥克先生已經……你打聽一下他埋在哪裏，等打完了仗，好給他墳上放點鮮花。忘了告訴你，閣樓黑洞洞的角上有一匣子，內有一隻小狗，一隻狗崽子。但是自從我走後，它已經幾個星期沒吃的了……所以我想要餵已經太晚了，小狗也已經……

信上橫蓋著一個粉色的戳子，上面寫著：「此函業經帝國及皇家施坦因哈夫拘留營檢查。」

「那隻小狗早就死了。」摩勒太太的表妹嗚咽著說。「您簡直認不出來您曾經住過那個地方

啦。我找了些裁縫住進來，他們把這地方弄成像個客廳了。滿牆都是時裝圖片，窗口都是鮮花。」

後來帥克又到瓶記酒館走走，看看發生了些什麼事。帕里威茲太太看見他就說不賣酒給他，因爲他多半是開小差出來的。

「我丈夫爲人再謹愼沒有了，」她說，開始彈起那個已成爲古老的調調了。「儘管他像胎裏的孩子那樣純潔，如今，這個可憐人也進了牢。可是有人從軍隊裏開了小差出來，卻逍遙自在。上星期他們又到這兒來搜捕你呢。

「我們本來要比你當心多了，」她結束了她的高談闊論，「你看，我們有多麼倒楣，不是人人都像你那樣走運呀。」

帥克回去的時候已經夜深了，神父還沒回家。他到天亮時才回去，他把帥克叫醒，說：

「明天咱們給軍隊做彌撒。煮點黑咖啡，裏面擱上點甜酒。或者做點淡甜酒更好。」

11 帥克陪神父舉行彌撒

1

屠殺人類的準備工作，大都是假借上帝或人們想像中所虛構出來的神靈的名義來幹的。

犯人上絞架的時候總是由神父主持儀式，他們的出場惹犯人們討厭。

世界大戰這個屠場上自然也少不了教士的一番祝福。所有軍隊的隨軍神父們都做祈禱、舉行彌撒、替給他們飯碗的那一邊祈求勝利。參加兵變的被執行死刑的時候，必然有個教士在場。參加捷克義勇兵團的人執行死刑的時候，也有一個教士在場。

整個歐洲，人們就像牲畜般被趕往屠場，趕他們的是一幫屠夫——包括皇帝、國王和別的權勢——也包括各種支派的教士。在前線，彌撒總要做上兩台。一台是在軍隊開往前線的時候，一台是在爬出壕溝，在流血、屠殺之前。

2

帥克做的淡甜酒非常可口，遠比所有老水手們釀的都還要好。

這種淡甜酒就是十八世紀的海盜們喝了，也一定會稱心的。
神父十分高興。
「你在哪兒學來的本事，做這麼一手好淡甜酒？」
「那是多年前當我流浪的時候，」帥克回答說。「不來梅❶一個水手教我的，他是個道地的硬小子。他說淡甜酒應該凶到足夠叫一個人從英吉利海峽的這邊漂到那邊去。他說，要是一個人喝下不夠勁頭兒的淡甜酒，掉到海裏就會像塊石頭一樣沈下去了。」
「帥克，肚子裏喝進這淡甜酒，咱們一定有一台頭等的彌撒好做了，」神父說。「可是我想臨走之前應當對你講幾句話。做一台軍人彌撒可不是兒戲。那可不像在拘留營的那種彌撒，或者對那群下流的飯桶講道。喝，可不那麼容易。你得把全副本事都掏出來。我們有一座露天祭台，那是可以折疊起來放在衣袋裏的玩意兒。演習場上一切都準備好了。木匠已經搭起一座祭台來。咱們的聖體匣是從布里沃諾大借來的。我本應當自己有一只聖爵，可是那玩意兒可……」
他又沈默了下來。「就算它丟了吧。那麼，咱們可以把第七十五聯隊魏廷格爾中尉的銀杯借來用。那是好久以前他代表體育愛好者俱樂部跑得來的獎品。以前他是個很好的賽跑家。從維也納到穆德靈的二十五英里馬拉松越野賽跑，他才用了一小時又四十八分。他老是跟我們吹那檔子事。昨天我跟他說妥啦。」
野戰祭台是維也納的莫里茲．馬勒爾——一家猶太人開的公司製造的，他們專門製造各種聖

❶不來梅是德國的一個港埠。

像和做彌撒用的物器。祭台由三部分構成，上面厚厚地塗著金色，就跟一般教堂一樣輝煌。祭台構成的三個部分上面畫的東西，沒有豐富的想像力是不可能辨識的。只有一個人像是突出的：畫面上是個一絲不掛的男人，頭上現出光輪，通身都發青。左右各有一個插了翅膀的東西，原意是代表天使，樣子活像傳說裏的妖怪，像是帶翅膀的野貓和《啓示錄》❷裏的獸類交配出來的。

帥克把這座露天祭台妥妥貼貼地放進了馬車，然後自己跟趕車的坐在前廂，神父一個人就舒舒服服地坐在馬車裏頭，兩隻腳搭在象徵著三位一體的祭台上面。

這時候，壯丁們在演習場上等得不耐煩了，他們已經等了很久。因爲帥克和神父得先到魏廷格爾中尉那裏去借銀杯，然後還得到布里沃諾夫修道院去借聖體匣、聖餅盒和其他做彌撒的物器，包括一瓶聖餐用的酒。這就說明做一台彌撒一點兒也不容易。

「我們幹這種活全憑一陣心血來潮！」帥克對馬車夫說。

他說對了。因爲他們到了演習場，走進講台，木頭架子旁邊放了張桌子，上面安設的就是野戰祭台。這時才發現神父把輔祭忘掉了。過去這個職務是由一個步兵擔任的，但是那個人想辦法調到通訊隊，隨著就上前線啦。

「長官，沒關係，那個差事我可以幹。」帥克說。

「你懂得怎麼幹嗎？」

「我以前可沒幹過，」帥克回答說。「可是不妨試它一試。打起仗來人人都在做著過去做夢

---

❷《啓示錄》是《新約》中最後一卷，其中描寫許多「世界末日」的幻象。

也不會做的事。也不過在您講完Dom inus vobiscum那句經文以後，我扯上它一句Et cum spiritutuo——您放心，我保險沒錯兒。然後就是那檔子舒服差事：圍著您繞一陣，像一隻站在熱磚上的貓似的。然後給您洗手，把酒從杯裏倒出來……」

「好吧，」神父說。「可是你可別替我斟水呀。我想我最好馬上把這二只杯裝上酒。反正我時時都會告訴你，是該走到右邊去還是左邊。如果我輕輕打一聲口哨，那就是右邊；兩聲，就是左邊。禱文你也用不著發愁。你心裏不緊張吧？」

「長官，我任啥也不怕。可以說，這輔祭的事我幹起來容易得很。」

事情很順利地就過去了。

神父的說教很簡練：「士兵們！今天這裏集會是爲了在你們走上戰場以前先把你們的心轉向天主，求他賜給咱們勝利，保佑咱們平平安安的。我不多說了，祝你們一切都好！」

「稍息！」站在左翼的老上校喊道。

靠近祭台站著的士兵們都十分奇怪，神父在做彌撒的時候幹什麼要打口哨。

帥克對於暗號表現得機警而且有把握。他一下走到祭台的右邊，一下又轉到左邊，嘴裏只是不停地念著：「Et cum spiritutuo」。

看來眞好像個紅印第安人圍著祭石在跳戰舞。

最後，神父吩咐說：「讓我們祈禱！」登時塵土發揚，一片灰色制服，朝著魏廷格爾中尉代表體育愛好者俱樂部參加維也納到穆德靈之間馬拉松越野賽跑獲得的銀杯，屈膝跪了下來。

銀杯裏的酒盛得滿滿的。神父擺弄著那酒的結果，可以用台下士兵們私下交談的一句話來形容：「他全都喝下去啦。」

這種表演重複了一遍。然後，又一聲：「讓我們祈禱！」隨著，軍樂隊奏著「主佑我等」的調子打起步子來，他們成四個隊形走出去了。

「去把那些玩意兒都撿到一起，」神父吩咐著帥克，手指著露天祭台。「我們要還給原主。」

於是，他們又同馬車夫回去了，除了那瓶聖餐用的酒，樣樣物器都規規矩矩地歸還了。到家以後，先吩咐那倒楣的馬車夫去司令部領他這趟長途生意的車錢，然後帥克對神父說：

「報告長官，輔祭和主持聖餐禮的人必須是同一個教派嗎？」

「當然喲，不然的話彌撒就不靈了，」帥克說。「我什麼教派也不屬。這就是我的運氣。」

神父望了望帥克，沉吟了一下，然後拍拍他的肩膀說：

「瓶子裏還剩下一點聖餐用的酒，你把它喝掉吧，就當你是入教了啦。」

12 帥克當了盧卡施中尉的傳令

1

帥克的好運交了沒多久，殘酷的命運就把他跟神父的友情割斷了。儘管在這以前，神父的為人使人覺得很可親，但是這時候他胡搞的一件事，卻把他可親的地方弄得一掃而光。

神父把帥克賣給了盧卡施中尉，或者更確切些說，他在玩紙牌時，把帥克當賭注輸掉了，情形正像從前俄羅斯對待農奴一樣。

事情發生得出人意料之外。盧卡施請了回客，他們玩起撲克來。

神父一個勁兒地輸，最後他說：「拿我的傳令做抵押，你可以借給我多少錢？他是個天字第一號的白痴，的確與眾不同。我敢打賭你從來沒見過這樣一個傳令。」

「那麼我借給你一百克郎，」盧卡施中尉說。「如果款子到後天不能歸還，你那件寶貝可就算我的了。我目前的傳令糟透啦。他整天耷拉著臉子，老是不斷地寫家信，這還不夠，他摸到什麼就偷什麼。我曾經痛揍了他一頓，可是絲毫也沒用。我一看見他就敲他的腦袋，他還是一點兒也不改。我把他的門牙敲掉了幾顆，仍然治不了這傢伙。」

「那麼，好，一言為定，」神父滿不在乎地說。「後天如果還不上你一百克郎，帥克就歸你啦。」

他把一百克郎輸光了，酸著心回家去。他知道在規定的期限以內絕對沒有可能湊足那一百克郎，實際上他已經卑鄙無恥地把帥克賣掉了。

「其實，當初我要是說兩百克郎也一樣，」他自己嘟囔著，但是當他換電車的時際，一股自責的感觸不禁油然而生。

「這件事我幹得眞不道地，」他沈思著，一面拉著門鈴。「要命我也不知道怎麼正眼去面對他呀，該死的！」

「親愛的帥克，」他走進門來說。「一件了不平常的事發生了。我的牌運晦氣到了家。我把身上什麼都輸得精光。」

沈吟了一下，他接著說：「搞到最後，我把你也給輸掉了。我拿你當抵押，借了一百克郎。如果後天我還不上，你就不再是我的人，就歸盧卡施中尉啦。我實在很抱歉。」

「我有一百克郎，我可以借您，」帥克說。

「快拿來，」神父說，精神抖擻起來。「我馬上就給盧卡施送去。我眞不願意跟你分手。」

盧卡施看見神父回來，很是驚訝。

「我來還你那筆債來了，咱們再壓它一注，」神父說，很神氣地向四周凝視著。

「輸贏加倍！」輪到神父時，他說。

賭到第二輪，他又孤注一擲了。

「二十點算贏，」坐莊的說。

「我一共十九點，」神父垂頭喪氣地說，一面他把帥克交給他來從新的奴役下贖身的那一百克郎鈔票中間最後的四十克郎又輸掉了。

歸途，神父斷定這下子是沒有轉圜的餘地了。再沒什麼可挽救帥克的了，他命裡注定得替盧卡施中尉當傳令。

帥克把他讓進來以後，神父對帥克說：「帥克，沒辦法。什麼人也不能違背他自己的命運。我把你和你的一百克郎全輸掉了。我盡到了人力，但是天定勝人，命運把你送到盧卡施中尉的魔掌裡，我們分別的時辰到了。」

「莊家贏了很多嗎？」帥克自由自在地問，隨著他又做了點淡甜酒。喝到臨了，帥克深夜裡很吃力地把他打發上床去的時候，神父淌下了淚，嗚咽著說：

「伙計，我出賣了你，沒皮沒臉地把你給出賣啦。你狠狠罵我一頓，揍我幾下吧！我都該承受。隨你怎麼辦。我不敢正眼看你。你捶我、咬我，把我粉碎了吧！那是我應該受的。你知道我是什麼嗎？」

神父把那沾滿痕的臉埋在枕頭上，用輕柔的聲音咕噥著：「我是個十足的壞蛋！」於是，他就熟熟地睡去了。

第二天，神父躲閃著帥克的眼光，一大清早就出去了，到夜晚才回來，並且帶回來了一個胖胖的步兵。

「帥克，」他說，仍然避開帥克的眼光。「告訴他東西都放在哪兒，他好摸得著門兒。教教他怎麼做淡甜酒。明兒一清早你就到盧卡施中尉那裡去報到。」

因此，第二天早晨盧卡施中尉就初次看到了帥克那坦率、誠實的臉龐。帥克說：

「報告長官，我就是神父玩紙牌賭輸了的那個帥克。」

2

軍官們使用傳令兵是古已有之。似乎亞歷山大帝就用過傳令，我很奇怪從來還沒人寫過一部傳令史。如果寫出來，其中一定會包括一段描寫在吐利都的包圍戰中阿爾瑪威爾公爵弗南杜❶沒有加鹽就把他的傳令吃掉的事。公爵自己在他的「回憶錄」裡就描寫過這段經過，並且說，他的傳令的肉很鮮嫩，雖然筋多了些，那味道是介乎雞肉與驢肉之間的。

這一代的傳令中間，很少人克己到肯於讓他們的主人不加鹽就把自己吃掉啦。甚至有這種事情發生過：

軍官們在跟現代的傳令兵作殊死鬥的時候，得使用一切想得出的手段來維護他們的權威。一九一二年就有一個上尉在格拉茲受審訊，為了他把他的傳令活活踢死了，可是後來他釋放了，因為他前後才只幹過兩回。

---

❶ 弗南杜是十一世紀西班牙加斯悌爾的國王，當時吐利都城為回軍所占，弗南杜率兵圍攻多時。

3

金德立奇・盧卡施中尉是風雨飄搖中的奧地利王國正規軍的一名典型的軍官。軍官幹部學校把他訓練成一種兩棲動物。在大庭廣衆之下，他嘴裡說的是德國話，筆下寫的也是德文，但是他讀的卻是捷克文的書；可是每當他給一批純粹是捷克籍的自願參軍的軍官們講課的時候，他就用一種體己的口吻對他們說：「我跟你們一樣，也是個捷克人。人家知道也沒關係，可是幹嘛叫人家知道呢！」

他把捷克的國籍看成是一種秘密組織，自己離得越遠越好。除了這一點，他人倒不壞。他不懼怕他的上司，操演的時候更循規蹈矩地照顧他的小隊。

雖然他要嚷也能嚷，但是他從來不大聲大氣地唬人。可是儘管他對待他的部下很公平，他卻討厭他的傳令兵，因為不巧他總是碰上最糟糕的傳令兵，他不肯拿他們當一般士兵看待。他曾經打過他們嘴巴，或者捶他們的腦袋，總之，他曾用勸說和行動設法去改正過他們。他照這樣徒然地搞了好幾年。傳令兵換來換去，沒有個停，最後，每當一個新的傳令兵來到的時候，他就對自己嘆口氣說：「又給我派來一個下等畜生了。」

他很喜歡動物。他養了一隻哈爾茲金絲雀，一隻波斯貓和一條看馬的狗。過去，所有他的傳令兵們對待他這些心愛的動物都壞得很，正如當傳令兵做了什麼鬼鬼祟祟的事情的時候盧卡施中尉對待他們的一樣。

帥克向盧卡施中尉報到以後，中尉就把他領到房間裡說：「卡茲先生把你推荐了給我，我要你一舉一動都符合他的推荐。我有過一打或者一打以上的傳令兵，可是沒有一個待下來的。我先對你講清楚：我很嚴格，對於卑鄙的行爲和撒謊，我一點也不留情。你對我永遠要說實話，並且要本本分分地執行我的命令，不許回嘴。你在看什麼？」

帥克正出神地望著掛有金絲雀籠子的那面牆壁。聽到這話，一雙愉快的眼睛就盯著中尉瞧，用他那種特有的溫和的聲調說：

「報告長官，那是隻哈爾茲金絲雀。」

帥克打斷了中尉的訓話以後，依然定睛望著中尉，連眼睛也沒眨一眨，身子站得直直的。中尉幾幾乎要申斥他，可是看到他臉上那副天眞無邪的表情，就只說了一聲：「神父推荐說，你是天字第一號的白痴，如今我看他這話也差不多。」

「報告長官，老實說，神父的話說得是差不多。當我幹正規兵的時候，我是因爲長期性的神經不健全被遣散了的。當時有兩個人爲了同樣原因被遣散，一個是我，還有一個是昆尼茲上尉。他是個整天灌甜酒的老糊塗蟲。長官原讓我這麼說，這話一點兒也不假。」

盧卡施中尉像一個想不出適當的詞句來表達他的思想的人那樣聳了聳肩膀。他從房門到窗口來回踱著，圍著帥克走一圈，又踱回去。當盧卡施中尉這麼踱著的時候，帥克就用眼睛往返跟蹤著他，臉上是一望可知的天眞表情。盧卡施中尉眼睛望著地毯說：「記住，我什麼都要弄得乾淨整潔，不許撒謊，我要的是誠實。我恨人撒謊，我懲辦起撒謊的人來可是一點也不留情的。這話你聽清楚了沒有？」

「報告長官，聽清楚了。一個人最要不得的是撒謊。只要他陷到一本糊塗賬裡，前言不對後語的時候，他就算完蛋了。我想最好就是有一說一，有二說二，該承認的全承認下來。是的，誠實是美德，因爲日久天長誠實總是合算的。一個誠實人到處都受人尊敬。他對自己滿意，而且他每天上床都覺得自己像個新生的嬰兒一樣，他可以說：『哦，今天我又誠實了一天。』」

帥克這樣大發宏論的當兒，盧卡施中尉坐在椅子上，望著帥克的靴子，心裡想著：

「天哪，我想我大概也常常這麼絮絮叨叨地講廢話吧，只是也許我講起來不同一些。」

可是，爲了不損害他的尊嚴，等帥克說完了他才說：「現在你跟了我，你的靴子得擦得乾乾淨淨的，軍服得弄得整整齊齊的，鈕子全得釘好。總而言之，你的外表得很漂亮，很像個軍人，我不能讓你馬馬虎虎像個鄉巴佬。」

停了一陣兒，他又接下去向帥克交代了他應該做的一切職務，特別強調了誠實可靠的重要，永遠不許談論中尉這裡的事。

「有時候會有女客們來看我，」他又補了一句。「遇到我早上不值班的日子，有時候她們中間這個或者那個，也許會在這兒過夜。那時我一按鈴，你就送兩份咖啡到臥房來。聽懂了嗎？」

「報告長官，聽懂了。要是我猛然進臥房去，也會窘住那位太太。我記得有一次我往家裡帶回一個年輕的女人，我們倆正搞得火熱呢，我的老傭人給送咖啡來啦。她大吃一驚，把咖啡都倒在我背上了。您放心，我完全能體諒有一位太太在床上時候的心境。」

「那就好啦，帥克。遇到沾上太太們的事，我們都得格外有個分寸。」中尉隨說隨高起興來，因爲這個題目是他在兵營、操場和賭窟之外，閒餘時間中最關心的事。

他住的地方處處露出顯著的女性影響。若干位太太們丟下了她們的小衣裳和其他的裝飾品，做爲她們訪問的紀念。一位太太替他繡了一塊很漂亮的桌布，並且在他所有的內衣褲上也繡上他的姓名第一個字母。要不是她的丈夫出來干涉，她很可能把在牆上搞的一套裝飾也完成了。另外一個女人在他的臥房裡零零落落地堆滿了一些各色各樣的古董，並且在他床頭掛了一幅守護天使的像。

盧卡施中尉的交遊廣得很。他有一個相片本子，裡面滿是些女友的玉照；還收藏了各種紀念品，例如幾根襪帶、四條繡花短褲、三件料子非常考究的女人短袖襯衫、一些亞麻布手帕、一件女胸衣和幾雙長統絲襪。

「我今天値班，」他說。「很晚才回來哪。把房子收拾收拾，樣樣都弄妥當了。從前那個傳令簡直不像樣子。今天就給他派到前線上去了。」

盧卡施中尉一走，帥克就把一切都收拾妥當。

晚上他回來的時候，帥克說：「報告長官，一切都收拾妥當了，就出了一點點小岔子：貓搗起亂來，把您的金絲雀給吞下去啦！」

「怎麼會吞下去的？」中尉大聲咆哮道。

「報告長官，是這樣發生的。我知道貓不喜歡金絲雀，一有空子鑽，就一定糟蹋它們。所以，我想最好叫它們熟識熟識。要是那貓露出一點點不老實的模樣，我就痛痛快快揍它一頓，叫它到死也不會忘記金絲雀出來的時候它應當規規矩矩的，因爲我是頂愛動物不過的了。那麼，我就把金絲雀從籠子裡放了出來，讓貓用鼻子聞聞它。可是沒等我來得及理會，那可惡的畜生就已經把金絲雀的腦袋咬掉了。您簡直想不到它有多麼饞。全吞下去了，連身子帶羽毛，然後就躲到一旁不住地咕嚕咕嚕唱起來，要多開心有多開心。我教訓了那貓一頓，那我的確是做了，可是對天起誓，我連一指頭也沒碰它。我想我最好等您回來再決定怎麼對付那個長癩的畜生。」

帥克一面這樣敘說著，一面直愣愣地望著中尉。本來有意狠狠揍他一頓的中尉，這時候走開了，坐在椅子上問道：「聽著，帥克，難道你眞是個天下無雙的白痴嗎？」

「報告長官，」帥克一本正經地回答說。「一點不錯。從很小的時候我一直就是不幸的。每當我滿心想規規矩矩把一件事做好，結果總是出毛病，搞得一團糟。我一心實在想教那兩個畜生熟識熟識，互相能有些了解，可是貓一口把金絲雀吞下去，把什麼都搞糟了，這可怪不得我。沒有疑問，貓是厲害的畜生。如果長官叫我對付那貓一頓，我先得……」

於是，帥克滿臉帶著天眞和慈祥的笑容，對中尉講起對付貓的辦法。如果「防制虐待畜生會」的人士聽到了，他們準會氣得嘴裡冒沫子。帥克表現得這麼在行，以致盧卡施中尉忘記了生氣，問道：「你會管理動物嗎？你眞的喜歡它們嗎？」

「說起來，長官，」帥克說。「我頂喜歡的是狗，因爲您要是會買賣的話，那可是很賺錢的生意。可是我搞不好，因爲我這人太老實了。儘管這樣，還是有人來麻煩我，抱怨說：我賣給他們一件假賣，而不是一隻地地道道的純種狗，眞像所有的狗都可以是純種的似的。他們又總要狗的血統證明書，這樣我只得印一些，把一隻在磚窟上出生的雜種狗寫成一隻純種有來歷的狗。長官，您要是聽見狗販子們怎樣在血統證明書上哄騙他們的主顧，一定會大吃一驚。自然，眞正可以叫做完全純種的狗也並不多，有時候它的媽媽或祖母跟一條或者甚至幾條雜種狗廝混過，然後，生下來的畜生長得就會像它們那些雜種的祖先了。也許長出這個的耳朵，那個的尾巴，另一個的鬍子，顎骨是第四條狗的，彎腳是第五條的，腰身大小又是第六條的。如果一條狗有一打的那種姻緣，長官，它長成什麼樣子您就可以想見啦。」

中尉開始對這部狗學發生了濃厚的興趣。於是，帥克可以暢談下去了。

「狗可不像太太們一樣能自己染頭髮，因此，總是由賣狗的人給染上。要是一條狗老得毛都發灰了，而您想把它當做一條剛滿周歲的狗崽子賣，您就買點硝酸銀，砸碎了，然後用它把狗染得油黑黑的，直像剛出窩似的。您要是想叫它勁頭兒足，就餵它些砒霜——像他們餵馬的一樣，然後就跟磨銹刀似地用砂紙擦它的牙齒。把它賣給一位主顧以前，先灌它點白蘭地，這樣它就會暈頭暈腦的，接著就歡蹦亂跳起來，汪汪叫著，要多快樂有多快樂，而且見了誰都親熱，就像喝醉了的人一樣。可是最重要的：您得跟主顧瞎扯，不停地扯，一直扯到他沒辦法了。如果一個人想買一條看家的狗，而您手頭只有一條獵犬，您得有一套他們所說的閒扯的本領，硬把這個人扯得伏貼了，使他本想買一條看家的狗，結果卻把那條獵犬買了下來。或者譬如說，有人要買一隻很凶的鬥犬來防賊，您得哄弄他，結果叫他沒買成鬥犬，卻把一條纖小的哈巴狗揣在口袋裡了。當我販賣動物的時候，有一天來了位太太，等她的鸚鵡飛到前面花園去了，剛好有幾個孩子在她房前裝印第安人玩哪。他們抓到鸚鵡就把所有它尾巴上的羽毛全拔掉，用來打扮自己。那隻鸚鵡沒了尾巴以後，竟羞得生了病。跟著一位獸醫給了點藥粉，把它結果了。因此，她想再買一隻鸚鵡，一隻規矩的，不要一隻什麼也不會幹，專門罵街的村野的鳥。那麼，我手裡可沒有鸚鵡，也不知到那裡找去，怎麼辦呢？可是我手裡卻有一條烈性子的鬥犬，而且兩隻眼睛差不多快瞎了。長官，一句話不假，我從下午四點一直跟那位太太扯到黃昏七點，她才不再買鸚鵡，而買下了我那條瞎了狗眼的鬥犬。我那檔了營生比他們那套外交可費事多了。她臨走的時候，我對她說：『這回那些小孩子們可休息絡它的尾巴了。』從那以後我就再也沒機會同她談話了，因爲那條鬥犬見人就咬。她爲了那個竟不得不由布拉格搬走。長官，您信不信，弄到一隻眞正頭等的動物有多麼不容易呀！」

「我很喜歡狗，」中尉說。「有些我的弟兄們，現在在前線上還帶著狗呢。他們寫信告訴我說，在戰壕裡身邊有一條忠實的動物，生活就愉快極了。看來你對狗倒挺在行。我要是有一條狗，我希望你好好照顧它。你看哪種狗最好？我的意思是：做爲一個伴侶。我曾經有過一隻獵狐犬，可是我不知道——」

「長官，獵狐犬我看是挺好的狗。它們很機靈，眞的。我曾經知道一條……」

中尉看了看錶，打斷帥克滔滔不絕的話頭。

「哦，不早了，我得睡覺去啦，明天我又値班，所以你可以全天都出去找那隻獵狐犬。」

他上床去了，帥克就躺到廚房的沙發上翻看中尉從兵營裡帶回來的報紙。

「眞想不到，」帥克瀏覽著當天新聞的要目，自言自語著。「土耳其王送給德國國王一枚勛章，我連一枚軍章還沒有呢！」

忽然他想起點什麼，一口氣跑進中尉的臥房裡。

盧卡施中尉睡得正酣，帥克把他叫醒了。

「報告長官，您還沒指示我怎麼對付那隻貓呢。」

中尉半睡半醒地翻了個身，迷迷糊糊地咕噥道：

「關它三天禁閉。」接著他又睡了。

帥克躡手躡腳地溜出房間，把那隻不幸的貓從沙發底下拖出來，對它說：

「關你三天禁閉。解散！」

那隻波斯貓又爬回沙發底下去了。

在布拉格那個通往城堡的石級附近一個角落，有一家小小的啤酒店。這一天，兩個人在昏暗燈光下坐在酒店的後排座位上。一個是士兵，另外一個是老百姓。他們坐得很靠近，神秘地低語著。他們看來直像威尼斯共和國的陰謀家❷。

---

❷ 公元一〇〇〇年左右，威尼斯擺脫了拜占庭帝國的統治，成立了共和國，一直維持到一七九七年，終於顚覆在陰謀家的手裏。

「每天八點鐘，」那個老百姓低聲說。「女僕領它沿著哈弗立斯克廣場到公園裡去。它眞凶啊！說起咬人來，它可眞接近不得！」

他往士兵那邊更湊近了些，對著他的耳朵說：

「它連香腸都不吃。」

「炸了也不吃嗎？」士兵問。

「不吃，炸了也不吃。」

他們倆同時啐了口唾沫。

「那麼那畜生吃什麼呢？」

「我要知道才怪呢！這種狗有些嬌養得、捧得活像個大主教。」

「眞是隻獵狐犬嗎？別的狗中尉可不要。」

「沒錯兒，是隻獵狐犬，而且是很好的一隻。椒鹽色的、純而又純的配種，可靠得正像你的名字是帥克，我的是布拉涅克。我想知道的只是它吃什麼，然後我就把它給你們送來。」

於是，兩位朋友又碰起杯來。帥克入伍以前販狗的時候，他的狗就是布拉涅克供給的。現在帥克入了伍，布拉涅克認爲他有責任替他效勞，不計較報酬。整個布拉格城裡和近郊的狗，他條條認得，而且他有一個原則：非純種的不偷。

第二天早晨八點鐘，好兵帥克就沿著哈弗立斯克廣場和公園溜達著了。他是在等一個帶著隻波摩拉尼亞種小狗的女僕。結果他總算沒白等：一隻長著絡腮鬍子的狗圍著她跳跳躥躥，這動物的毛直而且硬，一雙眼睛像是滿懂事的樣子。

女僕的年歲相當大，頭髮很雅緻地挽成一個饅頭形。她對狗打了個口哨，手裡甩動著牽狗的繩索和一條漂亮的獵鞭。

帥克對她說：「小姐，對不起，去吉斯可夫怎樣走哇？」

她停下腳來望望，看他是不是眞心問路。帥克臉上那片愉快樣子使她相信這位可敬的士兵的確是想到吉斯可夫去。她神情露出幾分可憐，表示很樂意給他講解一下去吉斯可夫的路。

「我是剛調到布拉格的，」帥克說。「是從鄉下來的。你也不是布拉格人吧？」

「我是沃得南尼人。」

「說起來咱們差不多是同鄉，」帥克回答說。「我是普洛提汶人。」

這是帥克當年在波希米亞南部演習行軍的時候得來的關於那個區域地形熟稔的知識，使得這女僕心上對他油然產生了鄉親之感。

「那麼，你當然認得普洛提汶市集廣場那個賣肉的斐查爾了吧！」

「那還用說！他是我哥哥。四鄰哪個人不喜歡他！」帥克說。「他人不壞，肯幫人忙。他賣的肉新鮮，份量也可靠。」

「那麼你是饒立施家裡的人啦？」女僕問道，她開始喜歡起這個素不相識的士兵了。

「那當然嘍。」

「饒立施家哪個是你的爸爸：是住在克爾赤的，還是拉吉斯的那個？」

「拉吉斯的那個。」

「他還在到處兜賣啤酒嗎？」

「對呀！」

「可是他今年總有六十好幾了吧？」

「到春天了整整交六十八啦。」帥克自若地回答著。「現在他有一條狗替他拉著車子，它就像那條正在追著麻雀的狗，是條很標緻的狗呢，一隻美麗的小動物。」

「那是我們的狗。」他這位新交上的女朋友向他解釋說。「我在上校家裡幫工？」

「啊，原來那是你的狗呀，對嗎？」帥克打斷了她的話。「我伺候的中尉就討厭狗，眞可惜，因爲我很愛狗。」

他沈默了一陣，但是忽然說道：「自然，不是每條狗都給什麼吃什麼。」

「我們福克斯可講究極了。有一陣子它一點肉也不肯吃，現在肯吃了。」

「它頂愛吃什麼呢？」

「肝兒，煮了的。」

「小牛肝，還是豬肝？」

「那它倒不在乎，」帥克的女鄉親微微笑了一下說。

他們一道溜達了一會，然後那條波摩拉尼亞種狗也跟了上來。看來它挺喜歡帥克，隔著鼻籠套一個勁兒地扯他的褲管，不斷地往他身上蹦。但是忽然它好像猜出帥克的來意了，它不再蹦跳，帶著一種辛酸和憂慮的神情放慢了步子，並且斜了眼睛瞟著帥克，好像是說：「原來你對我懷的就是那個鬼胎呀，對不對？」

這時候，女僕正在告訴帥克她每天黃昏六點鐘光景帶著狗到這一帶來，說布拉格的男人他一個也信不過，並且提到她有一回在報紙上徵過一次婚，一個鎖匠應徵，打算跟她結婚，但是那個人千方百計地騙走了她八百克郎，然後就無影無蹤了。到底還是鄉下人來得誠實可靠。這一點她有把握。她要是嫁人的話，就一定得嫁個鄉下人。可是必須得等打完了仗。她認爲在戰爭中間不應該結婚，因爲那樣女的必然要守寡。

帥克向她保證六點鐘時他多半會來，然後就告辭了。他對布拉涅克說，那條狗什麼肝都吃。

「那麼我就餵公牛肝吧，」布拉涅克這麼決定了。「我公牛肝捉過一條聖伯納狗。那傢伙臉嫩得很。放心吧，明天我一定把那條狗給你送來。」

布拉涅克很守信用。下午帥克剛拾掇完屋子，就聽到門口有狗吠的聲音。打開門，布拉涅克進來了，拖著一條性子很拗的波摩拉尼亞種狗，通身的毛豎得比平常更直。它齜著牙齒，嗷嗷咬著，直像在表示它一心想撕裂，吞噬什麼似的。

他們把狗拴在廚房桌上上，然後，布拉涅克就講起它捉拿那隻動物的經過：

「我故意帶著一塊煮熟的肝，外面用紙包著，在它旁邊晃蕩，於是它就嗅起我來，並且向我身上躥。等我走到公園那頭，就轉彎進了勃里杜沃斯卡街。這時候我才餵了它頭一塊肝。它狼吞虎嚥地吃下去了，然後直直地跟著我，生怕我不見了。我進了金德里斯卡街，在那裡，我又餵了它一塊。它吃進去那一塊以後，我就把它用皮纜索牽上，領它過了瓦斯拉沃廣場，到了汶諾哈拉地，然後又來到沃爾索維斯。它可給我轉暈了。過電車道的時候它忽然倒下來，一步也不肯走了。也許它想讓電車壓死。我帶來一張空白的血統證明書，是在紙舖裡買的。帥克，你得把它給填上。」

「必須是你的筆跡。就寫：它是從萊比錫的封．畢氏狗場來的。父親是阿爾尼姆．封．卡勒斯堡，母親是愛瑪．封．特勞頓斯朵爾夫。父系方面，跟齊格菲．封．布森陀有血統關係，它的父親於一九一二年在柏林波摩拉尼亞種狗的展覽會上得過頭獎。母親得過紐倫堡純種狗會的金質獎牌。你看它年歲應該寫多少？」

「看它的牙齒，我想大概有兩歲。」

「那麼就寫十八個月吧。」

「帥克，它的毛剪的可不好。你看它的耳朵。」

「那容易辦。等它跟咱們熟了以後，可以替它剪。馬上動手它一定會鬧一場的。」

這條偷來的狗凶悍地咆哮著，喘著，扭動著，隨後它精疲力盡，就一頭倒下了，舌頭耷拉在外頭，任憑命運的擺佈。它慢慢地安靜下來了，只是時而還可憐地嗷叫著。

帥克把布拉涅克剩下來交給他的肝都給了它，但是它碰都不碰一下，只是鄙夷地瞟了一眼，又望著他們兩個人，直像是說：「哼，我吃過一通了，你們吃去吧。」

它帶著一種聽天由命的神情躺在那裡，假裝作打盹。忽然像是想起了什麼，它用後腿站了起來，用前爪拜拜。它屈服了。

帥克對這種感人的情景一點也無動於衷。

「倒下！」他對那可憐的動物嚷道。那狗又倒下了，苦苦地噭叫著。

「血統證明書上名字怎麼替它填呢？」布拉涅克問。「它以前的名字的福克斯，或者類似的名字。」

「那麼就叫它麥克斯吧。看它在翹耳朵呢，麥克斯，站起來！」

這不幸的波摩拉尼亞種狗，連家帶自己的名字都被剝奪了，開始在廚房裡跑來跑去。然後，突然又改了主意，在桌旁坐下來，把地板上剩下的肝吃掉了。隨後，它就倒在壁爐的一邊，昏昏睡去，結束了它這一段的奇遇。

「你破費了多少？」布拉涅克臨走的時候，帥克問他。

「帥克，這個你放心好啦，」布拉涅克溫柔體貼地道。「爲老朋友我什麼都肯幹，尤其你又入了伍。好吧，伙計，再見啦。記位，可永遠不要把它帶到哈弗立斯克廣場上去，不然你可是自找痲煩。如果你還要狗，你知道我總在哪裡晃蕩。」

帥克讓麥克斯好好睡了個大覺。他去肉舖買了半磅肝，煮好了，等麥克斯醒來給它一塊熱的聞聞。麥克斯睡完覺，舐著自己，伸了伸懶腰，嗅嗅那塊肝，一口吞下去了。

「麥克斯，過來！」帥克嚷道。

那狗戰戰兢兢地走過來，但是帥克把它抱到膝上，拍了拍它。自從麥克斯來了以後，這是它頭一回友善地擺了擺它那剪剩一節兒的尾巴，嬉戲地用爪子搔搔帥克的手，緊緊抓住，很機靈地凝視著帥克，像說：「事情反正是這樣子了，我知道倒楣的是我。」

麥克斯從帥克膝上蹦下來，圍著他歡歡喜喜地躥蹦著。趕到黃昏中尉從兵營裡回來的時候，帥克跟麥克斯已經成爲莫逆了。

盧卡施中尉看到麥克斯，很愉快地感到驚訝，而麥克斯重新看到一位挎腰刀的人也分外表示高興。

問到狗是從哪兒弄來的，花了多少錢，帥克異常泰然自若地回答說：是一個剛剛應徵入伍的朋友送的。

「那好極了，帥克，」中尉說，一面逗著麥克斯。「下月一號，爲了弄到這條狗我給你五十克郎。」

「長官，那我可不敢收。」

「帥克，」中尉正顏厲色地說。「你來伺候我的時候我跟你說得很明白，你必須聽我的吩咐。我說給你五十克郎，那你就得收下，拿去好好揮霍它一通。帥克，有了五十克郎你打算怎麼花呵？」

「報告長官，我就照您命令的好好揮霍它一通。」

「而且，帥克，要是萬一我忘記給你這五十克郎，你得提醒我一聲。你聽明白了嗎？這狗確實沒有跳蚤嗎？你最好給它洗個澡，把它的毛梳一梳。明天我值班，後天我就帶它出去溜達溜達去。」

當帥克給麥克斯洗澡的時候，那位上校——狗的原主人正在大發脾氣，說要抓到了偷狗的人，一定要送他到軍事法庭去，把他槍斃，把他絞死，判他二十年徒刑，用亂刀把他剁成碎塊。

「那個壞蛋要是給我抓住，我要他的命！」上校咆哮得連窗戶都震動了。「我知道怎麼對付像他這種流氓。」

帥克和盧卡施中尉的頭上正懸著一場災難……

13 大禍臨頭

克勞斯上校是一位很可敬的蠢貨。他的名字上也捎帶個辮子，就是封．吉勒古特❶，那個姓是出自薩爾斯堡❷附近的一個村莊；十八世紀時候，他的祖先把那個村莊奪個片瓦無存。每當克勞斯上校講解什麼的時候，他的話總不越出具體的細結，並且不時地提出最簡單的名詞來質問他的聽眾是不是聽懂了。如同：「諸位，我剛才提到那兒有一個窗戶。你們都知道窗戶是個什麼東西，對吧？」或者：「一條夾在兩道溝之間的路叫公路。對了，諸位那麼你們知道什麼叫溝嗎？溝就是一批工人所挖的一種凹而長的坑，是一種深渠道。對，那就叫做溝。溝是用鐵鍬挖成的。你們知道鐵鍬是什麼嗎？」

他對於解釋有一種狂熱症，並且解釋起來，那種興奮勁頭兒就像一個發明家對人講起他所發明的裝置。

他愚蠢到了家，以至軍官們都躲他遠遠的，免得去聽他講人行道是介於街道與馬路之間的，以及人行道是沿了房子正面所築的高出路面的一長條石路，而房子正面又是我們從街上或人行道

---

❶ 德奧貴族的姓前多加一個「封」（VON）字意思是「來自」或「屬於」。

❷ 薩爾斯堡是奧地利西部薩爾斯堡省的省府。

上所看見的那部分。我們不能從人行道看到房子的後面這一點，我們只要走到馬路上立刻就可以得到證明。

他準備當場來表演這件有趣的事實，而且他會攔住軍官們，要他們參加他那無止無休的關於攤販、雞蛋、陽光、寒暑表、布丁、窗戶和郵票的談話。

驚人的是像這種糊塗蟲居然會比較快地升了官。在操演的時候，他經常領著他的聯隊玩弄奇蹟。他永遠不能及時到達指定地點，他領著他的聯隊用縱隊形朝著敵方的機槍挺進。幾年前，有一回皇家軍隊在波西米亞南部操演的時候，他自己和他的聯隊都整個迷失了方向，後來卻在摩拉維亞❸出現了，在那裏閒蕩了幾天，操演早已結束了。

他非常虔誠，他時常去懺悔。自從戰事爆發以來，他經常祈禱著德奧的勝利。每逢看報看到俘虜敵方人員的時候，他就會大發雷霆地嚷道：「幹嘛俘虜他們？把他們統統槍斃掉算了。講不得什麼仁慈。叫他們的屍首垛起來。踩他們幾腳。把塞爾維亞那些可惡的老百姓都給活活燒死，一個也不留。用刺刀把嬰兒們也消滅了。」

盧卡施中尉在軍官訓練學校上完課，就帶著麥克斯出去散步。

「長官，請你別怪我多話，」帥克很熱心地說。「您得當心那條狗，不然它會溜掉的。我想它一定有點兒急著想回它的老家。您要是一解開皮纜索，它就會逃掉的。我要是您，我可不帶它到哈弗立斯克廣場去，因爲那一帶有條肉鋪的狗蕩來蕩去，那傢伙兇得厲害。它只要看見生狗出

❸摩拉維亞是捷克西部高地，在波西米亞東邊。

來就發火，總以爲是來搶它的食物，它咬起來可眞狠哩！」

麥克斯跳跳躓躓地歡喜得不得了。它躓到中尉的腳跟，把皮纜索跟軍官的那柄腰刀纏在一起，對於被帶出去散散步，它表現了非常的喜悅。

盧卡施中尉便帶著狗上街了，他向波里考普走去。他跟一位太太約好在盤絲卡街角碰頭。一路走著，他腦子裏只想著公事：明天對那些自願參軍的軍官該講些什麼；怎樣去確定一座山的高度；爲什麼高度都根據海拔來測量；一座山從底到頂的簡單高度怎樣根據海平線來確定。媽的，陸軍部幹嘛把這些亂七八糟的東西列入課程裏。炮兵學學還可以。而且，還有參謀部的地圖呢。如果敵人在三一二高地出現，就用不著去琢磨爲什麼山的高度是根據海拔來測量，或者去測量那座山究竟有多麼高。只要一查地圖，什麼就都解決了。

快到盤絲卡街的時候，他的這種思考給一聲「站住！」打斷了。這時候，那條狗就帶著皮纜索拼命要從他身邊溜掉，一邊快樂地吠著，一邊朝那個適才喊「站住！」的人身上撲去。

站在中尉面前的正是克勞斯．封．吉勒古特上校。中尉敬了禮，向上校道歉，說自己一時疏忽，沒早些理會到。

「一個下級軍官見了上級永遠要敬禮的，先生。」克勞斯上校大聲申斥說。「這條規矩我相信還沒有廢止。還有：從什麼時候起，軍官們養成了帶著偷來的狗滿街散步的習慣啊？一點兒不錯，我說的正是偷來的狗。一隻屬於別人的狗就是偷來的狗。」

「長官，這條狗——」盧卡施中尉剛剛開口。

「是我的，先生。」上校迎頭打斷他的話。「這是我的狗福克斯。」

這個別名麥克斯的福克斯認出了它的老主人以後，就完全不理新主人了。它把盧卡施中尉丟在一邊，就向上校身上跳跳躥躥，歡喜得了不得。

「帶著偷來的狗散步，先生，那是跟一個軍官的榮譽不相稱的。難道你不知道嗎？一個軍官在他沒有確定買了狗不會發生意外後果之前，不能買狗。」克勞斯上校一面撫著麥克斯，一面繼續咆哮著。麥克斯這時候竟下流地齜起牙來向中尉咆哮叫著，直像是對上校說：「狠狠地辦他！」

「騎一匹偷來的馬你認為對嗎，先生？」上校繼續說著。「你沒看見我在《波希米亞報》和《布拉格日報》上登的關於我的波摩拉尼亞種狗走失的啓事嗎？難道你就不看看你的上級在報上登的啓事嗎？」上校用一隻攥成拳頭的手捶著另一隻手掌。

「這些年輕的軍官們成什麼體統啦！他們的紀律觀念跑到哪兒去啦？一位上校在報上登啓事，而他們居然就不去看看！」

「哼，我多麼想在他下巴頦上揍他兩拳，這個

老糊塗蟲！」盧卡施中尉暗地裏想，一面望著上校的絡腮鬍子，那使他聯想到猩猩。

「到這來一下，」上校說道。於是兩個人就並肩走起來，舉行了一段十分愉快的談話：「你到了前線就不用打算再玩這套把戲了。沒問題，在後方閒蕩著，帶著偷來的狗散散步很不錯。哦，對了，帶著屬於你的上級的狗；而且正當我們在戰場上每天要有幾百名軍官陣亡的時候。想碰上他們在讀報上登的啓事——才不會呢！我就是登一百年的啓事，說我的狗丟了，他們也不會去讀！兩百年，三百年，他們也不會！」

老上校用力吸了下鼻子，這在他總是個極端憤慨的表示，然後說道：「你散你的步去吧。」隨著他掉過腳跟走開了，一路上用馬鞭抽著大衣的底邊。

盧卡施中尉剛走過街心，就又聽到那同一個嗓子喊出一聲『站住！』上校這時候正擋住一個倒楣的步兵後備員的去路，他正一邊走一邊想著他的母親，所以沒理會上校。

上校親自把他送到兵營去受處罰，一路上罵他是頭笨驢。

「我怎樣來對付帥克那傢伙呢？」中尉想道。「我照他下巴給他一下子。那還不夠。我就是把他切成細條都太便宜了，這個痞子！」

他也顧不得去赴那位女人的約會了，怒氣沖沖地照直就往家裡奔。

「我一定得要那個混蛋的命，我說了準算數，」他一邊上電車、一邊自言自語著。

這時候，好兵帥克和兵營裏派來的一位傳令兵正談得火熱，那兵帶來幾件需要中尉簽字的公文，現在他正在那裏等著。

帥克請他喝咖啡，然後兩個人就交口談起奧地利必然戰敗的話。他兩個所說的話要是給偷聽

了去，差不多每個字都會使他們因爲叛國罪名送上絞刑架的。

「皇上現在一定發起呆了，」帥克說。「他從來也沒有什麼頭腦。可是這一打仗，他一定更呆了。他連吃都得像個娃娃那麼等人餵，前幾天酒館裏有個人告訴我們說，皇上還雇兩個奶媽呢。」

如果他們的談話這時沒被盧卡施中尉的歸來所打斷，帥克很可能發揮更多的這類宏論。

中尉兇悍地瞪了帥克一眼，在公文上簽了字，把那傳令兵打發走以後，就招呼帥克跟他到隔壁房間去。中尉的眼睛裏冒著火。在椅子上落了坐，他定睛望著帥克，思索著這場屠殺該怎樣開始。

「我先在他嘴巴上給他兩下子，」他思索著，「然後我捶他的鼻子，扭他的耳朵。這都完了，再看揍他哪兒。」可是出現在他面前的卻是帥克那雙溫厚、坦率的眼睛。帥克衝破了暴風雨前的這一段寂靜，說道：「報告長官，您的貓完啦。它把鞋油吃掉了，現在它已經翹辮子啦。我把它丟到隔壁地窖裏去。再找那麼個波斯貓可不容易。它眞是個很好的小動物，這一點也不假。」

「我怎麼來對付他呢？」這是掠過中尉腦海的一個問題。「天哪，他多麼像個道地的白癡啊！」

而且帥克的和氣、坦率的眼睛裏還放著一種溫存和愜意溶化而成的神情，覺得一切都很妥貼，直像什麼事也沒發生過，而且即使發生過什麼事，現在也依然是萬事大吉。

盧卡施中尉跳了起來，但是他並沒照原來想的去打帥克。他在帥克的鼻子底下揮動拳頭，咆哮道：「帥克，那狗是你偷的，對不對？」

「報告長官，您今天下午把麥克斯帶出去散步了，我不可能偷它呵。您沒把它帶回來，我還覺著奇怪呢。登時我就想，大概出了什麼亂子。」

「帥克，你這個投錯了胎的笨蛋，你給我住嘴吧！你不是個十足的流氓，就是個天字第一號、雙料的大白癡。可是我告訴你說，別對我耍那套把戲。你從哪兒弄來的那條狗？你怎麼捉到它的，你知道那是我們上校的狗嗎？說實話：你偷了還是沒偷？」

「報告長官，我沒偷。」

「你知道它是偷來的嗎？」

「報告長官，是的，我知道，長官。」

「那麼，帥克，你這頭號笨驢，你這沒開竅的傻瓜，你這長滿了虱子的下流貨，我把你槍斃！對天發誓，我一定會的。你難道眞是這麼個大白癡嗎？」

「報告長官，我是的，長官。」

「你爲什麼帶給我一條偷來的狗？你爲什麼把那畜生塞給我！」

「長官，我是爲了討您的歡喜。」

帥克就安詳、溫柔地望著中尉。中尉倒在椅子上，嘆息說：「天哪，我造了什麼孽，讓你這個可惡的渾球來懲罰我啊！」

他頹然地坐下來，一聲不響。他覺連打帥克一個嘴巴的力氣都沒有了。最後，他捲了支香菸，不知其所以然地派帥克出去買一份《波希米亞報》，一份《布拉格日報》，為的是看看上校登的那個失狗的啓事。

帥克把報紙買來，並同把登著啓事的那一頁翻開，放在面上。他紅光滿面，用極端快樂的口吻說：「長官，這就是。上校把他丟的那條波摩拉尼亞種狗描寫得可眞神氣啦，讀起來很過癮，的確這樣。他還出一百克郎，懸賞給尋到狗的人呢。平常他們只出五十克郎。」

「你去躺下吧，帥克，」中尉吩咐道。

中尉自己也去睡了。半夜，他夢見帥克又帶給他一匹從皇太子那裏偷來的馬。有一回舉行檢閱，給皇太子認出來了：倒楣的盧卡施中尉正好騎著那匹馬走在他中隊的前列。

這時候，帥克的腦袋忽然在門口出現了。

「報告長官，兵營派人來召您了。您得馬上到上校那裏去報到。一個傳令兵剛剛傳來命令。」

他很體己地補了一句：「也許跟那條狗有關。」

「我全知道了，」中尉沒等傳令兵報口信就說道。

他是垂頭喪氣說的，說完就走了，狠狠地瞟了帥克一眼。

這可不只是件兵營內部的紀律問題，比那嚴重多了。中尉走進辦公室的時候，上校正氣鼓鼓地坐在圈椅上。

「兩年以前，你請求調到駐紮在布迪尤維斯的第九十一聯隊去。你知道布迪尤維斯在哪裏嗎？在沃爾達瓦河上。對了，沃爾達瓦河，而奧爾河還是什麼別的河流就在那兒入口。城很大，而且，我還可以說，很愉快。如果我沒說錯，沿著河有一道堤。你知道什麼是堤嗎？是砌得高出水面的一種防禦物。對，不過，這些都沒什麼關係。有一回，我們在那一帶演習過。」

上校沉默了一會，然後凝視著他的墨水壺，又扯到別的話題上去了。

「你可害了我那條狗，它什麼東西也不肯吃。瞧，墨水壺有一隻蒼蠅。奇怪，大冬天的，蒼蠅會落在墨水壺裏。這都是由於紀律太鬆弛。」

「你要對我說什麼，快吐出來吧，你這老白癡！」中尉肚子裏說道。

上校站起身來，在辦公室裏來回踱著。

「我考慮了很久怎麼樣結結實實給你個教訓，以後這類事情好不再發生。我記得你要求過調到第九十一聯隊去。最高指揮部最近通知我，第九十一聯隊相當缺少軍官，因爲他們全在跟塞爾維亞作戰中間陣亡了。我用人格向你擔保，三天之內你準就調到駐在布迪尤維斯的第九十一聯隊上去了，先遣隊人員正在那裏集合。你用不著謝我。隊伍上缺軍官——」

說到這裏，他也不知道該怎麼接下去才好，就看看錶，然後說了句：「十點半了。我該到傳令室去啦。」

他們這場愉快的談話就這麼結束了。中尉走出來呼了口氣，深深地感到鬆快。他就到軍官訓練學校去，到了那裏，他告訴大家他一兩天之內就要上前線了，因此，打算搞個酒會來向大家辭行。

回到家裏，他陰沉沉地對帥克說：「帥克，你知道什麼是先遣隊嗎？」

「報告長官，誰要是被派進先遣隊去，那意思就是說，他被派到前線上去啦。」

「一點也不差，帥克，」中尉莊重地說。「那麼允許我通知你，你同我一道被派上去了。可是，你休想到了前線還能玩你那套愚蠢的把戲。那麼，你聽了高興嗎？」

「報告長官，我再高興沒有了，」好兵帥克答道。「要是咱們一道爲了效忠皇上和皇室在戰場上陣亡，那才是一件壯舉哪！」

第二部

D.Maclise, R.A. T.Landseer.

1 帥克在火車上鬧的亂子

在布拉格開往布迪尤維斯的特別快車第二等車廂裡，有三位旅客：一個是盧卡施中尉，坐在他對面的是一位老先生，頭都禿光了；另外還有帥克，他很謙遜地站在車廂的過道裡，正準備再挨盧卡施中尉狠狠一頓臭罵。儘管那位禿了頭的老百姓在場，中尉一路上依然不停地向帥克嚷叫，罵他是上帝遺棄了的白痴，以及類似的話語。

亂子是一件很小的事情惹起來的，就是歸帥克照顧的行李，在數目上出現了點差錯。

「你說，咱們一只衣箱給人偷掉了，」中尉向帥克咆哮著，「這話說得可眞愛聽，你這個笨蛋！衣箱裡裝著些什麼東西呀？」

「沒什麼，長官。」帥克回答說，兩隻眼睛盯住了那個老百姓光禿禿的腦袋。那人坐在中尉對面，對於這件事好像絲毫不感興趣，一路只看看《新自由報》。「衣箱裡只有從臥室裡摘下來的一面鏡子，和本來掛在過道裡鐵的衣服架子，所以我們實際上並沒損失什麼，因爲鏡子和衣服架子都是房東的。」

「住嘴，帥克，」中尉嚷道。「等我們到了布迪尤維斯我再來對付你。你可知道我要把你關起來吧？」

「報告長官，我不知道，」帥克溫和地回答說。「您從來沒對我說過，長官。」

中尉咬了咬牙，嘆了口氣，從衣袋裡掏出一份《波希米亞報》來，開始讀起線上巨大勝利以及德國E號潛水艇在地中海上的戰果的新聞。正當他看到一段講德國新發明一種炸毀城市的方法——就是由飛機投下一種特殊炸彈的時候，他給帥克的聲音打斷了。帥克這時候正對那位禿頭的先生說：「對不起，老板，你是不是斯拉維亞銀行的分行經理波爾克拉別克先生啊？」

禿頭先生沒搭理他。帥克又對中尉說：「報告長官，有一回我從報上看到，說一般人腦袋上有六萬到七萬根頭髮，而且從許多例子看來，黑頭髮總要來得稀一些。」

他毫不留情地繼續說下去：「又有一個大夫說，掉頭髮都是由於養孩子的時候，神經受到了刺激。」

可是，這時候一件可怕的事情發生了。那個禿頭先生朝著帥克撲過來咆哮道：「滾出去，你這骯髒的豬玀！」他把帥克硬推到過道去以後，就又回到車廂來，向中尉介紹了一下自己的身份，中尉吃了一驚。

顯然是搞錯了。這位禿頭先生並不是斯拉維亞銀行的分行經理波爾克拉別克先生，而是陸軍少將封．史瓦茲堡。少將這是穿了便服視察幾處的防務。他事先沒通知，馬上就要到布迪尤維斯去訪問。

他是世界上最可怕的一位少將，一看見什麼事不對頭，他就會跟當地的司令官進行這麼一段談話：「你有手槍嗎？」

「有，長官。」

「那麼，好的。如果我是你，我一定曉得該用那支手槍幹什麼。這不是兵營，這成了豬圈了！」

實際上，每逢他視察完一個地方，就總有些人用槍把自己打死。遇到這種場合，封・史瓦茲堡少將總心滿意足地說道：「這就夠味兒啦。這種人才當得起軍人的稱號。」

如今他對盧卡施中尉說：「你在哪裡上的軍官學校？」

「在布拉格。」

「你進過軍官學校，而竟不懂得一個軍官的部下做什麼事，軍官應該負責嗎？你眞能胡搞。而且你跟那個傳令兵談得直好像他是你的知心朋友。不等你問他，他就說東道西的，你也不管！更不像話了。還有，你竟容許他來侮辱你的上級。這一點是頂嚴重了。你叫什麼名字？」

「盧卡施。」

「那個聯隊的？」

「我曾經——」

「我沒問你曾經是哪裡的，只問現在。」

「第九十一聯隊，長官。他們把我調到——」

「哦，他們調了你啦，對嗎？他們調得有道理。你跟你那第九十一聯隊越快上前線越好，對你沒害處。」

「前線是去定了，長官。」

少將於是發起宏論來，說近年來他看到軍官跟他們的下級談話無拘無束，他認爲這是很危險的傾向。因爲這樣就會助長民主思想的散播。一個士兵不能忘記他是個士兵，他站在上級面前必須渾身打哆嗦，他必須怕他的上級。軍官必須跟底下的士兵保持十步的距離，他不可以讓士兵有獨立的思考，或者，乾脆說，有任何思考。從前當軍官的講究用對上帝的畏懼來鎮服下面的士兵，可是如今呀——

少將做了一個絕望的手勢。

「如今，大多數軍官把他們的士兵完完全全地慣壞了。我要說的就是這些。」

少將又拾起報紙，聚精會神地看了起來。

盧卡施中尉臉白得像張紙，到過道跟帥克算賬去了。

他在靠窗口地方找到了帥克。

帥克神情快樂滿足得直像剛滿月的娃娃，吃得飽飽的，這時就要睡著了。

中尉站住，招手叫帥克過來，指了指一間沒有乘客的車廂。

帥克進去了，他緊跟著也進去，隨後把門關上。

「帥克，」他鄭重其事地說，「這回你可得破天荒大大挨一通揍啦。你幹什麼去惹那位禿頭先生？你可知道他就是封·史瓦茲堡少將？」

「報告長官，」帥克說，神情很像一個殉道者。「我一輩子從來沒意思去侮辱誰，而且我這也是頭一回知道他是少將。可是眞切得就像我站在這裡一樣，他長得跟斯拉維亞銀行的分行經理波爾克拉別克先生的確是一模一樣。他常常到我們那家酒館去。有一回，他趴在桌子上睡著了。一個好開玩笑的就用謄寫鉛筆在他的禿頭上寫道：『送上保險章程三號丙類，請注意本公司保護足下子女之辦法。』」

歇了一陣，帥克又接下去說：「那位似乎也犯不著爲那麼小小一點錯誤，就生那麼大一頓氣呀。照理說，他應該跟一般人一樣有六萬到七萬根頭髮，正像那篇文章所說的。我從來也沒想到過竟有禿頭的少將這種東西。那麼，這就是他們所說的，一個不幸的錯誤：要是你說了一句話，碰上有人誤會了你的意思，而又不給你個機會來解釋，這種錯誤是人人都會犯的。我曾經認識一個裁縫，他——」

盧卡施中尉又望了望帥克一眼，然後就離開那個車廂，回到原來的座位上去。過一會兒，帥克的那張天眞無邪的面龐又在門口出現了。他說：「報告長官，再有五分鐘就到塔伯爾啦。車停五分鐘。您不想叫點什麼吃嗎？好多好多年以前，他們特別拿手的是——」

中尉氣哼哼地跳了起來。他在過道對帥克說：「我再告訴你一遍：我越少看見你，我心裡越高興。如果事情歸我調度的話，我就永遠不看你一眼。你可以相信只要我有辦法避免看見你的話，我一定做到。你也再不要在我跟前晃。離得我遠遠的，你這個蠢貨！」

「是，長官。」

帥克敬了禮，用軍人的姿勢敏捷地來了一個向右轉，然後走到過道的盡頭，在角落裡那個列車管理員的座位上坐了下來，跟一個鐵路職工攀談起來。

「老板，我有個問題想問問你。」

那個鐵路職工顯然對談天的興致不高，他無精打采地點了點頭。

「我曾經認得一個叫赫弗曼的傢伙，」帥克聊天起來了。「他總認爲車上這種停車警鈴向來不靈的，我的意思是，如果你扳這個把子，屁事也不會發生。掏心窩跟你說句實在話，我聽了他那個說法壓根兒也沒動過腦筋，可是打我看見這裡這套警鈴的裝置那刻起，我總想琢磨琢磨它究竟靈不靈，萬一有一天我用得著它的話。」

帥克站起來，跟著那個鐵路職工來到警鈴開關閘的跟前，上面寫著：「遇險可扳」字樣。

鐵路職工覺得自己有義務向帥克明確地解釋一下警鈴的結構。❶

「那個人告訴你要扳的就是這個把子，這一點他說對了；可是他認爲扳了不靈，那是在瞎扯蛋。只要一扳這個把子，車總要停的，因爲這是跟列車所有車輛以及車頭連著的。警鈴開關閘一定會發生效力。」

他說這話的時候，他們兩個的手都放在警鈴的杆臂上，然後——事情究竟是怎麼發生的，只能是個人不知鬼不曉的啞謎了——他們把杆臂扳下來，火車隨著就停了。

究竟實際上是誰扳的杆臂，使得警鈴響起來的，

❶是安裝在列車各車廂的一種警鈴，直通機車。遇有緊急情況，乘客可以隨時按鈴停車。

他們兩個人的意見很不一致。

帥克說，不可能是他幹的。

「我還奇怪火車怎麼會忽然停下來呢，」帥克滿愉快地對列車管理員說。「它走著走著，忽然間停了。對這事兒我比你還要著急。」

一位神情很莊重的先生袒護列車管理員，說他聽到是當兵的首先談起停車警鈴的。

帥克卻絮絮叨叨說他一向講信用，一再說火車誤了點對他沒什麼好處，因爲他這是出發到前線去。

「站長一定會告訴你一切，」管理員說，「爲這件事你得破費二十克郎。」

這時候，可以看到乘客們紛紛從車廂爬下來。列車長吹著哨子，一位太太驚慌失措地提著只旅行皮包跨過鐵軌，正往田壟跑去。

「這滿值二十克郎，說實在話，」帥克面無表情地說，他依然是十分地鎮定。「這個錢倒不算高。」

正在這時，列車長也成爲他的聽衆了。

「那麼，我們該動啦，」帥克說道。「火車誤了點眞麻煩。要是在太平年月還礙不著大事，如今打起仗來。所有的火車運的都是部隊、少將、中尉和傳兵令，晚了可會出大亂子。拿破崙在滑鐵盧就晚到了五分鐘，不管他皇帝不皇帝，反正他自己搞得一塌糊塗。」

這個時候，盧卡施中尉從人叢中擠了出來。他臉上發青，嘴裡只能說一聲「帥克！」

帥克敬了禮，向他解釋說：「報告長官，他們認定火車是我停的。鐵路公司在他們的緊急開關閘上裝置了些非常可笑的塞頭。最好離那那種玩意兒遠遠的，不然的話，出了毛病他們就要你掏二十克郎，就像他們要我做的一樣。」

列車長已經吹了哨子，列車又開動了。乘客們都回到他們原來的座位上，盧卡施中尉也一聲不響地回到他的車廂去了。

「那可以，」帥克說，「我喜歡跟受過教育的人談話。到塔伯爾站去會見一下那位站長對我倒是件滿過癮的事。」

火車開到塔伯爾，帥克就用應有的禮貌走到盧卡施中尉面前說道：「報告長官，他們這就帶我去見站長。」

盧卡施中尉沒回答。他對一切都無所謂了。他覺得不論是帥克，還是那位禿頭的少將，他最好就是給個一概不理。自己安安靜靜地坐在原來的位子上，然後車一到布迪尤雅維斯站就下去，到兵營去報到。接著跟一個分遣隊上前線，在前線，頂壞也不過是來個陣亡，這樣也就可以跟這個有像帥克這種怪物晃來去的可

怕的世界永別了。

火車又在開動了，盧卡施中尉從窗口往外望，看到帥克站在月台上正聚精會神地跟站長鄭重其事地談著話。一簇人把帥克圍了起來，其中有幾個是穿了鐵路職工制服的。

盧卡施中尉嘆了口氣，但是那可不是一聲表示憐憫的嘆息。想到把帥克丟到月台上去了，他感到輕鬆些，連那位禿頭少將也不那麼像個駭人的妖怪了。

火車老早就噗噗冒著煙向布迪尤維斯開去了，但是圍著帥克的人群一點也沒縮小。

帥克堅持說，杆臂不是他扳的，圍聚的人聽了他的話是這樣相信，一位太太竟說道：「他們又在欺負大兵哪。」

大家都同意這個看法，人叢中出來一位先生對站長說，他願意替帥克交這筆罰款，他相信他們冤枉了這個士兵。

接著，一個巡官出現了。他抓住一個人，把他從人叢中拖出來，說道：

「你鬧得這麼一場糊塗是什麼意思呀？如果你認爲兵就應當這麼對待法兒，你怎樣能希望奧地利打贏這場戰爭呢？」

這時候，相信帥克沒犯錯兒、並同替他交了罰款的那位令人可敬的先生就把帥克帶到三等餐廳裡，請他喝啤酒。當他確實知道帥克的一切證件，包括他的乘車證，都在盧卡施中尉手裡的時候，還慷慨地送了他五個克郎買車票和零用錢。

帥克依然待在餐廳裡，不聲不響地用那五個克郎喝著酒。月台上有些人沒有親自聽到帥克跟站長的那番談話，只遠遠看到圍著的人叢。這時他們正在交談著：一個間諜在車站上照相，給抓到了。但是一位太太駁斥了這個謠言，說根本不是什麼間諜。她聽說是一個騎士在女廁所附近打了軍官，因爲那個軍官盯他情人的梢。這些離奇古怪的猜想還是由一個警察給結束的，他把月台上的人一齊都趕了開。帥克依然不聲不響地喝著酒。他一心關懷著盧卡施中尉，發愁到了布迪尤維斯找不到傳令兵可怎麼辦。

在慢車開行以前，三等餐廳擠滿了旅客，主要是屬於各種部隊和民族的士兵。戰爭的浪潮把他們捲進醫院去，如今，他們又離開醫院上前線，好再去受傷、斷肢、受折磨；這樣才有資格在墓地上樹起一座木製的十字架。

「Ihre Dokumente, vasi tokùment，」❷這時候，一個憲兵隊的上士用德國話和蹩腳的捷克話說道。有四個拿著上刺刀的槍的士兵陪著他。「坐吧，nicht fahren❸，坐下，喝吧，喝個夠，」他繼續用他美妙而夾七雜八的話說著。

「我沒有，milacku❹，」帥克回答說。「給九十一聯隊的盧卡施中尉帶去啦，我一個人落在這站上了。」

「Was ist das Wort:milacek？」❺上士掉過臉去對一個士兵問道。那個人回答說：

---

❷前兩個字是德語，意思是「您的證件」，後兩個字是捷克語，同樣意思，但是變格弄錯了。
❸德語，意思是：「不許走」。
❹捷克語意思是：「親愛的」。
❺德語，意思是：「Milacek這個字是什麼意思？」

「Milacek, das ist wie: Herr Feldwebel.」❻

上士繼續跟帥克談著話：「你的證件？每個士兵——沒有證件——關起來。」

於是，他們把帥克帶到軍事運輸總部。

「伙計，混不過去，這一關終歸得過。進去吧！」一個下士用同情的語氣對帥說。

他把帥克帶到一間辦公室裡，桌子上亂七八糟堆滿了文件，後邊坐著一個身材很小、樣子卻十分凶的中尉。看到下士把帥克帶了進來，他就意味深長地「啊」了一聲。隨著下士兵向他解釋說：「報告長官，我們在車站上抓到這個人，他沒有證件。」

中尉點了點頭，眞像是表示若干年以前他早就料到此日此時，帥克會因爲沒帶證件在車站上被抓，因爲任何人望到那時刻的帥克都不能不相信：像他這個模樣和神情的人身上是不可能攜帶著證件的。

最後中尉盤問起來了：「你在車站上幹什麼來著？」

「報告長官，我正在等著開往布迪尤維斯的列車，因爲我要到我的聯隊上去，我在那兒是盧卡施中尉的傳令兵。可是他們說我有扳警鈴的杆臂、因而使特別快車停下來的嫌疑，他們把我帶到站長面前去交罰款。這麼一來，我就掉隊啦。」

「我實在搞不清你這一片糊塗賬，」中尉嚷道。「有什麼話你可不可以照直說，不要像個瘋子似的東拉西扯！」

---

❻德語，意思是：「Milacek這個字就是上士的意思。」

「報告長官，自從我跟盧卡施中尉坐上那輛應該把我們送到帝國皇家步兵第九十一聯隊去的火車那一刻起，我們一動也沒敢動，可是一連串的倒楣事都落到我們頭上來了。剛一坐上火車我們就發現丟了一只衣箱；接著，換了個樣兒，來了位少將，一個禿頭的傢伙——」

「啊，天哪！」中尉嘆了口氣。

中尉生氣的時候，帥克接著說下去：「也不曉得怎麼搞的，那位禿頭少將打開頭就跟我幹起來啦。盧卡施中尉——我就是他的傳令兵，叫我到過道裡去。到了過道，他們就硬賴我幹了扳警鈴那件事。他們調查這個案子的時候，火車就把我落在月台上了。火車開走了，中尉也帶著他的行李、他的證件和我的證件一齊走掉了。這麼一來，我就像個孤兒一般給遺棄了，沒有了證件，什麼也沒有。」

帥克兩眼注視著中尉，神情是這樣溫和動人，中尉對這個從一切跡象看來是個生就的白痴嘴裡說出的話，是絕對相信了。這時候，他把那列特殊快車開走以後，由這個站上開往布迪尤維斯的車列一一數給帥克聽，問爲什麼都沒搭。

「報告長官，」帥克回答道，臉上帶著愉快的笑容。「我正等下一班車的時候，喝了幾盅酒，又出了亂子。」

「我從來上沒看見過蠢到這種地步的傢伙，」中尉思量著，「他倒什麼都一口承認。我們這兒多的是這種人，他們總是拼命起誓說，他們什麼錯也沒犯。可是這小子冷冰冰得像條黃瓜。他說：因爲喝了幾盅酒，就把幾班列車都錯過去了。」

中尉決定不宜再拖延，應該斬釘截鐵地把這件事解決了。因此，他著重地說：

「聽著，你這蠢貨，你這肥頭大耳的鄉巴佬：到票房去，買一張車票，滾到布迪尤維斯去吧。如果再讓我看見你，我就把你當逃兵辦。解散！」

中尉望到帥克並沒有動，他的手依然舉到帽檐上敬著禮，就大聲咆哮說：

「快步走！你給我出去，我的話你聽見了嗎？帕蘭尼克下士，把這個笨蛋帶到票房去，給他買一張到布迪尤維斯的車票。」

過一會兒，帕蘭尼克下士又出現在中尉的辦公室了。在他背後，帥克的愉快面龐正由門口往裡窺視著。

「這回怎麼啦？」

「報告長官，」帕蘭尼克下士神秘地小聲說，「他沒錢買車票，我也沒錢。他們不肯讓他坐白車，因爲他身上沒有說明他是到聯隊上去的證件。」

中尉立刻發表了一番賢明的判斷來解決這個難題。

「那麼就叫他步行去吧，」他這麼決定了。「等他走到了，他們可以因爲他遲到關他的禁閉，我們這裡管不了這許多！」

「伙計，沒辦法，」他們走出辦公室以後，下士帕蘭尼克對帥克說。「你只好步行到布迪尤維斯，老伙計。衛兵室裡還有點配給麵包。我可以給你拿點帶在身邊吃。」

半小時以後，也就是當他們請帥克喝了黑咖啡，除了配給以外又給了他一包軍用菸絲帶到聯隊上去，帥克就深更半夜離開了塔伯爾，一路唱著舊時的軍歌。天知道怎麼搞的，好兵帥克本應當向南朝著布迪尤維斯走，他卻向正西走去了。他深一腳淺一腳地踏著雪走，渾身用軍大衣包得嚴嚴實實的，直好像拿破崙進攻莫斯科的大軍碰壁折回時，最後的一名衛兵。

帥克唱膩了，就坐在一堆砂礫上，燃起他旳菸斗。歇了一陣子，然後又繼續走向新的冒險。

2 帥克的遠征

古代的名將色諾芬❶手裏沒有一張地圖，踏遍了小亞細亞，以及天曉得還有些什麼地方。古代哥特人❷沒有任何地形上的知識，居然也完成了他們的遠征。遠征就是大跨步筆直向前邁進，深入荒僻的地方，四周都是時刻想乘機來下毒手的敵人。

凱撒的軍隊在遙遠的北國❸的時候（順便提一下：他們並沒靠任何地圖就走到那一帶），決定回羅馬的時候換一條路，好多見些世面。他們也走到了家，也許因此才有那句「條條道路通羅馬」的名言。

同樣，條條道路都通布迪尤維斯，這一點好兵帥克是完全堅信不疑的。因此，當他望到的不是布迪尤維斯一帶，而是米里夫斯柯附近的一個村子，帥克依然向西吃力地走去。在克維托夫和

---

❶色諾芬（公元前431—350），希臘歷史學家及軍事家，曾率領一萬希臘大軍跨過韃靼海峽，解救友軍。後來著《遠征記》記載這件事。

❷哥特人（另譯：哥德人）是古代日耳曼人的一個分支，本來住在波羅的海，公元三世紀後移到多瑙河及黑海北岸，後又侵入希臘、意大利及西班牙等地。

❸北國指歐洲北部。

烏拉茲之間的大路上，他遇到一位剛從教堂出來的老大娘。她向他打了基督徒的招呼說：

「日安啊，當兵的。你到哪兒去？」

「我到布迪尤維斯找我的聯隊，」帥克回答說。「我要打仗去，老大娘。」

「可是你走錯路了，當兵的。」老大娘驚慌地說。「這麼走下去，你永遠也到不了那個地方。要是照直走，你就會走到克拉托衛。」

「那麼，我想我可以從克拉托衛走到布迪尤維斯的，」帥克帶著聽天由命的神情說。

「自然，這段路可不短，特別是像我這樣願意盡職的人，如果不能早些回到聯隊上，一定會吃苦頭。」

老大娘憐憫地望著帥克說道：「你在那矮樹林子裏等著，我給你弄點土豆湯來，叫你暖和暖和。你從這兒可以看得見我的茅屋，就在矮樹林子後頭，偏左點。我們村兒裏你可去不得，那邊警察多得像蒼蠅。」

帥克在矮樹林裏等了她半個多鐘頭，這位可憐的老大娘才把土豆湯盛在盆子裏帶了來；爲了保暖，周圍還用布包起來，當帥克湯完了湯，感到暖和時，她又從一個包包裏拿出一大塊麵包和一塊醃肉，塞到帥克的衣袋裏，給他劃了個十字，告訴他說，前線上有她兩個孫子。然後，她小心翼翼地重說了他必得走過的和他必得躲避的村莊的名字。最後，她從裙子口袋裏摸出一塊銀幣，給了他，叫他去買點白蘭地喝喝。

帥克就按著老大娘所指點的路走去。在斯基坎附近他遇到一個年老的流浪漢。他請帥克痛痛快快地喝了一通白蘭地，直像他跟帥克已經相識多年了似的。

「別穿你那身打扮走路，」他勸帥克道。「那身軍裝八成兒會叫你倒楣的。這一帶警察很多，穿著那套衣裳你什麼也不用想討到。警察不像從前那樣跟我們爲難了。他們現在專門來對付你們這種人。」

「你到那兒去呀？」流浪漢過一陣又問。這時他們都點上了菸斗，慢慢地穿過了村莊。

「到布迪尤維斯去。」

「我的老天爺！」流浪漢聽了驚叫起來。「你要是去那兒，他們一定會馬上把你逮住。你一點點逃跑的機會也不會有的。你要的就是一身老百姓的衣裳，上面最好是髒得一塌糊塗，那麼你就可以冒充殘疾人了。可是你用不著害怕。打這兒走上四個鐘頭就可以到一個地方，那裏住著我的一個老伙計，是個老故人。咱們可以在那兒歇一夜，第二天早上到斯特拉柯尼斯去，在那一帶替你弄一套老百姓的衣裳。」

那個牧人原來是個很殷勤的老傢伙。他還記得他爺爺講給他聽的一些關於法國戰爭的掌故。「孩子們，可不是嗎，」他們都圍著火爐坐下，爐子上正煮著帶皮的土豆，他解釋道：「我爺爺活著的時候，他跟這兒這個當兵的一樣，也開過小差。可是走到沃德拿尼就給抓住了，把他的脊梁揍得皮開肉綻的。可是，他還算不上吃苦頭，差得遠呢。普魯提文那邊有個傢伙，他是看魚塘的老雅里施的爺爺，爲了逃跑他嘗了一筒子火藥，是在皮塞克地方打死的。他們在皮塞克的壘牆上槍決他以前，還給他夾擊的刑罰，狠狠揍了他六百下棍子。打完以後，他倒巴不得去吃那顆子彈了，好解脫痛苦。你是什麼時候開的小差？」他問帥克道。

「就在點完我的名字以後，他們叫我們往兵營裏開步走的時候，」帥克回答道，他覺得老牧人既然相信他是個逃兵，他不便去動搖他的信心。

「那麼你現在到哪兒去呢？」

「他發瘋了，眞的，」那個流浪漢替帥克回答說，「他別處不去，單單想奔布迪尤維斯。像他這樣沒經驗的小伙子自然會那麼幹。我得教他一兩手。首先，咱們得搞點老百姓的衣裳來，有了那個就好辦了。咱們可以度過這個冬天，然後再找個地方幹點莊稼活。今年大家可有一陣子罪受。一個傢伙告訴我說，他們要把咱們流浪漢全逮起來，叫咱們到地裏去幹活。所以我想咱們不如乾脆自動去。到那時候不會剩下多少人的，一定會一網打盡。」

「這個仗，你估量著今年打得完吧？」牧人問道。「啊，小伙子你想的不差。早先的仗，打起那才沒結沒完呢。先是拿破崙戰爭❹，然後是我聽人說起的：瑞典戰爭❺和七年戰爭❻。」

---

❹ 拿破崙戰爭指十八、九世紀之間拿破崙妄圖統治全歐而進行的戰爭，一直打到一八一五年他潰敗爲止。

❺ 瑞典戰爭指十八世紀初葉瑞典國王查利十二世侵略丹麥、波蘭、俄羅斯及挪威等國的戰爭。

❻ 七年戰爭指一七五六年到一七六三年間普魯士聯合英國對法國和奧地利的戰爭。英國乘機擴張其殖民地。

放了土豆的水煮開了。沉默了一會，老牧人用未卜先知的口氣說道：「可是這場戰爭他不用想打贏的，咱們皇帝打不贏的，我的小伙子。大伙兒不站在他那邊。人們說，這場戰爭打完以後就不會再有皇帝了，他們就要把皇家的回莊分掉。警察已經抓到幾個說這種話的人。唉，警察現在是想怎樣幹就怎樣幹。」

牧人隨著就把煮土豆鍋裏的水倒掉，又在這盤菜裏放上酸羊奶。他們馬馬虎虎吃完了飯，不多久就在那很暖和的小屋子裏睡著了。

半夜裏，帥克悄悄地穿上衣裳，溜了出去。月亮正從東邊升起，給他壯了膽，他就趁著月光往東走去，一路上喃喃自語著：「早晚我總會走到布迪尤維斯的。」

可是很不巧，離開普魯提文以後他應該朝南往布迪尤維斯走，他卻朝北往皮塞克的方向走去了。快到中午的時候，他望見近處有個村莊。當他正走下一座小山的時候，池塘後邊白茅屋裏鑽出一個警察來，就像一隻在網上埋伏著的蜘蛛。他照直走到帥克面前說：「你上哪兒去？」

「到布迪尤維斯，到我的聯隊上去。」

警察譏諷地笑了笑。

「可是你走的是正相反的方向。你把布迪尤維斯丟在後腦勺啦！」他把帥克拖到派出所去。

「哦，我們很高興見到你，」普魯提文的巡官這麼開始說道，他是出了名的頗有手段，同時又很精明。他對逮捕或扣押的犯人從來不大聲恫嚇，只讓他們受到一種盤問，終於連無辜的人也會承認有罪的。

他接著說。「你走了這麼長一段路，一定累了吧。好，告訴我們你是到哪兒去？」

帥克又說了遍是到布迪尤維斯的聯隊上去。

「那麼你走錯路了吧，」巡官微笑著說道，「因爲你不是朝著布迪尤維斯走，是相反方向，你背著它走了啊！」

巡官和氣地盯住帥克。他用鎮定而且莊重口氣回答說：「儘管那樣，可是我去的還是布迪尤維斯。」

「那麼你聽著，」巡官依然用很友善的口氣對帥克說道，「我要證明你搞錯了。到最後，你會知道你越否認，你就越不容易招認。」

「您這話就說對了，」帥克說：「越否認就越不容易招認。」

「這就對了。現在你搞明白了：我要你爽爽快快地告訴我，你是從什麼地方出發，往你這個布迪尤維斯去的？」

「我是從塔伯爾出發的。」

「你在塔伯爾你幹些什麼呢？」

「我在那兒等候開往布迪尤維斯的火車。」

「那你爲什麼沒搭上開往布迪尤維斯的火車呢？」
「因爲我沒有車票。」
「那他們爲什麼沒發給你一張免費乘車證呢？你是個軍人，這是你應該享受的權利呀。」
「因爲我身上沒帶著證件。」
派出所所有的警員都彼此意味深長地望了一眼，巡官接著說下去：「這麼說來你是待在塔伯爾車站上的。你衣袋裏有什麼沒有？咱們看看都有些什麼。」
他們把帥克從頭到腳搜查了一通，除了一支菸斗和火柴以外，什麼也沒搜出來。於是，巡官又問道：「告訴我爲什麼你衣袋裏什麼也沒有？」
「因爲我什麼也用不著。」
「哎呀，」巡官嘆了口氣說，「你眞是個麻煩鬼！你在塔伯爾火車站待了很久嗎？」
「一直待到最後一趟往布里尤維斯的火車開出去的時候。」
「你在車站上幹些什麼呢？」
「跟一些老總們聊天。」
巡官又跟他的同僚交換了個意味深長的眼色。
「你跟他們聊些什麼？你問過他們一些什麼樣的問題？」
「我問他們從什麼聯隊來的，他們正要到哪裏去。」
「我知道啦。你不曾問問他們聯隊裏有多少人，是怎樣編制的？」
「沒有，我沒問那些，因爲我都知道得爛熟。多少年以前就知道了。」

「這麼一說，軍事部署你知道得很不少。」

「我想是這樣吧。」

然後，巡官向周圍他的下屬們環視了一下，就揚揚得意地打出他那張王牌來：

「你會說俄國話嗎？」

「不會。」

巡官對他的助手點頭示意。當他們兩人到了隔壁房間時，他一面搓著雙手，一面得意著他這回徹頭徹尾的成功，而且是準跑不掉了。他宣佈說：

「嘿，你聽見了嗎？他不會說俄國話。這小伙子足有一大車猴子那麼狡猾。除了這個最重要的問題，他什麼都招認了。明天我們就把他送到皮塞克的警察分局長那兒去。對付這些歹徒的訣竅就是隨時都要機警，同時，對他們要和和氣氣的。你看見我是怎麼戳穿他的？你不會想到他居然是這種人吧？看來他就像個鄉村裏的白痴，可是你最要提防的正是這種人。好吧，你把他關好了，把門鎖上，我去起草個報告。」

於是，下半晌巡官就帶著滿臉笑容起草報告，每句話都會加了一句Spionageverdachtig❼這個字眼兒。

他越往下寫，情勢越清楚。最後他用他那奇妙的官場使用的德文寫道——「該敵方軍官當於即日押交皮塞克警察分局局長，職謹此呈報。」想到自己的成就，他笑了笑，然後把他的助手喊

---

❼德文，意思是：「有間諜嫌疑」。

來：「你們給敵方軍官東西吃了沒有？」

「根據長官您的吩咐，只有中午以前帶來並且經過審訊的人才供給伙食呢。」

「這可是一件非同小可的案子呀，」巡官很神氣地說。「他是個高級軍官，是參謀部的。俄國人才不會用下士來刺探軍情呢。你可以派人到公貓飯館給他叫頓午飯吃。然後叫他們沏茶，擱上點兒甜酒，把東西都送到這兒來。不用提是給誰準備的。老實說，咱們逮住了什麼人可誰也別告訴。這是軍事機密。他現在正在幹嘛呢？」

「他想要一點點菸草。他正在衛兵室坐著哪，看來是心滿意足的，直好像在他自己家裏似的。『這個地方倒是又舒服又暖和，』他說，『你們這裏的爐子也不走煙。我待得挺痛快。你們的爐子要是走煙的話，就應當把煙掃一掃。可是只能在下午掃，永遠不要在太陽正對著煙囪曬著的時候掃，』他說。」

「哦，那也不過可以看出他有多麼狡猾，」巡官說，聲音裏充滿了得意的心情。「他假裝出滿不在乎。不管怎樣，他知道是要把他槍斃的。儘管他是個敵人，這種人不能不叫人肅然起敬。瞧，你可以說他等於已經死到臨頭了。我還不敢說咱們究竟下得去手下不去手。咱們也許搖擺一陣，手又縮回去了。可是他呢，坐在那兒說著：『這個地方倒是又舒服又暖和，你們這裏的煙囪也不走煙。』這才真正叫作膽子呢？不含糊！一個人要想幹那樣的事，他先得有鋼鐵一般的神經和骨氣。他得有骨氣和膽子。咱們奧地利要來上點兒膽子倒是滿好的。並不是說，咱們這兒沒有英雄。我在報上還看到……可是，話又說回來，咱們在這兒聊天白糟蹋時間。你儘管去給他叫飯去吧，回頭順便把他帶到我這兒來。」

帥克被帶進來的時候，巡官先尋思了一下，隨著就進行起他那種審訊了。

「你到布迪尤維斯去幹什麼？」

「到第九十一聯隊上去。」

巡官叫帥克回到衛兵室去，然後趁他還沒忘記，那上在他正起草給皮塞克警察分局長的部份呈文上加了一句：「此犯操純熟之捷語，正前往布迪尤維斯參加步兵第九十一聯隊。」

巡官興高采烈地搓著手，對自己搜集了這麼豐富的資料，以及用他的盤問方法審出這麼詳細的情節來，感到十分滿意。他愜意地笑著，從書桌的文件架拿下布拉格警察總盟發布的一份密令，上面照例標著「機密」字機，密令的內容是這樣：

各地警察當局對其轄區內一干過往行人，必須嚴加戒備，此為當務之急。自我軍於東加里西亞作戰以來，數支俄軍已越過喀爾巴阡山侵入我國疆土，戰線因而更向帝國西部轉移。在此新形勢下，戰線之變幻無常更有利於俄國間諜深入我國腹地，尤以摩拉維亞及西里西亞兩省為甚。

據密報：大批俄國間諜已由該兩省潛入波希米亞省。其中現已證明有來自俄國之捷克人多名，曾在俄國軍事學校受訓，擅長捷語。此種人尤為危險，因彼等足以在捷克人間散布叛國宣傳，並估計此刻早已散布。茲訓令各地警察當局遇有可疑人物，概予扣留。兵營、兵站及兵車所過之車站附近，防守尤宜嚴密。行人一經扣留，應立即盤問，然後移交有關上級辦理，此令。

巡官滿意地笑了笑，把那個秘密文件又放回原標著「密令」的文件架上去。文件架上放著許多密令，都是內務部和國防部協同草擬的。布拉格警察局整天忙著複寫、分發這些密令，其中包括——

應嚴密注意當地人口流動的指示。

如何利用交談以探查前方消息對於當地人口流動之影響的指示。

當地居民對戰爭公債態度及認購情況的調查表。

已經入伍以及行將入伍者情緒的調查表。

立即確查當地居民屬何政黨以及各個政黨人口比重的指示。

注意當地政黨首領活動的指示。

關於調查叛國嫌疑分子交結之朋友並確定其叛國表現的命令。

關於如何從當地居民中物色告密人的命令。

各地領津貼的告密人應依章登記服役的命令。

每天都有新的命令、章程、調查表和指示送來，巡官就被奧地利內務部發出的這些成篇累牘的文件忙得要死，積壓下的大量文件弄得他頭昏腦脹。他以千篇一律的刻皮方式來對付送來的那些調查表。總是回答說：一切情形良好，當地居民的忠誠是一級甲等。奧地利內務部設計了下列一種標準來表示人民對帝國的忠誠：一級甲等、一級乙等、一級丙級；二級甲等、二級乙等、二級丙等；三級甲等、三級乙等、三級丙等；四級甲等、四級乙等、四級丙等。最後那一級的甲等表示有叛國行爲須上絞刑架，乙等表示應拘禁，而丙等的意思是應加以監視或囚禁。

巡官看到一批批的文件和通令隨著每趟郵差冷酷無情地向他襲來，時常沮喪地搖著頭。他只要看見那熟稔的打了「內係公文，郵資已付」的信封，精神就垮了。到夜晚思量起這一切，他斷定自己一定活不到戰爭結束的那一天啦。警察分局天天質問他：爲什麼還沒有答覆d字第七二三四五號七二一aef的調查表，或者問起第八八八九二號八二二gfeh通令他是怎樣處理的，或者v字第一二三四五六號一九二二二bfr命令收到以後已經有了哪些成效等等，他已經給弄得不曉得該怎樣好了……

是的，巡官已經失眠了幾個晚上啦。他總是等待著視察或調查。他曾經夢見過上吊，或是上絞刑架。在夢裏，正當他被絞之前，國防部部長還親自問他說：

「巡官，xyz字第一七八九五七八號二三七九二的通令，你是怎樣答覆的呀？」

但是現在他的前途大大地光明起來了。巡官毫不懷疑警察分局局長會拍拍他的肩膀說：

「巡官，恭喜，恭喜！」他還驀想出其他美妙的希望，如同得勛章，趕快升官，以及他捉拿歹徒的高強本事一定會四遠馳名。這麼一來就替他日後的萬里鵬程開闢了道路。

他把助手喊過來問道：「那份午飯送來了嗎？」

「他們給他送去點熏豬肉，加白菜和麵團子。湯賣光。他喝了點茶，還要喝。」

「那麼就替他沏吧，」巡官這麼慷慨地一口答允了。「等他喝完了茶，再把他帶到我這兒來。」

半個鐘頭之後，吃得心滿意足的帥克被帶來的時候，巡官問道：「怎麼樣，吃得好嗎？」

「哦，還不壞，就是白菜少了些。可是，那也難免——我知道你們沒料到我會來呀！熏肉熏得倒還透。我敢打賭，一定是家裏熏的。那杯加了甜酒的茶喝下去可眞叫舒服啊。」

巡官望著帥克，然後開始問道：「俄國人喝起茶來凶得很，對不對？他們也有甜酒嗎？」

「世界上無論哪裏都有甜酒。」

「嘿，好小子，」巡官心裏想道，「你想把我支唔過去，是不是？」於是，他像機關槍似的衝了出來：「你在九十一聯隊打算幹些什麼呢？」

「我要上前線。」

巡官滿意地盯著帥克說道：「不錯，那是去俄國最便當的路？」接著他自己很愉快地思索著：「這個主意想得不差，是條好計策。」

他觀察剛才他說話對帥克會引起怎樣的反應，但是他看到的只是毫不動聲色的鎮定。

「這小子連眼睫毛也都不眨一眨，」他帶著一種吃驚的感覺思量著。「這就是他的軍事訓練。我要是處在他那個地位，隨便誰對我那麼講話，我的磕膝蓋都一定會打哆嗦的。」

「明天早晨，我們要把你帶到皮塞克去，」他用隨隨便便的口吻向他宣布。「你到過皮塞克嗎？」

「到過，那是在一九一〇年了，帝國軍隊演習的時候。」

巡官聽到這個答話，他的笑容更顯得快活而且得意啦。他現在完全相信他這種盤問的辦法收到的效果已經超出他的估計了。

「演習你是從頭到尾參加的嗎？」

「當然嘍，我是步兵，不會半道上停下來的。」

帥克依然用原來的寧靜的神情望著巡官，巡官這時開心得不能自持了。他沒法制止自己，趕忙把這個也寫進呈文裏去。他把助手喊來，叫他把帥克帶走，然後，他就這樣把他的呈文一氣呵成——

據探：此人密謀潛入我第九十一聯隊內部，以便要求立即轉往前線，俟有機會，即投俄國。按該犯目睹我方當局戒備嚴密，不如此即無法返抵俄方。彼與第九十一聯隊之關係諒必良好，蓋職屢加盤問，始得悉該犯遠在一九一〇即曾以步兵身分參加帝國軍隊在皮塞克附近舉行之全部演習。由是可以推想，該犯對間諜一途諒必訓練有素。再者，此番一切罪證之獲得，皆有賴於職獨創之盤訊方法也。

寫完之後，巡官便走到衛兵室來。他點上自己的菸斗，又把菸絲遞給帥克去裝他的菸斗。助手添了添火，於是，在深冬的蒼茫暮色中，這個派出所就成為地球上最適於懇談的溫暖角落了。

可是誰也沒話可說。巡官在自己尋思著。最後，他掉過頭來對他的助手說：

「照我的意思，間諜是不應當絞死的。一個人總算也是犧牲他的性命來盡職，來效忠他的國家，到頭他應該享受比絞刑更體面些的待遇，應當請他吃顆子彈，你說呢？」

「是呀，那樣才合道理。把他們斃了，不要絞死，」助手表示同意說。「比方說，要是派咱們去刺探俄國人那邊機關槍團裏有多少挺機槍，咱們也會脫下軍裝就去的。然後，要是我給逮住，把我絞死，直像是我幹了圖財害命的事似的，豈不太冤枉了嗎？」

那位助手興奮得站起來，大聲嚷道：「我主張一定要把他槍斃，然後用軍禮埋葬。」

「是的，這話有理，」帥克插嘴說道，「唯一的困難是：萬一那傢伙機靈得叫他們什麼罪證也抓不到呢？」

「哦，抓不到嗎！」巡官著重地說道。「要是他們跟他一樣機靈，而且，要是他們自己有一套辦法，就可以抓到。你大可以有機會親自看到一切的。」

助手點頭表示同意，並且說，想玩弄那種把戲的早晚要倒楣；一個人假裝不在乎也不成，因爲他越躲閃就越露馬腳。

「啊，你可得到我這個方法的訣竅了，你眞的得到了，」巡官得意洋洋地宣布說。「不錯，能保持冷靜的頭腦是好的，但是到頭來也還是白搭。既然是假裝出來的門面，那終歸還是corpusdelicti❽。」

議論發揮到這裏，巡官打住了，掉過頭來問他的助手說：

「喂，今天晚飯有什麼呀？」

「長官，您不要到公貓飯館去吃嗎？」

---

❽拉丁文，法律的專名詞，意思是「犯罪的證據」。

這麼一問，巡官又面臨一個必須馬上解決的問題。假若這個人利用他出去的當兒逃掉了呢？他的助手雖然曾經放兩個流浪漢逃掉過，他還是夠可靠和謹慎的。

「咱們派老婆婆去買點晚飯來吃。她可以帶只罐子去裝啤酒，」巡官是這樣解決難題。「讓那個老妞兒多伸伸腿對她會有好處的。」

伺候他們的老妞兒倒確實多伸了伸腿，晚飯吃過以後，派出所到公貓飯館的路上還不斷地有著活動。從這條交通線上印著的老婆婆特號靴子的頻繁痕跡可以證明：雖然巡官沒有親自光臨公貓飯館，他卻已經充份享受到好處了。及至最後老婆婆來到酒吧間說，巡官捎個口信問櫃上好，問可不可以賣給他一瓶白蘭地的時候，老板的好奇再也按捺不住了。

「他們來了什麼貴族？」老婆婆回答著，「一位有嫌疑的人。剛才我走出來以前，他們兩個在摟著他的脖子，巡官拍著他的頭，管他叫著親愛的老伙計一類的話。」

後來，到了下半夜，巡官的助手就穿全副武裝，倚在他那張有腳輪的矮床上睡熟了，人聲打著呼嚕。巡官呢，白蘭地喝得已經只剩瓶底了，他把胳膊摟著帥克的脖子上。巡官通紅的臉上淌著眼淚，鬍子沾滿了白蘭地，嘴裏顛三倒四地咕噥著：「你總不能不承認俄國白蘭地沒有這麼呱呱叫吧。」

他站起來，拿著空瓶子蹣跚地走進自己的屋子，一路嘟囔著：「要是我出——出了一點點岔子，也許就什——什麼都完——完蛋了。」

然後，他從書桌裏把呈文拿出來，想加上下面這段補充——

職應補充一點，即根據第五十六條，俄國白蘭地……

結果，他在紙上弄了一灘墨水，把它舔掉，然後傻笑了一聲，就穿著全副武裝倒下來酣睡得人事不省。

將近天亮時候，貼著對面牆壁躺著的巡官助手一連打了一陣呼嚕，又夾雜著尖細的鼻音，結果把帥克吵醒了。他爬起來，把那個助手搖了搖，然後又躺了下去。這時候，雞叫了，太陽不久也升了起來。老婆婆由於頭天晚上的奔走，也睡過了頭，這時來生火了。她發覺門是敞著的，大家都大睡特睡。衛兵室裏的油燈還冒著煙。老婆婆嚷了一聲，把帥克和助手都從床上拖了起來。她對助手說：「你害不害臊，衣裳不脫倒下就睡，像牲口似的。」最後，她用著重的口吻叫他去把巡官喊起來，同時說，他們都是一群懶鬼，成天只知道睡覺。

把巡官喊醒是很吃力的事。他的助手費了很大勁才讓他相信那已經是早晨了，終於他四下裏瞅了瞅，揉了揉眼睛，開始記起頭天發生的事情，忽然，一個可怕的念頭把他嚇了一跳，他心神不定地望著他的助手，這樣說：「他沒溜掉吧？」

「不會的，他很懂得道理。」

助手開始在房裏踱來踱去。

這時巡官又在重新抄寫他那篇呈文，因爲頭天灑了一灘墨水，經他一舔，看起來上面好像塗上桔醬似的了。他把全文又安排了一下，隨後記起有一件事他還沒審問。因此，他就把帥克傳來，問道：「你會照像嗎？」

「會。」

「你身上怎麼不帶照相機呢？」

「因爲我沒有，」帥克這麼乾脆爽快地回答了。

「可是假若你有的話，就一定照的吧，是不是。」巡官問道。

「如果豬有翅膀，它們也會飛的，」帥克回答說，一面溫和地望著巡官那張充滿了疑問的臉。巡官這時候頭痛得厲害。他唯一想得起的問題是：

「照火車站困難不困難？」

「那再容易沒有了，」帥克回答道，「因爲火車站永遠在一個地方，不動彈，你也不必告訴它說：做個快樂的表情。」

於是，巡官可以這樣結束他的呈文了——

關於呈文第二一七二號，乞鈞座准職補充如下……

而這就是他所補充的——

……職盤問時，該犯供稱，彼工於照像，而尤喜拍取車站景物。職雖並未於其身上搜得照像機，依情推測，彼爲避免隨身攜帶致引起注意，諒必隱匿他處，此由其供稱如果帶照像機必拍照一點足以證明也。

由於頭天喝的那通酒，巡官腦袋還暈乎乎的，如今這件照像的事在他的呈文裏越搞越糊塗。他接著寫道——

據供，彼所以未取車站建築，以及其他國防要塞，僅由於彼隨身未攜帶照像機爾。苟彼當時攜有所需之攝影器具，職深信彼定當拍取無疑；該項器具彼不過隱匿他處而已。故職之未能於其身上搜得照片，僅由於彼未帶攝影器具而已。

「寫得很夠了，」巡官說，他在呈文上簽了個字。他對自己幹的事滿意到家，並且把呈文揚揚得意地念給他的助手聽。

「這活兒做得很道地，」他說道。「呈文就是這個寫法。一切情節都得寫進去。告訴你，審問犯人這件事可不簡單，先生，不簡單呀。如果你不能把情節一股腦兒全塞進去，引起上頭那些傢伙們的注意，叫他們直起身子

來，那就等於白寫。把那小子喊進來，咱們跟他講清楚。」

「這位先生現在要把你帶到皮塞克警察分局長那兒去了，」他大模大樣的對帥克宣布說，「照規矩本應該給你戴上手銬，可是我認爲你是個正派人，所以這回我們就不給你戴了。我很信得過你不至於在半路上溜掉的。」

巡官顯然是被帥克那張溫厚的臉所感動了。他又說道：

「並且希望你不要怨恨我。現在我把他帶走吧，呈文在這裏哪。」

帥克就跟著那位助手上了路。人們看到這兩個人一路親切地懇談著，以爲他們必是很老的朋友，這時候趕巧結伴進城去呢。

過了一會兒，他們走到一家路旁的小店。

「今天風颳得很厲害，」助手說道。「咱們喝上它一口半口什麼酒總不會礙事的。你不必讓人知道我正把你帶到皮塞克去。那可是個國家機密。」

助手進店以前，相信喝上一口半口酒總不致礙事的。他是太樂觀了，因爲他沒估計到這個原則可能會大規模地應用起來。當他喝到第十二口的時候，他就很堅決地宣布說：「分局長的中飯要吃到三點鐘，因此，早去了也沒有好處，何況剛又颳了一場風雪。如果他們四點鐘到得了皮塞克，時間就充裕得很哪。只要六點鐘能得到了，就從從容容地，反正皮塞克也跑不了。」

「在這種壞天氣裏，咱們能找個這麼暖暖和和的好地方，運氣總算是不壞哩，」他說，「戰壕裏那些小子們可比咱們在這裏烤火苦多了。」

助手決定他們可以動身往皮塞克走的時候，天已經很黑了，在風雪裏，他們看不到一碼遠。

助手說：「跟著你的鼻子走吧，走到皮塞克算數。」

這話他說了一遍又一遍，可是當他說到第三遍的時候，他的聲音已經不是從大路上來，而是從一個低處傳來：他是沿著一座覆著積雪的土坡滑了下去的。他扶著來福槍，費了好大勁才重新爬回大路上。

等他終於摸到了帥克，就用一種困惑而沮喪的口吻說道：「我很可能把你丟了。」

「這個你用不著擔心，」帥克說道。「最好是把咱們拴在一起，這樣，咱們誰也丟不了誰。你有手銬嗎？」

「當警察的當然得隨身帶著手銬啊，」助手誠懇地說，一面使勁圍著帥克轉。「也可以說，手銬就是我們的隨身寶。」

「那麼就戴上吧，」帥克催促著。「咱們看戴上怎麼樣。」

這位法律的維護者熟練地擺弄了一下，就把手

銬一端扣到帥克的手上，另一端就扣到自己的右腕上了。這時候，他們兩人就像一對暹羅的雙胞胎❾一般連到一起了。他們形影不離地沿著大路深一腳淺一腳地走著，每逢助手跌個跤，他總把帥克也拽下去。這樣一來，手銬把他們腕子上的肉都磨破了。最後，助手大聲說，他實在受不了啦，只好把手銬鬆開。他費了好半天事想把他自己跟帥克分開也沒成功，於是，就嘆口氣說：

「咱們倆拴到一起，直到永永遠遠。」

「阿門！」帥克應了一句。他們繼續踏上他們那麻煩的旅程。助手的心情十分沮喪，經過許多可怕的磨難，當他們終於在夜晚到達皮塞克警察分局的時候，他已經完全垮了。他在樓梯上對帥克說道：「看要吵嚷一通了，咱們可能誰也離不開誰。」

吵嚷是當分局巡官請分局長柯尼哥上尉出來的時候發生的。

上尉第一句話就是：「我嗅到氣味了。」

「哦，老伙計，你的底給我搞著了，」上尉說道，他的敏銳而有經驗的嗅覺使他毫釐不爽地看透了是怎麼回事。「甜酒、法國白蘭地、檸檬威士忌、櫻桃白蘭地、淡酒、白酒。」

「巡官，」他掉過身來朝他的部下接著說下去。「這是個反榜樣。他把自己跟犯人扣到一起了。他是喝得爛醉來的。這件事得正式調查一下。把他們的手銬打開。」

「你帶著什麼？」他向助手道，助手反著手敬禮。

「長官，我帶來一份呈文。」

---

❾指生在暹羅（今泰國）的一對胸骨相連的孿生子。

「哦，一份呈文？老伙計，會有一份控告你的呈文的。」上尉乾巴巴地說道。「巡官，把他們都關起來，明天早晨把他們提上來審問。你把呈文看一遍，然後送到我那裏去。」

上尉把巡官起草的那件關於帥克的「呈文」研究了一番。他本分局的巡官站在他面前暗自詛咒著上尉和他那些呈文，因爲他的朋友正等著他去湊成一桌王牌戲呢。

「巡官，前不久我不告訴過您說，普魯提文的那個巡官是我所見識過的頭號大笨蛋嗎？」上尉說道。「可是普魯提文的巡官這份呈文把他壓倒了。那個喝得醉醺醺的壞蛋警察帶來的兵根本不是個間諜。我估計他是一名普通的逃兵。呈文裏廢話連篇，連個毛孩子也可以看得出寫呈文的那傢伙。動筆的時候一定醉得昏天黑地了。」

他又把普魯提文送來的呈文看了一遍，然後吩咐立刻把帥克帶上來，同時，往普魯提文拍一封電報，通知那個巡官明天到皮塞克來。

「你是哪個聯隊上開的小差？」上尉接見帥克的時候，這樣向他打招呼。

「我不論在哪聯隊上也沒開過小差。」

上尉仔細瞅著帥克，發現他那張神色安詳的臉上顯得十分輕鬆，就問道：

「那件制服你是怎麼弄到的？」

「每個士兵入伍的時候都要領一套制服的，」帥克帶著溫和的笑容回答說。「我是第九十一聯隊的人，我從來也沒開過小差。實情恰恰相反。」

帥克說最後一句話時，口氣是這樣著重，上尉聽了驚愣得嘴巴都合不上來了。他問道：

「你說恰恰相反是什麼意思？」

「這簡單極了，」帥克用透露底情的神情解釋道。「我正要奔回我的聯隊去。我不是從聯隊上逃出來的，而是正在四下裏找我的聯隊。我的願望只是盡快地趕上我的聯隊，那麼，我想也許這種願望弄得我慌張得反而越離布迪尤維斯越遠，儘管那裏大家都在等著我。普魯提文那裏的巡官在地圖上指給我布迪尤維斯是在南邊，可是後來他卻打發我往北走。」

上尉打了個手勢，意思是普魯提文的那個巡官還幹過比打發人家往北走更壞的事呢。

「這麼一說，你是找不到你的聯隊了，對嗎。」他說道。「而且你想找到它？」

帥克把整個情況都向他說明了。他提到塔伯爾車站，以及一切要去布迪尤維斯途中，他所走過的地方。

帥克興致勃勃地描繪了他跟命運所做的搏鬥，以及他曾經怎樣百折不撓地盡到一切力量去找在布迪尤維斯的第九十一聯隊，而結果他的一切努力都落了空。

上尉做了一個明快的決定。他叫辦公室打出下面這封信，信上照顧到公文程式在用字上的細膩和考究。

案據來人約瑟夫．帥克稱，彼係貴聯隊士兵，是潛逃嫌疑經我駐普魯提文派出所扣留。彼云現正首途前往貴聯隊。此人身矮而粗胖，五官端正，瞳爲藍色，無其它顯著特徵。隨函奉上附件乙壹號，係我局爲此人所墊付之伙食費，請轉呈國防部，並希開具字據，以資證明該士兵已交到貴聯隊，外奉附件丙壹號，上列該士兵被捕時隨身攜帶之官方分發物件，收到後亦請在單上具名是幸。此致駐布迪尤維斯之奧匈帝國皇家步兵第九十一聯隊指揮官。

帥克與高采烈、而且準時地完成了由皮塞克到布迪尤維斯之間的一段火車旅程。他隨身跟了一個年輕的警察，這個人是才當上警察的，一路上眼睛不離帥克，生怕一不小心，他會溜掉。

不久，他們就到了兵營。

到達的時候，盧卡施中尉已經上了兩天班，他坐在警衛室的桌前，一點也沒料到什麼事情會發生，而這時候警察就把帥克連同有關的公文一併帶進來了。

「報告長官，我歸隊來啦，」帥克說道，一面莊重地敬著禮。

隨後發生的事寇塔珂少尉全都在場，他後來常常這樣描繪說：帥克報告完了，盧卡施中尉就跳將起來，抱住他自己的腦袋，頭朝向著寇塔珂身上倒栽過去。他緩緩醒過來以後，帥克依然舉手敬著禮，嘴裏不斷地說著：「報告長官，我歸隊來

啦。」聽見他說話，盧卡施中尉臉色蒼白得像張紙。他用哆哩哆嗦的手把關於帥克的公文拿起來，簽了名，然後吩咐大家一齊都出去。這以後，他就把自己跟帥克一道倒鎖在警衛室裏了。

於是，帥克就這樣結束他這場布迪尤維斯的遠征……

帥克和盧卡施中尉兩個人使勁互相瞅著。

中尉用一種悲愴絕望的神情瞪著他，而帥克卻溫柔多情地望著中尉，眞像他是個失而復得的情人一般！

警衛室靜寂得像座教堂。走廊上可以聽到一個人走路的腳步聲。從聲音判斷，一定是個自願軍官❿，因爲頭著了涼，所以留在兵營裏。他用鼻音談說著他正學得滾瓜爛熟的一些軍隊掌故。下面這段就很清晰地從門外傳了進來：「皇室視察要塞的時候，應當受到怎樣的招待呢？」

「皇室走到被視察的那座要塞附近，所有的碉堡和城壘立刻都要鳴炮致敬。司令官手持指揮刀騎在馬上，上前迎接，然後就——」

「唉，別瞎扯啦！」中尉朝走廊大聲喊了一聲。「滾你的蛋吧。如果你不舒服，幹嘛不鑽進被窩兒裏躺躺？」

這時候可以聽到那位自願軍官走開了，然後走廊的那頭傳來帶有鼻音的吟誦，像輕微的回聲一般：「司令官敬禮，同時，排炮繼續攻下去，重複三遍以後，皇室就下車了。」

❿指當時由學校畢業出來的軍隊中服役一年的青年，等於見習軍官。

中尉和帥克又默默地彼此望了望，最後盧卡施中尉帶著辛辣的諷刺口吻說道：

「帥克，久違了。你又像個假錢幣似地蹦回來了。看來我是甩不掉你啦。好吧，他們已經發了一張逮捕你的拘票，明天你就會被帶到聯隊警衛室去。我不打算罵你一通來浪費我的精神。你發瘋發過了頭，你該當倒楣啦！」

盧卡施中尉搓著雙手說：「是的，帥克，你這回可跑不掉啦！」

他回到桌前，在一張紙上寫了幾行，把警衛室門前站崗的哨兵叫進來，吩咐他帶著那個便條，把帥克交給禁閉室的看守長。

帥克就被帶走，穿過兵營的廣場。禁閉室的門上有個黑底黃字的木牌，上面寫著「聯隊拘留室」字樣。中尉臉上毫不隱諱自己的高興，望到看守長把門打開，望到帥克消失在裏面。過了一會兒，看守長一個人在門口出現了。

「謝天謝地，」中尉對自己大聲說道，「現在

可把他關到一個牢靠地方啦。」

這時候，史羅德爾上校正和其他軍官們在旅館裏聽剛從塞爾維亞僅剩一條腿（他給牛犄角頂了一下）回來的克里赤曼中尉談從參謀部看到的一次對塞爾維亞陣地的進攻。史羅德爾上校臉上帶著慈祥的笑容傾聽著。隨後，坐在他近處的一個青年軍官想當著上校賣弄一下他是多麼殘酷無情的一名戰士，就大聲對他旁邊的人說：「有肺病的一定得送到前線上去。這對他們有好處。而且損失點廢物總比損失身體結實的強。」

上校笑了笑，可是他忽然皺起眉，掉過頭來對溫左上尉說：「我不明白盧卡施中尉幹什麼躲得咱們這麼遠遠的。他到這兒來以後，從來沒跟咱們一道玩過一次。」

「他在作詩呢，」撒格納爾上尉譏諷地說。「他到這兒還不到兩個鐘頭，就愛上了一個在戲院裏碰上的史萊特爾太太——一個工程師的老婆。」

上校瞪圓了眼睛朝前望著：「我聽說他很會唱滑稽歌曲。」

「是呀，他在軍官學校裏的時候唱得一口滿好的滑稽歌曲。他常常逗得我們放聲大笑。他一肚子的笑話，聽起來可眞過癮。我不曉得爲什麼他不肯到這兒來。」

上校傷心地搖了搖頭：「現在軍官跟軍官講不上眞正的交情了。我還記得從前每個軍官都想方設法使大家開心。可是如今呢，年輕的軍官喝起酒來一點也不像個男子漢。喝不到十二點，五個軍官就人事不省，醉倒在桌子底下了。當年我們講究一喝就喝上兩天兩夜，而且越喝我們越清醒，儘管我們是啤酒、葡萄酒和烈性酒輪流著喝。現在簡直談不上什麼眞正的尙武精神了。天曉得爲什麼會搞成這地步。誰開口也不帶一點點俏皮。不信你聽聽坐在桌子那一頭那些人說的

⑪ 指職業軍人，而不是徵召來的。

話。」

這時候可以聽到一個人正在嚴肅地說著：「美國不會參戰的。美國人跟英國人正鬧彆扭。美國並沒有參戰的準備。」

史羅德爾上校嘆了口氣。

「看，後備軍官們就這麼扯淡法兒。眞是膩煩死啦。這種人昨天（指入伍前）還在銀行裏算數目字，或者叫賣豆蔻和給人擦皮鞋，或者胡亂教小孩子們，今天自以爲跟正牌軍官平起平坐啦。他們自以爲什麼都幹得來，他們什麼都想插一手。可是既然像盧卡施中尉那樣正規的軍官⑪從來不跟我們在一起玩，事情怎麼不會這樣呢！」

史羅德爾上校生了一肚子氣回的家。早晨醒來，他氣了，因爲他在床上看報，發現報上好幾個地方都提到奧軍正朝事先準備好的陣地撤退下來。

早晨十點鐘，史羅德爾上校就在這種心情下站到帥克面前，定睛望著他。這時候，帥克的全副人格都表現在他那張寬闊、微笑的面龐上，左右嵌著兩隻肥大的耳朵，他的小帽緊緊地箍在額頭上，耳朵從帽下翹出。他給人整個的印象是一個與世界無爭的人，他非常幸福，一點也不感覺自己做錯了什麼事。他的眼睛像是在問：「我並沒犯什麼錯呀，對不對？」

上校對警衛室的上士簡單地問了一句，來總結他的觀察：

「傻吧？」

這時候，上校看見那張毫無表情的臉上張開了嘴。

「報告長官，是傻。」帥克替上士回答說。

史羅德爾上校招手把副官叫到一邊。然後，他們把上士叫來，一道研究帥克的材料。

「噢，」史羅德爾上校說，「原來這就是盧卡施中尉的傳令兵，就是他報告上所提的，在塔伯爾失了蹤的那個。我覺得軍官應當負責訓練他們自己的傳令兵，盧卡施中尉既然挑了這個半吊子當他的傳令兵，他就應該耐住性子，不怕麻煩地照顧他。他有的是空閒。他什麼地方也不去，你可曾看見他跟咱們玩過？所以我這話說對了。他有足夠的時間去把這個傳令兵管出個樣兒來。」

史羅德爾上校走近帥克，望著他那張和藹可親的臉說道：「你這個大白痴，在禁閉室蹲三天吧，蹲完了以後向盧卡施中尉去報到。」

這樣，盧卡施中尉就享受了一番款待：上校把他召了去，向他宣布說：「差不多一個星期以前，你加入聯隊的時候曾向我申請過一個傳令兵，因爲你自己的傳令兵在塔伯爾車站上失蹤了。

不過現在他既然已經回來了——」

「但是，長官——」盧卡施中尉開始懇求道。

「——我已經決定，」上校故意緊接著說下去，「叫他禁閉三天，然後把他派回給你。」

盧卡施中尉聽到這話完全垮了。他暈頭暈腦地走出了上校的辦公室。

3 帥克在吉拉里—西達❶的奇遇

第九十一聯隊開拔到里塔河❷上的布魯克城，又從那裡開拔到吉拉里—西達了。

經過三天的禁閉，帥克還差三個鐘頭就該放出來了。就在這時候，他跟一個瀆職的自願軍官一同被帶到總衛兵室去，從那裡又押到了火車站。布迪尤維斯的居民正在車站上聚集，給聯隊送行。這並不是個正式的歡送儀式，可是車站前的廣場上密密匝匝擠滿了人，都等著軍隊來到。

帥克覺得他確實應當向人群喝一喝采，揮一揮小帽。他這手來得很聳動，在整個廣場上引起一片歡呼聲。押送帥克的下士可著了急，他嚷著要帥克閉嘴。

❶ 奧匈邊境上的一個鄉村，在布魯克城附近。

❷ 里塔河是多瑙河的一道支流，發源於奧地利，在奧地利的布魯克城折入匈牙利。

但是歡呼的像暴風雪一般，聲勢越來越浩大。無數只大大小小的帽子一齊揮動起來，漸漸變成爲一般的示威運動了。車站對面的旅館窗口裡，有些婦女也揚起手帕來喝采。一位熱心人士乘機喊出「打倒塞爾維亞人！」可是在繼之而來的混亂中，那個人似乎又給人踩倒了。

就在這當兒，拉辛那神父（騎兵第七師的隨軍神父）戴著一頂寬邊氈帽突然出現了。

他的來路說來十分簡單。他是頭一天來到布迪尤維斯的，要開拔的聯隊軍官們湊了個小小的酒會，他也混進去了。他大吃大喝，然後在大致還清醒的情形下踱到軍官的食堂，又甜言蜜語地從炊事員那裡逛到點剩菜。飽餐了許多麵團和肉汁以後，他又鑽到廚房裡，在那裡找到了甜酒。他大口大口地喝了一通甜酒，然後就又回到餞別的酒會上去。他重新豪飲了一番，出了陣風頭。早晨，他想起自己確實應當看看聯隊第一營的士兵們是不是受到了適當的歡送，因此，他才走到車站前面，緊跟著押送兵。押送兵向他喊「站住！」叫他停下來。

「你往哪兒去？」下士嚴厲地問道。

這當兒，帥克和藹地插嘴說：「神父，他們正把我們運到布魯克去呢。如果你願意的話，也可以跟我們一道搭車。」

「那麼我就來吧，」拉辛那神父宣布說。接著他掉過身來對那個押送兵道：

「誰說我不能來？向後轉，快步走！」

神父走進禁閉車以後，就躺到座位上。好心腸的帥克把軍大衣脫下來，墊在他頭底下。於是，神父就在座位上舒舒服服地伸了伸懶腰，開始這樣暢談起來：「諸位，紅燒冬菇這個菜要是加上冬菇，口味可就更好啦。老實說，冬菇越多越好吃，可是冬菇得先拿蔥來煨，然後再加上點月桂樹的葉子，和蔥——」

「你已經放過一回蔥了。」那位自願軍官抗議了一聲。下士眼神裡表示吃了一大驚。他看出拉辛那神父喝醉了，但他同時也認出他是上級軍官。這麼一來，下士可為難了。

「對呀，」帥克說道，「神父的話一點不差。蔥放得越多越好。無論怎麼燒法，蔥對人終歸是有益處的。要是你臉上長了酒刺，吃炸蔥就會好的。」

這時候，拉辛那神父像夢囈般正用半大嗓子自言自語著：「全看你放些什麼作料，和放多少啦。胡椒別放得太多，咖哩也多放不得……」越說，他的聲音就越慢，越小。

「……或者放多了冬菇……太……多的……檸檬……太多的荳蔻……太……多的……丁香……」

他漸漸沒了聲音，睡著了，打起鼾聲，間或又從鼻子裡吹出尖細的呼哨。下士定睛望著他，押送兵們捂著嘴暗笑。

「他不會很快就醒過來的，」過了一會兒，帥克說道。「他已經醉到頭啦。」

「沒關係，」下士神色緊張地招呼叫他住嘴時，帥克繼續說道。「想不出辦法叫他醒過來。他已經按照規定喝醉了❸。他的軍銜是上尉。所有這些隨軍神父，不論什麼軍銜的，喝起酒來量都大得嚇人。我曾經給老卡茲當過傳令兵，他喝酒就像魚喝水似的。比起卡茲來，這傢伙還差得遠哩。有一回爲了買個醉，我們把聖體匣都送到當鋪裡去了。如果找得著人借給我們錢的話，我想天國我們也會拿去當的。」

下士已經陷入絕望的境地，說道：「我想我最好是去報告一下吧。」

「你最好還是別去，」自願軍官說道。「你是負責押送的，你不能走開。而且照規矩，你也不能派一個押送兵去送信，除非你找到人代替他。看，你的地位是很尷尬的。下士，我擔心你會落到個降級。」

下士著了慌，一再說神父並不是他放進車廂來的，而是他自己進來的。神父是他的上級。

「在這裡你是唯一的上級，」自願軍官堅持說。

下士結結巴巴地答不出話來了，就咬定是帥克先跟神父說，他可以同他們一道來的。

「下士，我這樣做沒人會見怪，」帥克回答說，「因爲我傻。可是沒人信你也傻呀。」

「你當兵多年了嗎？」自願軍官樣子很隨便地問了一句。

「今年三個年頭。我要升軍曹了。」

「你別妄想啦，」那個自願軍官毫無同情地說。「你記住我這句話，你會降級的。」

---

❸當時奧匈部隊中官兵是按官級配給酒的。

神父蠕動了一下。

「他在打呼啦，」帥克說。「我敢打賭，他一定夢見痛喝了一通。說起來，那個老卡茲——就是我給當過傳令兵的那個，他就是那樣子。我記得有一回……」

於是，帥克把他親自經歷的奧吐．卡茲神父的事形容得這麼詳盡有趣，以至誰也沒感覺到時間去了。可是過了一陣，那個自願軍官又扯回到他以前的那個題目上去啦。

「眞奇怪，」他對下士說，「怎麼還沒見到個檢查員呢？照規矩，你在車站上就應該把我們上車的事報告給列車指揮官，不應該在一個醉成爛泥的神父身上糟蹋時間。」

心情苦惱的下士執拗地一聲不響，兩眼瞪著車窗外嗖嗖掠過的電線杆子。

「而且，」自願軍官繼續說下去。「照一八七九年十一月二十一日頒布的命令，軍事犯人必須用窗戶上加了鐵柵欄的車輸送。我們的窗口是加了鐵柵欄的。可是命令上還規定：車上必須有盛飲水的器皿。命令的這部分你可沒遵守。順便問一聲，你可知道乾糧在哪兒領？你不知道嗎？我早就算定了。你根本就不稱職！」

「你想，下士，」帥克說道，「押送我們這種犯人萬不是開玩笑的。你得把我們照顧得很周到。我們並不像普通士兵，可以自己走動。什麼都得由你送到我們跟前來。規矩是這麼定下的，就得遵守，不然，就違法亂紀啦。」

下士這時候已經頽然絕望了，他什麼也沒說。他從車窗向外呆呆地望著，對於禁閉車裡秩序的擾亂也沒加干涉。

忽然間，神父從座位上摔下來了，他繼續在地皮上睡著。下士茫然望著他。正當大家屏息不動地觀望的時際，他獨自把神父拽到座位上去。他顯然已經失掉了一切權威。當他有氣無力地喃喃說著「你們總可以幫我拽他一把」的時候，押送兵們只互相呆望著，連個小指頭也不肯抬。

「你應該就讓他在原地方打呼才對，」帥克說道，「我就是那樣對付我那位神父的。無論他在哪塊兒睡著了，我都隨他去睡，不去搬他。有一回在家裡，他睡到衣櫃裡去了；又有一回，睡到人家的澡盆裡。五花八門的地方他都睡過。」

這當兒，火車冒著汽進了站。檢查就要在這裡舉行了。

參謀部派摩拉茲博士——一位後備軍官，作列車指揮官。後備軍官的頭上時常會派到這種莫名其妙的差使的。摩拉茲博士把一切都弄得亂七八糟。雖然入伍以前他在一個中學裡教過數學，可是列車短了一節車，他無論怎樣也查不出下落。另外，他在前一站領到了名冊，可是他怎麼也不能使名冊跟在布迪尤維斯上車的官兵數目對上頭。另外，他檢查了文件，看來野戰廚房好像多出兩個來，雖然他怎樣也查不出它們是從哪裡冒出來的。另外，他吃了一驚，發現馬匹數目也神秘地多了起來。另外，軍官中間有兩個候補軍官失蹤了，他也沒能查究出來。還有，設在前面車廂的聯隊警衛室裡，一架打字機不見了。這麼一來，這種大規模的混亂害得摩拉茲博士頭疼得像劈開了一般。他吞了兩片阿斯匹靈，這時候正愁眉苦臉地檢查著列車。

他隨著傳令兵走進禁閉車以後，看了看文件，然後聽取了那個垂頭喪氣的下士的報告，又核對了一下數目。接著，他向車廂四下裡望了望。

「你們關的那個是什麼人？」他指著神父正顏厲色地問道。神父這時候正肚皮朝下睡著了，他屁股的姿勢像是在向檢查者挑戰。

「報告長官，」下士結結巴巴地說。「是個……」

「是個什麼？」摩拉茲博士咆哮道。「你爲什麼不照直說？」

「報告長官，」帥克插嘴道，「趴著睡的這傢伙是個神父，他喝得有點兒暈頭暈腦了。他鑽到我們車裡來，跟我們在一起，他既是個上級，我們不便把他攆出去，不然就會像他們說的，犯目無上級的過錯了。我想，他大概把禁閉車誤當作參謀車了。」

摩拉茲博士嘆了口氣，然後定睛看了看他的文件。名冊上並沒提到任何搭車前往布魯克的神父。他心神不安地抽搐著眼睛。上一站忽然多出馬匹來，如今，禁閉車裡憑空又掉下來一個神父。

他只好吩咐下士把睡著的人翻一個身，因爲就他目前的姿勢是沒法認出他是誰來的。費了好大力氣，下士總算把神父翻個四腳朝天。結果，他醒了。望到摩拉茲博士，他說：

「喂，老伙計，你好哇！晚飯預備好了吧？」

隨後，他又閉上眼睛，掉過臉去朝牆了。

摩拉茲博士認出來，這正是頭一天在軍官食堂裡吃得嘔吐了的那個饞嘴的傢伙，嘆了口氣。

「為這件事，你得親自去向警衛室報告，」他對下士說。

這當兒，神父帶著他全副的豐采和尊嚴醒了過來。他坐起身來，驚訝地問道：

「我的天，我這是在哪兒呀？」

下士看到這位大人物醒過來了，就奉承地回答道：「報告長官，您是在禁閉車裡哪。」

剎那間，一道驚訝的神色由神父臉上掠了過去。他不聲不響地在那裡坐了一會，深思著。他想也是白想。在頭天晚上發生的事情，和當前他在窗口上了鐵柵欄的火車車廂裡醒了過來這兩件事情之間，橫著一道朦朧的深淵。最後，他向那個依然在他面前奉承著的下士說：「但是，我奉的是誰的命令……」

「報告長官，誰的也不奉。」

神父站起身來，開始踱來踱去，喃喃地自語著：眞摸不著頭腦。然後他又坐下來說道：

「咱們這是往哪裡開呀？」

「報告長官，往布魯克開。」

「咱們去布魯克幹什麼呀？」

「報告長官，第九十一聯隊全體——我們的聯隊，開拔到那裡去了。」

神父又開始絞起腦汁追想一切經過：他怎樣進的車廂以及他為什麼不去別的地方，單單在押送兵的陪伴下，跟九十一聯隊到布魯克去。他這時已經清醒得能認出自願軍官在場了。他對軍官說道：「看來你是個聰明傢伙。也許你可以告訴我，不要含糊，我是怎麼跑到你們這裡來的。」

「我十分樂意告訴你，」自願軍官和藹地說。「今天早上你在車站上跑到我們這裡，不是爲了別的，只是爲了你的頭有些發暈。」

下士繃了臉望著他。

「於是，你就上了我們這節車，」自願軍官接著說道。「就是這樣。你倒在座位上，隨著這位帥克就把軍大衣墊在你的頭底下。當列車在上一站進行檢查的時候，你呀，請容許我這麼說，就正式被發現了，而我們這位下士還得爲了你的緣故吃警衛室的官司呢。」

「我明白啦，我明白啦，」神父嘆息道。「到了下一站，我最好往參謀車挪動一下。你可曉得午飯開了嗎？」

「不到維也納不會開午飯的，」下士宣布說。

「原來是你把軍大衣墊在我頭底下的，」神父對帥克說。「費心啦。」

「沒什麼，」帥克回答道。「隨便誰看到他的上級軍官頭底下空著，而且喝得有些暈忽忽的，都會那麼做的，我做的也只不過那些。每個士兵都有尊重上級軍官的責任，即使軍官喝得不大省人事了。我也可以說是個應付神父的能手，因爲我給奧吐·卡茲當過傳令兵。神父們都喜歡痛飲，他們都是滿有趣的。」

由於頭天的一場狂歡，神父感到一種見了人就想套交情的心情。他拿出一支香菸來遞給帥克說道：「吸一根吧。」

「我聽說你還得爲我吃警衛室的官司，」神父又對下士說。「可是你不要發愁，我一定可以救你。」

他轉過來又對帥克說道：「你跟我來吧。一定有開心的日子過。」

他變得十分豪爽大方，對每個人都許下了願。他對自願軍官許下了巧克力糖，對押送兵許下了甜酒，還答應把下士調到附屬騎兵第七師參謀部的攝影組。一句話，他答應叫每個人都有舒服的日子過，誰也不會忘記。

「我不願意讓你們任何人埋怨我，」他說道。「我認識許多人，有我照顧一天，你們什麼楣也不會倒的。要是你們犯過什麼過錯，你們當然會像個男子漢那樣受罰。我看得出你們是愉快地承受著上帝放在你們肩膀上的負擔。」

「你為什麼受處罰呀？」他轉過來問帥克說。

「上帝放在我肩膀上的負擔，」帥克滿懷虔誠地回答道，「是由警衛室來的。因為我到達聯隊遲了，然而這可怪不得我。」

「上帝是仁慈而且公正的，」神父肅然說道。「他曉得誰應當受處罰，因為他的全能就是這樣顯

示出來的。那麼，你爲什麼關在這兒呢？」他問自願軍官說。

「由於我的自大，」自願軍官回答道。「等我贖罪期滿，我就會被打到廚房去了。」

「上帝的辦法眞是偉大啊！」神父說道，聽到「廚房」那個字，他心花怒放了。「的確，只要一個人是塊材料，廚房這地方大有可爲，他很可以顯顯身手。對於富有機智的人，廚房是頂合適的地方了。講究的不是作菜本身，而是把一盤菜的各色各味恰如其分地拼湊、調配起來。一個人得下心才能把那種事做好。比方說菜汁吧。一個聰明人在做蔥汁的時候，一定各種青菜都用，並且放在黃油裡蒸，然後再放豆蔻、胡椒，還加上豆蔻，一點丁香、薑等等。可是一個普通的廚子只弄點蔥煮蔥，然後澆上點油膩的肉湯就算了。我很希望你能在軍官食堂裡搞個差使。昨晚上，布迪尤維斯的軍官俱樂部給我們開的菜單裡，有腰子加白葡萄酒。禱告上帝赦免做那味菜的人的一切罪孽。他的手藝的確高明。我在民兵第六十四聯隊的軍官俱樂部裡也吃過腰子加白葡萄酒，可是他們那裡放香菜子，就像普通飯鋪裡放胡椒一樣。好，在車沒到維也納以前，我先睡一會兒。到了你們不妨把我叫醒。」

「你呀，」他轉過來接著對帥克說道，「你到咱們食堂去，拿一份刀叉和別的用具，給我弄一份午飯來。告訴他們是拉辛那神父要的，一定要弄個雙份。然後從廚房給我帶一瓶葡萄酒來。還帶個飯盒去，要他們給倒點甜酒。」

拉辛那神父摸索起衣袋來。

「喂，」對下士說道，「我沒帶零錢。借我一個金幣（合兩個克郎）。這樣就好啦，帶上吧，你叫什麼名字呀？」

「帥克。」

「很好，帥克，這裡已經有一個金幣了，你可以拿去辦事。下士，再借我一個金幣吧。好，帥克，等你把我吩咐的事都辦完以後，就再給你一個金幣。噢，對了，辦完了再替我弄點菸卷和雪茄。要是有巧克力糖的話，給我摸兩份來。要是有罐頭的話，跟他們要點牛舌頭或是鵝肚。要是他們在發瑞士乾酪，記位可千萬別叫他們塞給你一塊靠殼皮上的。同樣，要是有香腸，千萬別拿頭上的。想法弄到一塊又好又肥的中段兒。」

神父在座位上伸了伸懶腰，不一會，他就睡熟了。

「我覺得，」在神父的鼾聲中，自願軍官對下士說，「你對於我們撿來的這棄兒應該很滿意。看起來很不錯。」

「的確呱呱叫，下士，」帥克說道。「他不像孩子那樣嬌嫩。」

到了維也納，裝在牲口車裡的士兵，帶著就像上絞刑架時候那種絕望的神情，從窗口往外望去。婦女們走上前來，發給他們薑餅，上面用糖汁寫著「Sieg und Rache，」和「Gott Strafe England，」❹等等字樣。

隨後，接到命令，要他們按連到設在火車站後邊的野戰廚房去領配給。帥克就遵照神父的吩咐，到軍官專用的廚房去。那個自願軍官留在後邊等著現成的吃，兩個押送兵去替整個禁閉車領配給去了。

---

❹德文，意思是：「勝利與復仇」和「上帝懲罰英國」。

帥克就照樣執行了命令。正當他跨過鐵軌的時候，他瞅見盧卡施中尉正沿著鐵軌漫步著。至於配給，他任憑人家給他留多少算多少。他目前的處境很尷尬，因爲他是跟一個克什納爾中尉合伙用一個傳令兵。那個傳令兵只伺候克什納爾中尉，對於盧卡施中尉，他完全採取怠工的辦法。

「帥克，你把這些東西送到哪裡去啊？」倒楣的中尉問道。這時候，帥克正把他從軍官食堂弄來、又用軍大衣包起來的一大批食品放在地上。

「報告長官，這是給您的。只是我不知道您的車廂在哪塊兒，同時，要是過您這邊來，我又不知道列車指揮官會不會發脾氣。」

盧卡施中尉帶著疑問的眼光凝視著帥克，可是帥克十分愉快地接著說下去：

「對了，那傢伙可眞野蠻，眞野蠻。他來檢查列車的時候，我向他報告說，我已經關滿了三天的禁閉，應該到牲口車裡去，或者跟您來。可是他足足罵了我一大頓，說我必得繼續待在那裡，這樣在路上才不至於給您長官惹出什麼麻煩來。」

帥克擺出一副殉難者的神情。

「聽他那個說法兒，眞好像我曾經給您長官惹

過什麼麻煩似的。」

「不，」帥克接著說下去。「您長官可以相信我這句話。我從來也沒給你惹過什麼麻煩。如果任何時候曾經發生過任何不愉快的事情，那完全是碰巧啦。長官，我從來也沒有故意闖過亂子。我總是想做點好事，做點漂亮事。如果咱倆誰也沒沾到好處，只弄得一身的煩惱，那可怪不得我。」

「好吧，帥克，別傷心啦，」盧卡施中尉輕輕地說著，他們漸漸走近參謀車了。「我一定想法叫你回到我這兒來就是了。」

「報告長官，我不傷心。可是想到在打仗的時候咱們都這麼倒楣，而且又不是咱們自己的過失，我心裡眞有點兒難過。一想，就覺得時運太不濟了。我總是想法躲著麻煩。」

「好啦，帥克。那麼跳進這個車廂裡來吧。」

「報告長官，我正往裡跳哪。」

隊伍在布魯克紮下營，寂靜的夜色籠罩著一片帳幕。在士兵的營舍裡，人們冷得直打哆嗦；軍官營舍裡的火可燒得太旺了，熱得必須把窗戶打開。

里塔河上的布魯克，皇家罐頭肉廠裡的燈光明亮，他們日夜忙著改裝各式各樣的腐爛肉品。由於風是從那個方向朝著營幕颳，營舍周圍的林蔭道上彌漫著陳腐的腱子、蹄子、腳爪以及骨頭的臭氣，他們正煮著這些，作爲罐頭湯汁的材料。

里塔河上的布魯克城是一片燦爛，吉拉里—西達橋的對岸也同樣的萬家燈火。里塔河兩岸奧地利和匈牙利的吉卜賽人的管弦樂隊都在奏著樂，咖啡館和飯店的窗口射出輝煌的燈光，到處是高歌和狂飲。當地的大亨和庸吏都把他們的女人和及笄的女兒帶到咖啡館和飯店裡去。於是，里塔河上的布魯克和吉拉里—西達就形成一座巨大的自由❺廳。

那天晚上，盧卡施中尉出門看戲去了，帥克就在一座軍官的營舍裡等著他回來。門開了，盧卡施中尉走了進來。立刻可以看出中尉的心情很快活，因為他頭上的小帽是反戴著的。

「我想跟你談談，」盧卡施中尉說道。「你不必那麼傻瓜似的敬著禮。坐下，帥克，不必管規矩的。你別說什麼，聽我要告訴你的話。你知道紹普洛尼街在哪裡嗎？你先別又扯你那套『報告長官，我不知道』。要是你不知道，就乾脆說不知道算了。好，現在記在一張紙上：紹普洛尼街十六號。是個五金店。你知道五金店是什麼嗎？大哪，你別不停地說著『報告長官』說『知道』還是『不知道』。那麼，你知道五金店是什麼吧？你知道？那很好。那很好。店是一個叫嘎吉尼的匈牙利人開的。你知道匈牙利人是什麼嗎？我的天，你是知道還是不知道呀？你知道。那麼，很好。他就住在店上頭的二樓。你知道嗎？你不知道？可是，媽的，我不是正在告訴你在哪嗎？現在你懂了吧？懂了？好吧。要是你沒懂，我就給你戴上手銬腳鐐。你把這傢伙的名字記下來了嗎？我說的是嘎古尼。很好。那麼，明天早晨你大約十點鐘進城去，找到這個地方，上二樓，把這封信交給嘎古尼太太。」

盧卡施中尉打開他的皮夾，一面打著呵欠，一面把一個沒寫收信人住址和姓名的白信封交給了帥克。

---

❺「自由」這裡指縱情享樂。

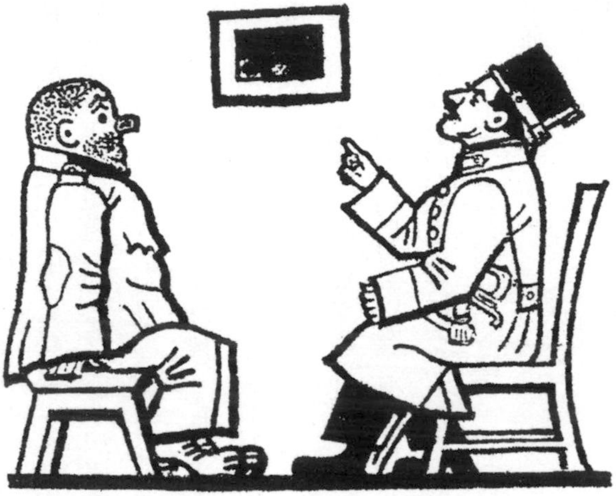

「帥克，這是一件非常重要的事，」他接著說。「一個人總是越小心越好，所以我在上面沒寫收信人的住址和姓名。我就靠你把它交給應交的人。哦，記住那位太太的名字叫艾蒂迦——把它記下來了吧：艾蒂迦．嘎古尼太太。並且記住，交信的時候頂要緊的是愼重小心，而且要個回音。你還有什麼想問的嗎？」

「要是他們不給我回音，我怎麼辦呢，長官？」

「對他們說，不論如何，非要個回音不可。」中尉回答道，同時又打了個大呵欠。「可是我要睡覺去了，累極啦。」

盧卡施中尉本來並沒打算在哪裡待下來。那天晚上他進城去，因爲吉拉里—西達的匈牙利人戲院正在上演一個音樂喜劇，他想去看看。劇中主要角色都是些肥胖的猶太女人，她們的拿手好戲是舞蹈時候把腳向半空踢來踢去。

可是，盧卡施中尉並沒被這種有趣的表演迷住，因爲他借來的那副袖珍望遠鏡，鏡頭不是無色的；他看到的不是一條條的大腿，而只是一道道淺紫色的影子在鏡面上擺來擺去。

第一幕完了以後，他的注意力被一個跟著個中年男人的女人吸引住了。她正拖著他朝衣帽間走去，嘴裡說著要馬上回家去，不肯再看這種丟人的表演了。這種話她都是大聲用德語說的，她的伴侶卻用匈牙利話回答道：「對，親愛的，咱們走吧。我跟你的感覺一樣：這種表演真是叫人噁心。」

「Es ist ekelhaft，」❻女人氣忿忿地說道。這時候，那個男人正幫她披上赴歌劇院時披用的斗篷。她說話的時候，眼睛裡閃爍出這種荒唐表演所引起的憤怒。她的眼睛大而且黑，跟她那漂亮的風姿很相稱。她也望了盧卡施中尉一眼，面著重地說：「Ekelhaft, wirklich ekelhaft」。❼

她這一望非同小可，一段姻緣就這樣開始了。

盧卡施中尉從衣帽間的管理員那裡打聽出來那是嘎古尼夫婦，那位嘎古尼先生在紹普洛尼街十六號開一家五金店。

「他跟艾帝迦太太住在二樓，」衣帽間的管理員用古代的鴇母那種細膩周到說著。「她是紹普朗（匈牙利西部一省）地方的一個德國女人，男的是匈牙利人。在這個城裡，什麼都是混合的。」

盧卡施中尉從衣帽間取出他的大衣，然後就進城，走到一家小咖啡館，占了一間雅座。他把一個羅馬尼亞的女孩子趕走，然後就要了紙筆和墨水，也要了一瓶法國白蘭地。他先仔細地思索了一番，然後就用他最漂亮的德文寫了下面這樣一封信。他覺得這是他生平一篇得意之作。

---

❻德語，意思是：「討厭。」

❼德語，意思是：「討厭，實在討厭。」

親愛的夫人：

昨晚我赴劇院，看了使您氣惱的那個戲。第一幕演出時我自始至終都注視著您及您的丈夫，我不禁感覺您那位丈夫……

「我何妨狠狠地瞎恭維一頓，」盧卡施中尉尋思著。「像他那樣一個傢伙憑什麼有那麼標緻的老婆呢？他的相貌簡直像一個剃過鬍子的猩猩。」他接著寫他那封信——

……您那位丈夫對於台上演的令人作嘔的滑稽戲表示頗爲欣賞，而您對該劇極不滿意，因爲它毫無藝術味道，只投合了男人的劣根性而已。

「娘兒們長得挺苗條的，」盧卡施中尉想著。「我最好打開天窗說亮話吧。」

請原諒我素昧平生，這樣直接寫信給您。我一生也見識過許多女人，但是沒有人給我的印象像您那樣深刻，因爲您對人生的觀點及看法與我的不謀而合。我相信您那位丈夫自私到家，硬拖您去……

「這麼寫不成話，」盧卡施中尉說，把「硬拖您去」塗掉，接著寫上去——

……只顧自己利益，偕您觀劇，而戲只合他一人口味。我喜歡直率，我無意干預您的家事，不過很想與您私下謀一面，就純藝術方面的題目與您一談……

「在這裡的旅館碰頭怕不成，我想還得把她領到維也納去，」中尉尋思著。「我想法請個臨時假。」

因此，我冒昧地請求與您訂一約會，以便在光明正大的情況下，得以謀面，並進一步結識。我是不久即將面臨戰爭危險的人，我深信您不至見拒這個請求。如蒙俯允，我在戰地恐怖中也將永遠銘記這一美妙無窮的日子，和我們兩人之間的深切了解。您的決定對我即是法律。您的回音將成爲我生命中的關鍵。

他署上了名字，把剩下的法國白蘭地酒喝乾了，又叫了一瓶。他一杯接一杯地喝著，順便重讀他所寫的，差不多每句話都使他感動得流下淚來。

早上，帥克把盧卡施中尉叫醒的時候，已經九點了。「報告長官，今天您値班，您睡過時辰啦，我現在得到吉拉里—西達送這封信去。我七點叫過您一遍，七點半又叫了一遍，然後八點還叫了一遍——剛好他們上操，打這邊兒走過去，可是您只翻了個身，報告長官——我說，長官您……」

原來盧卡施中尉自己咕噥了兩句，眼看又要翻過身去。可是他沒翻成功，因爲帥克無情地搖撼著他，並且大聲嚷著：

「報告長官，我到吉拉里—西達送那封信去啦。」

中尉打了個呵欠。

「那封信？對了，我那封信。你嘴得嚴緊，知道吧。這件事只有你我兩個曉得。解散！」

中尉又把帥克剛才拽過的被子裹到身上，繼續睡了。同時，帥克就出發前往吉拉里—西達去了。

如果他半路沒碰上工兵沃地赤卡，紹普洛尼街十六號也許沒那麼難找。多年以前，沃地赤卡曾在布拉格住過，因此，爲了紀念一下他們舊雨重逢，唯一的辦法就是到布魯克的紅羊酒館去，那裡的女侍是捷克人。

「你現在到哪兒去？」沃地赤卡問道。

「那是個機密，」帥克回答說。「可是你我既是老朋友，我告訴你吧。」

他把一切原原本本對沃地赤卡說了。沃地赤卡說，他是個老工兵，他不能丟下帥克就走。他提議

我們一道送那封信去。

他們談了好半天過去的日子。十二點過不多久，他們就離開了紅羊酒館，事情彷彿都很順利自然。特別是他們心裡有一種根深蒂固的信念，就是他們誰也不怕。在到紹普洛尼街十六號的路上，沃地赤卡滔滔不絕地談著他對匈牙利的仇恨。他一再對帥克說，他一遇到匈牙利人就會動起武來。

終於，他們在紹普洛尼街十六號找到了嘎古尼先生開的那家五金行。

「你最好等在這裡，」帥克在門口對沃地赤卡說。「我跑上二樓把信留下，等個回音。等一會兒就轉來的。」

「什麼？我丟下你不管？」沃地赤卡抗議道。「你不曉得匈牙利人。我們得提防著點兒。我來收拾他。」

「別胡鬧了，」帥克很莊重地說。「管他匈牙利人不匈牙利人，我們要的是他的老婆。在那家有捷克女侍的酒館裡，我不是告訴你中尉有一封信要我交給她，而且這是個機密嗎？中尉要我起誓任誰也不告訴。酒館裡那個女侍不是說，中尉這話說得很對，因爲這種事只能秘而不宣嗎？她不是說，如果有人知道中尉給一個有夫之婦寫信，可不成。你自己不也點頭說有道理嗎？如今你又想跟我一道上樓啦！」

「唉，帥克，你還不認得我這個人，」工兵沃地赤卡很嚴肅地回答說。「只要我說了要跟你一道來，記住，我說到哪兒就辦到哪兒。兩個人總要更安全些。」

「那麼好，你就來吧，」帥克同意了，「但是你舉得當心點兒。咱們不想惹出麻煩來。」

「老伙計，你用不著操心，」沃地赤卡說，他們一面朝著樓梯走去。「我要揍他一……」

然後，又小聲補了一句：「你看吧，這匈牙利人一定不難對付。」

帥克和沃地赤卡站在嘎古尼先生住所的門口。帥克按了下門鈴，隨著，一個女僕出現了。她用匈牙利話問他們的來意。

「Nem tudom，」❽沃地赤卡鄙夷地說。「乖乖，你幹嘛不學學捷克話？」

「Verstehen Sie deutsch？」❾帥克問道。

「A Pisschen.」❿

「那麼你去告訴你們太太，說我有話同她講。告訴她這裡一位先生有封信要交給她，在外邊呢。」

他們站在過道，帥克說道：「這地方確實既雅緻又舒服。瞧，他們帽架上掛了兩把雨傘，那幅耶穌基督像畫得也還不壞。」

女僕又從裡面出來了，房間裡響著刀叉和杯盤相碰的聲音。她用很蹩腳的德語對帥克說：

「太太說，她現在沒有空閒。有什麼東西可以交給我，有話也留下吧。」

---

❽ 匈牙利語，意思是：「我不知道。」

❾ 德語，意思是：「你會德語嗎？」

❿ 女僕想用德語說：「我會一點兒（Ein bisschen）。」但是說得不對，而piss在俚語中有「解手」的意思。

「好吧，」帥克很莊重地說道，「這就是給她的信，可是你可別對旁人講。」

他就把盧卡施中尉那封信掏出來了。

「我在這裡等回音吧。」他指著自己說道。

「你怎麼不坐下來啊，」沃地赤卡道，他已經在靠牆的一把椅子坐下了。「來。坐這把吧。你站在這裡活像個要飯的。在這些匈牙利人面前你可不能作得很低賤。我們是要跟他吵一架的，我一定得好好管教他一頓。」

一切仍然毫無動靜。後來，聽到女僕遞進信去的那間房子裡大聲咆哮起來。有人用一件沉重東西摔在地上，然後又清晰地聽到砸玻璃杯和盤子的聲音。夾雜在這一切聲音中間，還可以聽到有人用匈牙利話在發脾氣。

門猛地開了，闖進一個脖頸上圍著餐巾的男人，手裡揮動著剛才送進去的那封信。

工兵沃地赤卡離門口最近。那位一腔怒火的男人首先拿他作對手，講起來——

「你這是什麼意思？」他用德國話質問道。「送這信來的那個壞蛋在哪兒？」

「嗨，老板，別著急，」沃地赤卡直起身子來說。「你吵嚷得聲音太大了，鎮靜點兒。你要是想知道信是誰送來的，就問我這位伙伴吧。可是你說話得放客氣些，不然的話，我轉眼就把你丟出去！」

那個男人抱著頭，排炮似的咒罵了一頓。同時說，他自己也是個後備軍官，他本來也很想參軍的，只是他害著腰子病。至於那封信，他要送給指揮官，送給國防部，送到報館去。

「聽著，」帥克威風凜凜地說道，「那封信是我寫的，不是中尉寫的。那簽名是假的，是我簽的，我看上了你的老婆。就像詩人伏爾赫利茨基⓫說過的，我給她迷上了。」

帥克挺然站在他的面前，冷靜得像條黃瓜。那位暴跳如雷的男人剛要朝他撲過去，可是工兵沃地赤卡一直留意著那個男人的每個動作。他伸腿絆了那個男人一跤，把那封信從他手裡奪過來（正當他還在揮動著的時候），塞到他自己的衣袋裡，等嘎古尼先生恢復了他的平衡，沃地赤卡一把又抓住他，把他拖到門口，一隻手拉開門。然後，一剎那間，就聽到一件沉重的物件沿著樓梯滾了下去。

那位暴跳如雷的男人唯一的遺物就剩那條餐巾了。帥克拾起它來，很有禮貌地在門上敲了敲。五分鐘以前嘎古尼先生是從那個門裡出現的，如今可以聽到一個女人哭泣的聲音。

「這餐巾是您的，」帥克彬彬有禮地對那在沙發上嗚咽著的太太說。「不然，也許會給人踩髒了。再見

⓫雅羅斯拉夫．伏爾赫利茨基（一八五三—一九一二），捷克浪漫主義詩人。

吧，太太。」

他把皮靴後跟碰了一下，敬了個禮，就到過道去了。樓梯口看不到一點點格鬥的痕跡，正如沃地赤卡說的，一切都沒費吹灰之力。可是帥克在街門口發現一條硬領，從上邊還可以看出是扯下來的。顯然悲劇最後一幕是在那兒演出的：當時嘎古尼先生拼命抓牢了門，免得自己被拖倒街上去。

街上鬧得還很厲害。嘎古尼被拖到對面房子的門口，他們正朝他灑著水。在街心，工兵沃地赤卡像一隻雄獅似的跟一些出來袒護自己同胞的匈牙利民兵和輕騎兵搏鬥著。工兵很巧妙地揮動

著一根刺刀帶子，像揮動一把連枷似的，叫他的對手回不得手。他也並不孤單。一些捷克士兵也站到他這一邊來交手了。

帥克事後提起來，連他自己也說不清是怎麼捲入戰團的。他沒有刺刀，也說不清怎麼就弄到一根手杖——那原是圍觀的人群中一個嚇破了膽的路人丟下的。

這場格鬥繼續了很久，但是一切好事都必有個終了。巡邏隊

來了，把他們統統拘留起來。

帥克和沃地赤卡並排大踏步走著，一手拿著那根手杖——後來巡邏隊隊速就把它作爲罪證。他得意揚揚地闊步走著，把手杖像來福槍那樣扛在肩頭上。

工兵沃地赤卡一路上都執拗地一聲不響。可是當他們走進衛兵室的時候，他傷心地對帥克說：「我沒告訴你嗎，你不曉得匈牙利人！」

4 新的磨難

史羅德爾上校望到盧卡施中尉那副蒼白、眼眶深陷的臉，非常開心，而中尉在這種尷尬的情景下，竭力避開視線，偷偷望著露營上兵的部署地圖。那是上校辦公室裡僅有的一件裝飾。

史羅德爾上校面前的桌子上放著幾份報紙，報上有些文章用藍鉛筆圈過了。上校把它們又看了看，然後轉過來對盧卡施中尉說道：「那麼，你已經曉得你的傳令兵帥克給關起來了，而且很可能會解到師部軍事法庭去嗎？」

「曉得，長官。」

「自然，事情不會就這麼了的，」上校很開心地望著中尉蒼白的臉色，故意說道。「毫無疑問，牽涉到你的傳令兵的這樁案子已經激起當地民眾的公憤，而且你的名字也提出來了。師部已經提供我

們一些資料。這兒的一些報紙都評論了這件事，請你費心念給我聽聽。」

他把文章用鉛筆圈過的那些報紙遞給盧卡施中尉。

隨後，中尉就用平淡的聲調念了起來：

我們的前途保障在哪裡？

「是《佩斯使者報》❶上登的那篇，對嗎？」

「是的，長官，」中尉回答說，並且繼續往下念——

爲了作戰，奧匈帝國內一切階層理應精誠團結。我們若想鞏固國防，各民族必須互助合作，而帝國前途的保障正在於這種彼此由衷之尊重。倘若國內互不團結，並有存心破壞政府協調石作的分子潛伏，肆意妄爲，敗壞政府威信，危害帝國內部各民族的共同利益，那樣，我們已抵達前線及正開往前線的英勇軍隊就不可能去壯烈犧牲。值此歷史關頭，我們勢難容忍蓄意破壞帝國各民族間協力奮鬥的一撮人爲所欲爲。這種處心積慮想瓦解帝國內部的喪心病狂之徒實在令人髮指，我們不能緘默不言。

本報曾數度指出，捷克聯隊中有人不顧該聯隊之光榮傳統，在匈牙利人城中爲非作

---

❶ 當時匈牙利政府出的一種德文報紙。

歹，引起眾人對捷克民族之反感，軍事當局不得不嚴加懲辦。此事自然不能歸咎於整個捷克民族，而且，捷克民族的利益與帝國的利益是唇齒相關的，許多卓越的捷克軍事領袖，如拉迪茲基元帥及其他奧匈帝國捍衛者都證明了這一點。這些高貴人物的英名正爲區區幾名捷籍暴徒所玷辱。該暴徒乘戰爭的機會，混入軍隊，破壞帝國內部各民族的統一戰線，並發泄其獸慾。前者本報揭露第××聯隊在德布立岑的可恥行爲，他們的暴行曾引起布達佩斯議會之議論，並受到譴責。及後，該聯隊的隊旗就在前線……（檢查官刪去）。這個令人痛恨的罪行應由誰負責……（檢查官刪去）呢？誰煽動捷克軍隊去……（檢查官刪去）呢？從最近在吉拉里－西達發生的事件足以看出我們中間的外籍分子無法無天之猖狂。在布魯克露營的軍隊是什麼國籍的？他們離城較近，就去毆打並虐待城中一位商人——居拉．嘎古尼先生。當局自然應當調查這件暴行，並且向軍事當局追究（想必已經開始查詢了）盧卡施中尉在這次對匈牙利公民史無前例的恫嚇行爲中，所扮演之角色。據我報當地一通訊員稱，城內人士曾指明盧卡施中尉與最近這件醜事有關。關於此節，該通訊員並已充分掌握材料。在此局勢嚴重時期。遭受這種侵犯的人必須得到賠償。我們相信本報讀者必定關懷此事今後調查的情形，對這樣重大事件，記者也一定詳盡報導。同時，我們也靜候官方對吉拉里－西達地方毆打匈牙利公民事件的報告。布達佩斯議會也一定密切注意這個事件。

「文章是誰署名的？」

「貝拉．巴拉巴斯。他是個記者，並且是議員，長官。」

「對，他是個出名的壞蛋。可是這篇文章在《佩斯使者報》登出來以前，先在《佩斯新聞》上頭出現過。現在麻煩你把《紹普朗紀事報》❷上那篇文章的官方譯文念給我聽聽。」

盧卡施中尉大聲念了那篇文章。

作者在文章裡拼命重複一些這類勉強拉上去的詞句——「爲具有政治卓見者主要的要求」、「法紀與秩序」、「人類的墜落」、「人類的尊嚴和光榮慘遭蹂躪」、「獸慾之發泄」、「屠殺生靈」、「不法之徒」、「幕後指使」等等，直像匈牙利人在他們自己的國土上成爲受迫害的分子了。讀起來好像捷克軍隊侵犯了該文作者個人，把他打倒在地，用穿著高筒靴子的腳踩了他的肚皮，他疼得呼天喊地，於是有人就把他的喊叫用速記法記錄了下來似的。

《紹普郎紀事報》哀泣著說——

有一件具有頭等重要性的事，而大家都意味深長地保持著緘默，沒人敢來評論。昨日本報登的那篇文章曾被檢查官刪去十五處。因此，爲了技術原因，我們今天只能向讀者宣布，關於吉拉里—西達事件，我們已不願再詳加評論了。本報特派記者從現場證實，當局對全部事件表示相當關切，並已火速派人進行調查。不過我們奇怪暴行發生時

---

❷當時匈牙利的一種地方報紙。

在場的一些人，目前何以依然逍遙法外。特別是前天《佩斯使者報》及《佩斯紀事報》兩報提到過姓名的那位先生，謠傳他在營中一直沒失掉行動自由。我們指的就是那個臭名昭彰的捷克籍的排外分子盧卡施。關於他的暴行，吉拉里—西達選區的議員捷扎．撒瓦尼將在議會中提出質問。

「《吉拉里—西達周刊》和其他普利斯堡❸的報紙也都用同樣愉快的口吻提到你，」史羅德爾上校說。「可是你對這些自然不會感到興趣，因為登來登去都還是那套話。不過也許你想看看《克瑪諾晚報》上的一篇文章，上頭說你在飯廳裡用午飯的時候，打算當著她丈夫的面去強姦嘎古尼太太。你用軍刀恫嚇他，逼著他用餐巾堵上他太太的嘴，免得她嚷出聲來。這是最近關於你的新聞報導。」

上校笑了笑，接著說下去：「師部的軍事法庭委派我來審問你，並且把有關的文件都送來了。要不是你那個傳令兵，那個可憐的小子帥克，事情早辦完了。跟他在一起的有個叫沃地赤卡的工兵，吵完架之後，他們把他帶到衛兵室去，在他身上搜出你給嘎古尼太太的那封信。開審的時候，你那個帥克說，那封信不是你寫的，說是他自己寫的。法庭上把信擺到他面前，要他照樣寫一份來對對筆跡的時候，他一口把你的信吞下去了。然後法庭又拿出你寫的呈文來，好用你的筆跡跟帥克的比一比，結果就是這樣。」

---

❸ 現名布拉迪斯拉支，是捷克在多瑙河上的主要港埠，第一次世界大戰前屬匈牙利。

上校翻了翻幾件公文，然後把下面這段指給盧卡施中尉看：「犯人帥克拒絕寫出口授之語，堅謂事隔一夜，已不會寫字了。」

「當然嘍，」上校接著說，「我也不重視帥克或者這個工兵沃地赤卡在師部軍事法庭面前的供詞。他們兩個都說，這件事從始至終是被誤會了的一個玩笑，而他們自己受到居民攻擊，他們是爲了維護軍人的榮譽才自衛的。在審訊中間，才發現你這個帥克原來確實是個怪物。從他的答話看來，這個人是很不對頭的。自然我已經用聯隊指揮部的名義通知有關的各報館，更正這些可恥的報導。今天他們正在發那通知呢。我想我的措詞還乾脆，是這樣寫的——」

敬啓者，某師軍事法庭及某聯隊指揮部茲聲明：貴報所載謠傳某聯隊官兵之暴行，乃係完全出於僞造，毫無根據可言。此外，並望注意：對犯僞造罪之報紙業已進行起訴，參與其事者定嚴懲不貸。

「師部軍事法庭在給本聯隊指揮部的公文裡表示，」上校接著說道，「這件事不外是東里塔和西里塔兩個地方對咱們軍隊一場有計劃的搗蛋。」

上校吐了口唾沫，又說道：「可是，儘管如此，你知道帥克那傢伙眞機靈。他處理你那封信的辦法的確有本事。他確實是一個怪人。從他的舉止看，我想他很夠義氣。軍事法庭的訴訟程序看來是取消定了。報紙把你罵了一通。他們叫你住在這裡不大站得住腳。不出一個星期，先遣隊就要開到俄國前線去。你是十一連資格最老的中尉，你就編到那一連去當連長。這件事已經跟旅部談好了。叫上士給你另找個傳令代替帥克這傢伙。」

盧卡施中尉滿腔感激地注視著上校。

上校接著說道：「我叫帥克跟你去，作爲連部傳令兵。」上校站起身來跟中尉握手。中尉的臉蒼白得像張紙。上校說道：「好吧，就這麼辦。祝你在前線事事順利成功。如果有朝一日你碰巧路過這裡，希望你來看望看望我們。可別像在布迪尤維斯時候那樣躲得我們遠遠的。」

盧卡施中尉在回家的途中，不斷對自己重複著：「連部傳令兵，連部傳令兵。」

在師部軍事法庭總部一間有格子門的草舍裡，人們早晨七點就起床，然後照規定，把撒在滿是塵土的地板上的褥子收拾起來。他們在用木板隔開的一間長房間裡，把被子疊起來，堆在草墊子上。疊完的就坐在靠牆的長凳子上，不是抓虱子，就是──如果是剛從前線回來的──彼此交談起戰地上的經歷。

帥克和工兵沃地赤卡，就跟屬於不同的聯隊和單位的士兵一起坐在靠門的長凳子上。

這時候，鑰匙在鎖孔裡嘎嘎響了幾下，隨後，獄吏不慌不忙地進來了。

「一等兵帥克和工兵沃地赤卡，軍法官有傳！」

審訊他們的辦公室是在一樓的另一部分。往那裡走著的途中，工兵沃地赤卡跟帥克討論他們什麼時候可能正式過堂。

工兵沃地赤卡思索了一下，然後說道：「等會站在軍事法官那傢伙面前，帥克你可別慌。盤問時候你怎麼說的，你就還怎麼說就是啦。改不得口，不然我可要倒楣了。主要是說，你親眼看見那些匈牙利小子們先向我動手的。別忘記，在這場小亂子上咱們是同甘苦共患難。」

「你放心好啦，沃地赤卡，」帥克寬慰他說。

他們剛走進師部軍事法庭的辦公室，哨兵馬上就把他們帶到第八號辦公室。軍法官路勒爾坐在一張堆了許多公文的長桌子後面，他面前放著一部法典，書上放著斟了半滿的一杯茶。桌子的右首擺著一個假象牙的十字架。軍法官路勒爾一隻手正在十字架的座子上掐著一支香菸，另一隻手在端那杯茶——茶杯跟法典的封皮黏到一起了。把那杯茶從法典的封面解放出來以後，他又翻著從軍官俱樂部借來的一本書。作者是弗・斯・克勞斯，引人入勝的書名是《關於性道德歷史發展之研究》。

書裡還活靈活現地附著一些圖解。軍法官正對那些圖解出神的時候，一聲咳嗽驚動了他。是工兵沃地赤卡。

「怎麼啦？」他問道，一面找著其他的圖解和素描。

「報告長官，」帥克回答說，「我的老朋友沃地赤卡著了涼，他咳嗽得很厲害。」

這時候，軍法官路勒爾抬頭望了望帥克和沃地赤卡。他很想擺出一副嚴厲的臉色。

「你最好別開口，」軍法官路勒爾回答道。「我不問你，你不要說什麼。見鬼，那份卷宗跑到哪兒去啦？你們這兩個囚棍給我添了老大麻煩。可是你們以後會知道，不白搗這種亂對你們是沒好處的。」

他從一疊公文堆裡拖出一份厚厚的卷宗，上面標著「帥克及沃地赤卡」。他說道：

「你們這兩個雜種瞧瞧！如果你們爲了屁大的事吵個架，就想在師部軍事法庭混日子，就想避免上前線的話，那我告訴你們，你們可他媽的大錯特錯啦。」

他嘆了口氣。

「我們要撤銷對你們的起訴處分，」他接著說。「現在你們都回到原單位去，那裡的警衛室會處罰你們的。罰完之後，你們就得上前線。你們這兩個壞蛋要再碰到我手裡，我就會管教得叫你們一輩子也不會忘記。

把他們帶到Z號房去！」

軍事法庭的辦事員領配給去了，押送他們的那個士兵只好又把他們帶回牢裡，氣得他一路上把天下的軍事法庭的辦事員都罵遍了。

「湯裡的肥肉又要把他們撈光啦，」他嘆著氣，「只給我剩下點子骨頭。昨天我押兩個小子到營裡去，有人就把我份內的麵包挖去一半。」

「你們這兒的傢伙腦子裡老離不開吃，」沃地赤卡說道，這時候他精神又恢復過來了。

辦公室辦起事來很快當，一個剛吃完飯的上士，嘴上還掛著油膩，帶著一副非常莊嚴的神情把證件遞給帥克和沃地赤卡。他乘機還作了一番演講，特別希望他們要保持士兵的精神。在講詞裡，他用他本鄉本土的波蘭話點綴了不少文雅的粗話。

帥克跟沃地赤卡告別的時刻到了。帥克說：「好吧，等打完仗來看望看望我。每天晚上六點鐘我都在瓶記酒館恭候。」

「我一定來的，」沃地赤卡回答道。

他們分手了。當他們相隔已經有幾碼的光景，帥克嚷道：「可別忘了，我一定恭候呀。」

這時候，工兵沃地赤卡已經走到第二排營舍的轉角，正要拐彎。他大聲嚷：「就這麼辦吧。打完仗，晚上六點鐘見。」

「最好改到六點半，萬一我到得晚一點兒呢。」帥克回答。

然後，隔了老遠，沃地赤卡又嚷道：「你不能想法兒準六點到嗎？」

沃地赤卡最後由分手的伙伴那裡聽到的是：「好吧，我六點到就是啦！」

好兵帥克就是這樣跟工兵沃地赤卡分手了。

5 從里塔河上的布魯克城到蘇考爾

盧卡施中尉在第十一先遣隊的辦公室裡踱來踱去，心神十分不定。這是本連營舍裡的一間陰暗的斗室，是用木板子從過道隔成的；裡邊只放了一張桌子，兩把椅子，一鐵罐煤油，一條床墊子。

補給士萬尼克臉朝著盧卡施中尉站在那裡，他成天都在編制發餉名單，登記士兵配給的賬目。他實際上是全連的財政部長，整天都待在這個陰暗而窄小的斗室裡，晚上也睡在那裡。

把門站著一個胖胖的步兵，他留著長而濃密的鬍子。這是中尉的新傳令兵巴倫。入伍以前，他本是個開磨坊的。

「唉，我必得承認你替我找了個好傳令，」盧卡施中尉對補給士說道。「謝謝你叫我喜出望外。頭一天我派他到軍官食堂去替我取午飯，他給吃掉一

半。」

「對不起，長官，我沒吃，是灑掉了，」那個留著鬍子的彪形大漢說道。

「好吧，那麼就算你灑了吧。湯或肉汁你可能灑了，但是你不可能把烤肉也灑了吧。你帶回的那塊肉大得夠蓋住我的指甲了。而且你把布丁搞到哪兒去啦？」

「我……」

「你吃掉啦。你說沒吃也不成。你吃掉啦。」

盧卡施中尉說最後那句話的時候，神色是那樣嚴厲認真，巴倫不由得倒退了兩步。

「我到廚房問過了，我已經知道今天午飯我們有些什麼。先是湯加麵團。你把麵團弄到哪兒去啦？你半道上把它撈了出來，對不對？另外，還有牛肉和小黃瓜。你把它弄到哪兒去啦？那也給你吃掉了。兩片烤肉，你只給我帶來了半片，對不對？還有兩塊布丁，哪兒去了呢？你也吞下去啦，你，你這個饞豬！說吧，你把布丁弄到哪兒去啦？什麼，掉在泥裡去了？你這個可詛咒的瞎話簍！你指給我那個地方，看泥裡掉沒掉布丁。什麼？沒容你撿，一條狗把它叼去啦？我眞想狠狠揍你一通，揍得叫你的親娘也認不出你來。吃完東西，你還想來騙我，哦，你這個下流鬼！你知道誰瞅見你了嗎？就是這裡的補給士萬尼克。他跑來告訴我說：『報告長官，巴倫那個饞豬在吃您的午飯哪。我從窗口朝外面一望，看見他正拚命往嘴裡塞，直好像一個星期什麼也沒下肚似的。』我說，軍士，你實在可以替我物色一個比這個癩貨好些的傢伙。」

「報告長官，看起來巴倫是咱們先遣隊裡最叫人滿意的一個了。他是個笨頭笨腦的白痴，剛學完的操法就忘個乾乾淨淨。要是交給他一杆槍使的話，他會闖出更大的亂子來。上回練習空彈射擊的時候，他差一點兒把旁邊一個人的眼睛射掉。我想他總可以當個傳令兵。」

「把軍官的午飯吃掉，」盧卡施中尉說，「直像他自己那份配給不夠他吃的。你大概現在要對我說，你餓了吧，呃？」

「那麼，軍士，」他轉過來接著對補給士萬尼克說，「你把這個人帶到衛登赫弗下士那裡去，叫他把這傢伙綁在廚房靠門的地方。綁上他兩個鐘頭，直到今天晚上的燉肉發完了爲止。叫他把他綁好了，只許腳尖著地。這樣，好讓他眼巴巴望著肉在鍋裡燉著，廚房裡發燉肉的時候一定要把這個混蛋綁在那裡，好叫他嘴裡流口水，就像個餓著肚皮的鄉巴佬在肉舖門外頭聞味兒一樣。叫他們把他那份燉肉分給旁人。」

「是長官。巴倫，來吧。」

補給士萬尼克轉來報告巴倫已經綁好了的時候，盧卡施中尉說：

「我覺得你是個酒鬼。一看到你的酒糟鼻子我就把你打量透了。」

「長官，那是在喀爾巴阡山上得來的。在那裡，我們拿到的配給總是涼的。戰壕是在雪裡挖成的，又不准我們弄個火，我們只好靠甜酒過日子。要不是我，大家一定會落得跟別的連一樣，吃不到甜酒，士兵都凍壞了。甜酒把我們的鼻子都弄紅了。唯一的缺點是營裡下了命令，只有紅鼻子的才派出去偵察。」

「啊，不過冬天差不多完了，」中尉故意這樣說。

「長官，不論什麼季節，陣地上沒有甜酒可不成。甜酒可以保持士氣。一個人肚子裡要是有一點子甜酒，他誰都敢打，喂，誰在敲門哪？傻瓜，他難道不認得門上寫著的『勿敲直入』那幾個字嗎？」

盧卡施中尉把椅子朝門轉去，望到門慢慢地、輕輕地打開了，好兵帥克也同樣慢慢地、輕輕地走進第十一先遣隊的辦公室來。

盧卡施中尉望到好兵帥克，立刻闔上眼，帥克卻凝望著中尉，高興得就像一個浪子回家，看到他父親為他宰那養肥了的牛犢一樣❶。

「報告長官，我回來啦，」帥克站在門口大聲說，盧卡施中尉望到他那坦率的隨隨便便的態度，猛然意識到他吃過的苦頭。自從史羅德爾上校通知他又把帥克送回來折磨他的那天起，盧卡施中尉一直就盼望著這個倒楣的時刻可以無限期地展緩下去。每天早晨他都對自己說：「今天他不會來的。也許他又出了亂子，因而也許他們把他扣留了。」可是現在帥克帶著溫厚謙遜

❶比喻出自《新約·路加福音》第十五章第二十七節。

的神情這麼一照面，就打亂了中尉那些想頭。

這時候，帥克定睛瞅著補給士萬尼克，轉過來，從軍大衣口袋裡掏出一些證件，笑嘻嘻地遞給他。

「報告軍士，」他說，「這些聯隊辦公室裡簽的證件必須都交給您，是關於我的餉金和配給的。」

帥克在第十一先遣隊辦公室裡的舉止動作隨便得直像補給士萬尼克跟他是老朋友。可是補給士回答得很簡慢：

「擱在桌上吧。」

「軍士，」盧卡施中尉嘆了口氣說，「我想你最好讓我單獨跟帥克談一談。」

萬尼克走出去了。他站在門外聽著，看他們倆說些什麼。起初，他什麼也沒聽到，因爲帥克和盧卡施中尉都不吭聲。他們互相望了好半天，仔細打量著。

盧卡施中尉衝破這陣叫人難過的沉默，話裡有意帶著強烈的諷刺說道：「哦，我很高興看到你，帥克。謝謝你來看望我。想想看，你是多麼可愛的一位客人啊！」

可是他控制不住感情了。他把壓制多時的氣憤一下子發泄了出來：用拳頭捶著桌子，結果墨水瓶震動了一下，墨水灑在領餉名單上了。他又跳起來，臉緊逼著帥克，向他嚷道：「你這混蛋！」

說完了，他就在這窄長的辦公室裡大跨步來回走著，每從帥克身邊走過就啐一口唾沫。

「報告長官，」帥克說道。這時候，盧卡施中尉繼續來回踱著，走近桌子時就抓些紙團子，氣沖沖地把它們朝一個角落丟去。「我就照您吩咐的把那封信送去了。我看嘎古尼太太還不錯，老實說，她是個身材苗條的女人，雖然我看到，她的時候她正在哭哪……」

盧卡施中尉在補給士的椅子上坐下來，嘎聲嚷道：「帥克，你這股瘋勁兒要鬧到哪天爲止呀？」

帥克眞像沒聽到中尉嚷的話一樣，繼續說道：「後來的確發生了一點兒不愉快，可是我把錯兒全攬到自己身上啦。自然他們不會相信是我寫信給那位太太的，所以在審訊的時候，我想我最好把那封信呑下去，好叫他們追不出底來。後來——我也不知道究竟是怎麼發生的，除非是交了壞運——我又捲到小小一場糾紛裡去，那實在是不值一提的。那場官司我總算也了啦，他們承認錯兒不在我，把我打發到警衛室，就不再審問了。我在聯隊辦公室等了幾分鐘上校才來。他訓了我一通，叫我作連部傳令兵，向您報到，並且叫我告訴您，請您馬上去見他，是關於這個先遣隊的事。這是半個多鐘頭以前的事了，可是上校不曉

得他們還得把我帶到聯隊辦公室去，也不曉得我在那兒還得等上一刻鐘，因爲還要補發我這陣子的餉；我得向聯隊領，而不是向先遣隊，因爲照單子上開的，我是歸聯隊禁閉的。」

盧卡施中尉聽說他應該在半個鐘頭以前就去見史羅德爾上校，趕緊穿上軍便服，說道：

「帥克，你又替我幹了件好事！」

他說這話的時候口氣完全是沮喪絕望的。正當他奔出門口的時候，帥克用一句好話安慰他說：「長官，叫上校等等他不會在乎的，反正他也沒事可幹。」

中尉走後沒多久，補給士萬尼克進來了。

帥克坐在一把椅子上，小鐵爐子的火門正開著，他一塊塊地往裡邊丟著煤。爐子冒起煙來，臭氣熏人。帥克沒理會補給士在望著他，繼續往裡頭丟著煤。補給士看了一陣，然後猛地把爐門一踢，叫帥克滾出去。

「對不起，軍士，」帥克威風凜凜地說，「不過我得告訴你，儘管我很願意聽你的命令，可是辦不到，因爲我是歸上一級管的。」

「你看，軍士，是這樣，」他口氣裡含著些驕傲補充說，「我是連部傳令兵。史羅德爾上校把我安排到第十一先遣隊盧卡施中尉這裡來的，我給盧卡施中尉當過傳令。但是由於我的天分，他們把我提升作傳令兵了。我跟中尉是很老的朋友。」

電話鈴響了。補給士趕忙抓起耳機，然後使勁往下一摔，氣惱地說：「我得到聯隊辦公室。總是這樣匆匆忙忙地叫人，豈有此理。」

房裡又剩下帥克一個人了。

不久，電話鈴又響了。

帥克拿起耳機來，對著聽筒嚷道：「喂，你是誰呀？我是第十一先遣隊的傳令兵帥克。」

隨後，帥克聽到盧卡施中尉的聲音回答說：「你們都在搗什麼鬼？萬尼克哪兒去啦？叫萬尼克馬上來聽電話。」

「報告長官，電話鈴剛才響過……」

「聽我說，帥克，我沒空兒跟你閒扯，在軍隊裡，打電話說話得簡單，不許講廢話。而且打電話的時候你不要搬出那套『報告長官』來。現在我問你，萬尼克究竟在不在房裡。他得馬上來聽電話。」

「報告長官，他不在這兒。剛才不到一刻鐘以前，他給叫到聯隊辦公室裡去了。」

「帥克，你記住，回來我要跟你算帳。你的話不能簡單點兒嗎？好，仔細聽我說。你聽得清楚嗎？事後可不要用電話裡有雜音來搪塞。那麼，你一掛上電話，馬上就……」

停了一會兒，電話鈴又響了。帥克拿起耳機來，聽後就聽到一頓臭罵：

「你這下流、蠢笨、昏頭昏腦、投錯了胎的渾

蟲！你這嚇人的白痴，你這鄉巴佬，你這粗漢，你這流氓！你到底在搗什麼鬼？你爲什麼把電話掛上了？」

「報告長官，是您說，叫我掛上電話的。」

「我一個鐘頭之內就回來。帥克，回來我一定給你點兒厲害嘗嘗。那麼，現在你打起精神來，給我找一個中士來——找弗克斯吧，要是你找得到的話，——告訴他馬上帶十個人到聯隊貯藏所去領配給罐頭。好，重說一遍他應當幹什麼。」

「他應當帶十個人到聯隊貯藏所去領本連的配給罐頭。」

「好，這回你總算沒胡扯。現在我就要往聯隊辦公室打電話給萬尼克，叫他到聯隊貯藏所去辦事。要是這時候他回來了，叫他一定把別的事都放下，趕快到聯隊貯藏所去。現在掛上吧。」

帥克不但找了半天弗克斯中士，其他所有的軍士也都找遍了，但是誰也沒找到。他們都在廚房裡啃著骨頭上的肉屑，一面望著巴爾——按照所指示的，他已經給綁起來了。一個廚子給他帶了塊排骨來，往他嘴裡塞。這個留鬍子的大漢不能動手，就小心翼翼地把骨頭叼在嘴裡，用牙和牙床托平了它，同時帶著森林裡的野人那種表情啃著上面的肉。

「你們哪個是弗克斯中士呀？」帥克終於找到了軍士們，就問他們說。

弗克斯中士看見不過是個傳令兵在叫他，就連自己的姓名都不屑去報。

「聽著，」帥克說，「我得問到哪年哪月才答應啊？哪個是弗克斯中士？」

弗克斯中士走過來，神氣十足地申斥了帥克一通，告訴他對中士說話應當懂些規矩。在他那個班裡，誰對他說話要是像帥克那樣不分上下，他早就給他個嘴巴啦……

「嗨，慢點兒，」帥克正顏厲色地說，「別耽擱時間了，打起精神來，馬上帶十個人到聯隊貯藏所去，要你去領配給罐頭。」

弗克斯中士聽了這話驚訝得說不出話來了，嘴裡只能嘟囔道：

「什麼？」

「嗨，嗨，沒問你話，不許還嘴，」帥克回答道。「我是第十一先遣隊的傳令兵，我剛跟盧卡施中尉通過電話。他吩咐說：『馬上帶十個人到聯隊貯藏所去。』弗克斯中士，要是你不去的話，我立刻就去報告。盧卡施中尉特別指定要你去的。走吧，沒旁的可講，盧卡施中尉說，電話裡說話得簡單明瞭。他說：『通知弗克斯中士去，他就得去。在軍隊上浪費時間就是犯罪，特別是在打仗的時候。你通知了弗克斯中士以後，要是那小子不去的話，那好辦，給我打個電話來，我馬上跟他算賬。我要把這個弗克斯中士碾成碎肉。』好傢伙，你可不曉得盧卡施中尉有多麼凶。」

軍士們聽了都一愣，並且被他的態度弄得很懊惱。帥克得意揚揚地定睛望著他們。弗克斯中士咕噥了幾句沒人能聽懂的話，就匆匆地走了。

這時候帥克向他喊道：

「我可以打電話報告盧卡施中尉說，事情就這麼辦了嗎？」

「我馬上就帶十個人到聯隊貯藏所去，」中士隨走隨說著。帥克聽了一聲沒響，就走開了。別的軍士們同剛才弗克斯中士一樣驚訝。

「熱鬧起來了，」小個子布拉茲克下士說，「我們快要開拔啦！」

帥克回到第十一先遣隊辦公室以後，還沒來得及點上菸斗，電話鈴就又響了。又是盧卡施中尉跟他講話。

「帥克，你上哪兒去啦？我打了兩回電話都沒有人接。」

「我去辦了那檔子小差事，長官。」

「他們都去了嗎？」

「噢，他們去是去了，長官，可是我不敢說他們到了沒有，我再去看看好不好？」

「你找到弗克斯中士了嗎？」

「找到了，長官。起初他還隨隨便便地跟我頂嘴，可是等我告訴他在電話裡說話得簡單明瞭……」

「別胡扯啦，帥克。萬尼克回來了嗎？」

「還沒有，長官。」

「別對著耳機嚷。你可曉得這個討厭的萬尼克大概到哪兒去啦？」

「我說不清這個討厭的萬尼克大概到哪兒去啦，長官。」

「他到過聯隊辦公室，後來他又到別處去啦。他也可能在軍營裡的酒吧間。帥克，你就到那兒去找找他看，叫他馬上到聯隊貯藏所去。還有一件事，馬上找到布拉茲克下士，叫他立刻給巴倫鬆開綁。然後叫巴倫到我這兒來。掛上吧。」

帥克找到了布拉茲克下士，親眼看他鬆開巴倫的綁，又陪巴倫一道走，因爲他還得到軍營裡的酒吧間去找補給士萬尼克，剛好順路。巴倫把帥克看作他的救命恩人，答應以後每逢家裡寄到吃的來，都跟帥克平分。

帥克到軍營裡的酒吧去，走的是栽滿高大菩提樹的那條古老的林蔭路。

補給士萬尼克正在軍營裡的酒吧間裡舒舒坦坦地坐著，喝得有點迷迷糊糊的。可是興致很好，也很和氣。

「長官，您得馬上到聯隊貯藏所去，」帥克說，「弗克斯中士帶著十個人在那兒等著您哪，他們去領配給罐頭。您得趕快去。中尉打過兩回電話啦。」

補給士萬尼克大聲笑了起來。

「老伙計，沒什麼可忙的。有的是時間，小子，有的是時間。聯隊貯藏所不會長腿跑掉的。等盧卡施中尉管過像我管的那麼多先遣隊的時候，他才能說東道西哪。可是那時候他也不會再提他那套『馬上去』的話啦。那都是不必要的著急，我這是實話。嘿，聯隊辦公室幾次下命令說，咱們第二天開拔，要我立刻去領配給。我呢，卻不慌不忙到這兒來舒舒服服喝他一盅。配給罐頭不會長腿跑掉的。聯隊貯藏所的事我比中尉清楚，軍官們跟上校在這兒一聊天，我就知道他們聊些什麼。不說別的，咱們聯隊貯藏所根本什麼罐頭也沒有，而且從來就沒有過。咱們的罐頭全在上校的腦袋殼裡哪。每逢咱們需要罐頭，就總是從旅部弄個一星半點兒來，或是向別的聯隊去借點兒，如果咱們跟他們有交往的話。僅僅一個聯隊咱們就欠著三百多聽罐頭。我是拿定主意了！隨他們在會議上扯些什麼，可是他們不用打算唬我。」

「你最好什麼都不必操心，」補給士萬尼克接著說，「隨他們愛怎麼搞就怎麼搞。要是他們在聯隊辦公室說咱們明天開拔，他們是在信口開河。鐵路上一輛車皮也沒有，咱們開什麼拔？他們給火車站打電話的時候我正在站上，連一輛可以調動的車皮也沒有。別忙，小子，放從容些。樣樣都會水到渠成的，可就是用不著忙。這麼辦沒錯兒。你要是聽我的勸，就該坐下來……」

「不成，」好兵帥克費了不小的勁兒說，「我得回辦公室去，萬一有人來電話呢。」

「要是你一定要去，就去吧，老伙計。可是去了你算不得漂亮，這是實情。你太急著奔回去工作啦。」

可是，帥克已經走出大門，朝著先遣隊的方向跑。

剩下補給士萬尼克一個人了。他不時地咂一口酒，一面想著有個中士正帶著十個人在聯隊貯藏所等著他哪。一想到這兒，他就自己微笑著，很神氣地揮著手。

很晚了，才回到第十一先遣隊，看見帥克正守在電話旁邊。他悄悄爬到他的褥子上，立刻就和衣倒頭大睡了。

可是帥克依然守在電話旁邊，因為兩個鐘頭以前盧卡施中尉曾經來過電話說，他還在跟上校商議著事情。可是他忘記告訴帥克不用在電話旁邊守著了。隨後弗克斯中士來電話說，他帶著十個人等了好幾個鐘頭，可是，補給士萬尼克還沒照面。不但這樣，而且聯隊貯藏所的門也根本是鎖著的。終於他看事情吹了，也就放棄了，十個人一個個都乖乖回到他們自己的營舍去。

帥克不時地拿起耳機來，偷聽別人的電話來尋開心。電話是個新發明，軍隊上剛剛才使用，它的好處是在線上誰都能清清楚楚地聽到別人說的話。

輜重兵詛咒著炮兵，工兵對軍郵所罵爹罵娘，射擊訓練班又跟機槍小組發著脾氣。

——而帥克依然守在電話旁邊坐著。

中尉跟上校的商議又延長了。史羅德爾上校正在暢談著關於戰地勤務最新的理論，特別提到迫擊炮。他沒完沒了地談著，談到兩個月以前戰線還偏東南，談到各個戰鬥單位之間建立明確的聯絡線的必要性，談到毒瓦斯，談到防空設備，談到戰壕裡士兵的配給，然後他又講起軍隊內部的情況。隨著他又扯到軍官和士兵、士兵和軍士之間的關係問題，以及臨陣投敵的問題。談到這一點，他順便指出捷克軍隊有一半是靠不住的。大部分軍官一面聽著一面肚子裡都在納悶這個老糊塗蛋究竟要扯到哪年哪月才算了。可是史羅德爾上校繼續東拉西扯下去，講起新成立的先遣隊的新的責任，講起陣亡了的聯隊軍官，講起發艇，講起鐵蒺藜，講起軍人的宣誓。

講到後一個問題的時候，盧卡施中尉想起整個先遣隊的人都宣過誓了，就差帥克沒宣，他那天不在師部指揮部。於是，他忽然咯咯笑起來了。這是一種神經質的笑。對幾位靠他坐著的軍官很有傳染的力量，因而引起了上校的注意。這時候上校剛要講到德軍從阿登❷撤退中所得的經

---

❷ 比利時東南部與法蘭西接壤的一片丘陵森林地帶。第一次世界大戰初期，聯軍跟德軍在這裡曾發生劇烈戰鬥。

驗。他把這件事情的經過說得亂七八糟，然後說道：

「諸位，這可不是一件開玩笑的事。」

於是，他們就都到軍官俱樂部去，因爲史羅德爾上校曾打電話給旅部的指揮部。帥克正守在電話旁邊打盹。電話鈴一響，把他吵醒了。

「喂，」他聽到耳機裡說，「這是聯隊辦公室。」

「喂，」帥克回答說，「這是第十一先遣隊。」

「別掛上，」耳機裡的聲音說，「拿枝鉛筆來，把這段話記下來。」

「第十一先遣隊。」接著，下面是一連串混雜不清的句子，因爲第十二和第十三先遣隊的電話聲音也都夾了進來，聯隊辦公室的通報就全部消失在一片嘈雜的聲音裡了。帥克一個字也沒聽懂。但是後來耳機裡聲音小了一些。隨後，帥克聽到裡面說到：

「喂，喂，別掛上！把剛才記下來的話重念一遍。」

「重念什麼呀？」

「自然是念記下來的話呀，你這個傻瓜。」

「什麼話呀？」

「天哪，你是聾子嗎？念我剛才口授給你的話，你這個混蛋！」

「我沒聽清楚。有人總在攪和。」

「你這個大笨蛋，你以爲我閒著沒事，專門來聽你胡說八道的嗎？你究竟是記呀，還是不記？紙筆都拿好了吧？什麼？沒拿好？你這個糊塗蟲！叫我等你找到算數？天哪，這成了什麼軍隊啦！好，你究竟要我等多少時候哇？，你什麼都準備好了，眞的嗎？你總算打起精神來啦。也許爲這件事你還得換換制服吧。好，聽著：第十一先遣隊。記下來嗎？重念一遍。」

「第十一先遣隊。」

「連長。記下來了嗎？重念一遍。」

「Zur Besprechung morgen❸記好了嗎？重念一遍。」

「Zur Besprechung morgen」

「Um neun Uhr. Unterschrift❹你知道Unterschrift是什麼意思嗎，你這笨貨？是『署名』的意思。重念一遍！」

「你這個大笨蛋！底下署名是史羅德爾上校，傻子。你記下來了嗎？重念一遍！」

「史羅德爾上校，傻子。」

「好吧，你這蠢貨！接電話的是哪個呀？」

「我。」

「眞要命，『我』是誰呀？」

「帥克。還有別的事嗎？」

「沒有了，謝天謝地。」

---

❸ 德語，意思是：「明天舉行會議」。

❹ 德語，意思是：「九點鐘，署名」。

帥克掛上耳機，就開始叫醒補給士萬尼克。補給士頑強抵抗起來，當帥克搖撼他的時候，他揍了帥克的鼻子。然後帥克終於使得補給士揉揉眼睛，驚慌地問發生了什麼事。

「到目前為此，還沒發生什麼事，」帥克回答說。「可是我想跟您談一談。剛才咱們接到一個電話，叫盧卡施中尉明天早晨九點鐘一定要到上校那裡再開一次Besprechung❺。我不知道怎麼辦。我是現在去告訴他呢，還是等到明天早上？我猶豫了好半天，不曉得應不應該叫醒您，可是最後我想還是請教請教您的好——」

「看在老天的面上，讓我睡去吧，」補給士哀求著，大大打了個呵欠。「你早上去吧，可是別喊醒我。」

他翻了個身，馬上又睡著了。

帥克重新回到電話旁邊，坐下以後也悄悄地睡去。他沒把耳機掛上，所以人家打擾不了他的睡眠。聯隊辦公室的電話員又有話要通知第十一先遣隊，叫他們第二天上午十二點向聯隊軍官報告有多少人還沒打傷寒預防針，可是電話叫不通，氣得他罵起來了。

這時候盧卡施中尉仍然在軍官俱樂部裡。他把剩下的黑咖啡喝完，然後回家了。他就著桌子坐下，在他當時心境的支配下，開始給他姑姑寫起一封動人的信——

親愛的姑姑：

❺德語，意思是「會議」。

我剛接到命令，我和本先遣隊即將開往前線。前方戰事劇烈，我方傷亡慘重，這也許是我寫給您的最後一封信了。因此，在信尾我不使用「再見」二字。向您告個永別，我想也許更相宜些。

「明天早晨再把它寫完吧，」盧卡施中尉這樣決定後，就去睡覺了。

隨著連部各個廚房煮起的一片咖啡精的味道，早晨到來了。帥克醒來，不知不覺地把耳機掛上，直好像他剛打完電話。他在辦公室裡走來走去，做了一番清晨散步，嘴裡很起勁地哼著個調子，把補給士萬尼克吵醒。他問起幾點鐘了。

「他們剛吹過起床號。」

「那麼我喝點咖啡再起來，」補給士這樣決定了。他做什麼都是從容不迫的。「而且爬起來他們一定又趕著咱們做這個做那個，到頭來都是像昨天的配給罐頭那樣白幹。」

電話鈴響了，補給士接的。他聽到盧卡施中尉的聲音，問起領配給罐頭的事辦得怎樣了，隨後聽

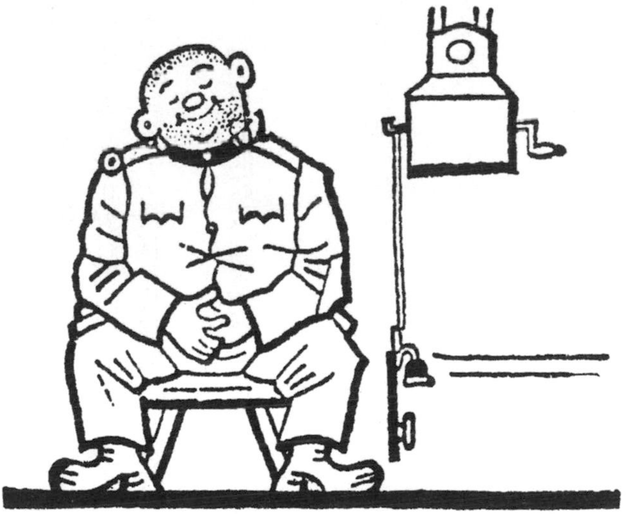

到了責備的聲調。

「他們沒有，長官，我向您保證，」補給士萬尼克對著電話筒大聲嚷道。「他們哪裡會有呢？長官，全是瞎謅的。兵站可以負責。長官，用不著再派人去。我正要打電話向您報告呢。我到軍營裡的酒吧間去過沒有？長官，嗯，老實說，我去過一會兒。不，長官，我沒醉。帥克在幹嘛？長官，他在這兒哪。我叫他嗎？」

「帥克，來接電話，」補給士說，然後又低聲說道：「如果他問起我回來的時候什麼樣兒，你就說我很好。」

帥克接電話：「報告長官，我是帥克。」

「喂，帥克，那配給罐頭究竟是怎麼一檔子事啊？都領到了嗎？」

「長官，沒有，連個影子也沒有。」

「聽著，帥克，我們露營一天，我要你每天早上都向我報到。直到我們開拔，你都不許離開我。你昨天晚上幹些什麼？」

「我在電話旁邊守了一夜，長官。」

「有什麼消息嗎？」

「有的，長官。」

「那麼，帥克，別又瞎扯了。有什麼人報告什麼要緊的事嗎？」

「有的，長官，可是到九點鐘才來。我不想去打攪您。那我可不願意做。」

「那麼，看在上帝的面上，告訴我！」

「長官，有一個口信。」

「呃，說些什麼呀？」

「我都記下來了，長官。大致是這樣：『記下一個口信來。你是誰呀？記下來了嗎？重念一遍。』」

「你別搗蛋了，帥克，告訴我口信裡講的是什麼，要不然，等我抓到你的時候一定狠狠揍你一通。那麼，講些什麼？」

「長官，今天早晨九點又要跟上校開Besprechung，夜裡我本想把您喊醒，可是後來我又改了主意。」

「我想你也應該改改。凡是能夠挨到早上再告訴我的，你最好別把從被窩裡拽出來。又一次Besprechung！隨它去！把萬尼克叫來聽電話。」

補給士萬尼克接電話：「長官，我是萬尼克。」

「萬尼克，給我開一張——讓我想想看，開一張什麼？噢，對了，開一張軍士的名單，註明他們的軍齡。然後開上連部的配給。要不要按照國籍開名單？要的，那個也開上。今天旗手普里士拿爾在幹什麼？檢查士兵的裝備？賬目？等配給發完之後我就來簽字。誰也不許進城去。掛上吧。」

補給士萬尼克從一只標著「墨水」字樣（爲了避免人們誤飲）的瓶子，往他的黑咖啡裡倒了點甜酒。他坐在那兒一面呷著他的咖啡，一面望著帥克說道：「咱們這位中尉朝著電話大嚷了一通。他每個字我都聽懂了。我想，跟他待了這麼些日子，你一定對他很了解吧。」

「那自然嘍，」帥克回答說。「我們親密透了。哦。我們共過不少患難。他們屢次想拆散我們倆，可是我們總想法又湊到一塊兒啦。他芝麻大的事兒也都非我不成。有時候我也不明白爲什麼要那樣。」

史羅德爾上校所以又召集一次軍官會，實在是爲了他自己想表演一番他自己演說的才能。Besprechung開始以後，史羅德爾上校強調軍隊眼看就要開拔，需要多多開會研究。他接到旅長的通知說，他們正在等著師部的命令哪。士兵的鬥志要很強才成，連長們一定要注意，一個士兵也別讓溜掉。他又把頭天說過的話重複一遍，把最近的戰局也又講了一遍，並且堅持說：任何足以損害士氣和鬥志的，都是不允許的。

在他面前的桌上釘著一張戰局地圖，大頭針上標著一面面的小旗。可是小旗都搞亂了。戰線也變了樣子。標著小旗的大頭針散落在桌子底下。

聯隊辦公室的辦事員養了一隻公貓。半夜裡，整個戰局都被這隻心愛的畜生攪個亂七八糟。這畜生在整個奧匈帝國方面的戰區拉了屎，然後，爲了想把它的屎掩蓋起來，又把小旗一面面地扯了下來，弄得陣地到處盡是屎。隨著，它在火線和橋頭堡下撒滿了尿，把軍團弄得一塌糊塗。

史羅德爾上校恰巧很近視。先遣隊的軍官們屏息望著史羅德爾上校的手指頭離那一小攤一小攤的屎越來越近。

「諸位，從這裡到布格河上的蘇考爾……」史羅德爾上校帶著預言家的神氣開始說道，並且機械地把他的食指朝著喀爾巴阡山伸去，結果，就伸到一攤貓屎上去了——那屎原是公貓爲了使戰局地圖凸得像個模型而拉的。

「長官，看來好像一隻貓曾經……」撒格那爾上尉必恭必敬地代表在座的軍官們說道。史羅德爾上校趕快跑到隔壁辦公室去，隨後聽到房裡一陣可怕的咆哮。上校猙獰地恫嚇說，要把貓屎抹到他們的鼻子上。

經過短短一番審訊，才查出那隻貓是聯隊年紀最輕的辦事員茲衛比斐士兩個星期以前帶到辦公室來的。這件事證實了以後，茲衛比斐士就捲起行囊，由一個高級辦事員帶到衛兵室去。他得留在那裡，靜候上校的發落。

會議這樣就差不多結束了。

上校脹著紅臉回到奉召而來的軍官面前的時候，他簡單說了一句：「我希望諸位隨時作好準備，等我的命令和指示。」

局勢越來越叫人感到迷茫。他們是就要開拔呢，還是不呢？坐在第十一先遣隊辦公室電話旁邊的帥克聽到種種不同的意見：有的悲觀，有的樂觀。第十二先遣隊打電話來說，他們辦公室裡有人聽到說，非等他們訓練好移動目標的射擊，以及把一般的射擊教程都訓練完了才開拔呢。可是第十三先遣隊不同意這個樂觀的看法，他們在電話裡說，哈沃立克下士剛剛從城裡回來，他在城裡聽一個鐵路職工說，車皮已經停在站上了。

帥克坐在電話旁邊，打心坎上喜歡這個接電話的差事。對所有的問詢他一概回答說：他沒有什麼明確的消息可奉告。

隨後又來了一連串的電話，經過好半天的陰錯陽差帥克才記了下來。特別是頭天晚上有一個他沒能記下來的電話，當時他沒把耳機掛上，自己就倒頭睡了。這就是關於哪些人打了防預針、哪些人沒打的那個電話。

後來又有一個遲到了的電話，是關於各連各班的配給罐頭的。

旅部電話第七五六九二號，旅字命令第一二二號。廚房堆棧訂貨時，所需各件應按下列次序排列：一、肉；二、罐頭；三、青菜；四、罐頭青菜；五、白米；六、通心粉；七、燕麥和麩糠；八、土豆。上述兩項次序改變爲四、罐頭青菜；五、青菜。

後來帥克又接到一個電話，對方口授得非常之快，記下來有點像密碼了——

隨便更加接近允許但是已經可是或者因而雖然同樣以後再報告。

帥克對他自己寫下來的話感到十分驚奇。他大聲連念了三遍。補給士萬尼克說：「這都是些無聊的廢話。這些話都是瞎扯蛋。自然，這也許是密碼，可是這不是咱們的職務。把它丟開！」

補給士又往他的床上一倒。

這當兒，盧卡施中尉正在他的斗室裡研究著他的部下剛剛遞給他的那份密碼電文，研究著關於密碼譯法的指示，也研究著關於先遣隊開往加里西亞前線時應採取的路線那個密令——

七二一七一一二三八一四七五一二一二一三五＝馬尊尼。

八九二二一三七五一七二八二＝拉伯。

四四三二一一二三八一七二一七一三五一八九二二一三五＝柯馬格姆。

七二八二一九二九九一二一()一二七五一七八八一一二九八一四七五一七九二九＝布達佩斯。

盧卡施中尉一面翻譯著這套沒頭沒尾的話，一面嘆息著：「隨它去吧！」

第三部

D. Maclise, R.A.　　T. Landseer.

1 穿過匈牙利

時候終於到了，他們都被塞進敞車去，每四十二名士兵搭八匹馬。必須承認，馬在旅途中還比人舒服些，因爲它們可以站著睡覺。站著坐著倒不重要，重要的是：這一列兵車又把一批新人載往加里西亞，趕到屠宰場上去了。

一般說來，士兵們卻感到鬆了口氣。火車一開，他們對自己的命運多少有了點影子。這以前，他們是處在前途渺茫的狼狽狀況下，絞盡腦汁揣測著究竟是今天、明天還是後天開拔。現在，他們的心裡踏實多了。

補給士萬尼克告訴帥克不必忙，他的話原來一點也不錯。過了好幾天他們才上敞車，在這期間，發配給罐頭的話不斷在傳說著。補給士是個富有經驗的人，他一口咬定沒有那麼回事。配給罐頭是靠不住的。比較可能的玩意兒是做一台露天彌撒，因爲前頭那個先遣部隊就是用一台露天彌撒來慰勞的。有了配給罐頭就不會再做露天彌撒了。反過來說，露天彌撒就是配給罐頭的代替。

果然，罐頭燉肉沒來，代替罐頭燉肉的卻是伊比爾神父。他可以說是一舉三得，同時爲三個先遣部隊做了一台露天彌撒，替開到塞爾維亞的兩隊和開到俄國的一隊作戰的官兵，都一起祝福了。

從旅程的開始，先遣隊的軍官們待的參謀車裡就有個奇怪的秘密。大部分軍官都在裡頭看著一本布面的德文書，書名叫做《神父的罪孽》，作者是盧德維希·剛赫弗爾。他們同時聚精會神地看著第一六一頁。營長撒格那爾上尉靠窗口站著，手裡同樣拿著那本書，也翻到第一六一頁。他凝望著外面的風景，心裡思索著怎樣明白淺顯地向他們解釋這本書的使用方法，因爲這是一件極端機密的事。

這時候，軍官們在奇怪著史羅德爾上校是不是完完全全地瘋了，瘋得沒法醫治了。自然，他們曉得他的神經過去就有些不正常，但是他們沒料到忽然間會這麼發起瘋來。開車以前，在他最後召集的一次Besprechung上，他通知軍官們每人可以領一本盧德維希·剛赫弗爾作的《神父的罪孽》，他已經吩咐把書送到營部去了。

「諸位，」他臉上帶著異常詭秘的神情說道，「你們千萬別忘記翻看第一六一頁。」

他們精讀了第一六一頁，然而摸不清它講的是什麼，只讀到一個叫阿爾伯特的先生不斷地開著玩笑。那些玩笑跟前邊的故事聯繫不上，似乎就都只是些廢話。氣得盧卡施中尉把菸嘴都給咬破了。

「那老傢伙發了瘋，」大家都這樣想。「這回他完蛋啦，一定會給調到國防部去的。」

撒格那爾上尉仔細把一切都想好以後，就離開靠窗口的那個地方。他當教導員的本事並不特別高，所以他費了好大工夫才想出一套辦法來講解第一六一頁的重要性。他跟上校一樣，開口先說一聲「諸位」，雖然上車以前總是管別的軍官們叫「哥兒們」的。

「諸位，」他開始了，隨後解釋說，關於盧德維希·剛赫弗爾著的《神父的罪孽》第一六一頁，上校頭天晚上曾給過他某些指示。

「諸位，」他接著鄭重地說，「這指示是關於作戰時候使用的一套新的電報密碼，完全是機密的。」

候補軍官比格勒爾掏出筆記本子，然後用熱烈的口氣說：「長官，我準備好啦。」

大家都直瞪瞪地望著候補軍官比格勒爾，他對知識的追求熱心得有點傻氣了。

撒格那爾上尉繼續他的演講：

「我已經提過這套新發明的戰時拍發密碼電報的方法。你們也許不容易明白爲什麼要請你們看盧德維希．剛赫弗爾著的《神父的罪孽》第一六一頁，可是諸位，根據咱們聯隊所隸屬的軍團的指示而採用的這套新密碼，它的底細就在這本書的那一頁上。你們大概曉得，在戰地上拍發重要電文有許多種密碼。咱們最新採用的是一種補充數字法。因此，上星期聯隊參謀部發給你們的密碼和譯電法，你們可以把它作廢了。」

「阿爾布里希大公爵式密電碼，」好學不倦的比格勒爾自己咕噥著，「八九二二──R，根據格林菲爾式改編的。」

「這個新式密碼很簡單，」撒格那爾上尉接著說，「比方下來了這麼一道命令：『令二二八高地機槍向左方射擊』。我們接到的電報就會是這樣寫法：『事情──跟──我們──而我們──望著──向──那──許下──所──瑪爾達──你──所──迫切──隨後──我們──瑪爾達──我們──那──我們──感謝──好──完──我們──許下──確實──想──看法──十分──盛行──聲音──最後。』我剛才說過，這十分簡單，一點也不囉嗦累贅。參謀部打電話給營部，營部再打電話給連部。連長收到這個密電就照下面的方法把它翻出來：他拿起《神父的罪孽》，翻到第一六一頁，在對面第一六〇頁上，從上往下找『事情』這個字。看吧，諸位，『事情』這兩個字首先在第一六〇頁上出現，一句一句地數下去，剛好是第五十二個字。很好，在對面第一六一頁上，從上往下數，數到第五十二個字母。請諸位注意，那個字母是『O』。電報上第二個字是『跟』。在第一六〇頁上那是第七個字，相當於第一六一頁的第七個字母，那是『n』。這樣，我們就得到『on』兩個字母❶。就這樣搞下去，直到我們把『令二二八高地機槍向左方射擊』，這個命令完全翻出來。諸位，這個方法眞是高明，簡單，而且手裡沒有盧德維希·剛赫弗爾著的《神父的罪孽》第一六一頁這個本子的人休想翻出來。」

❶拼起來讀作「ang」，就是英文的介詞「在」字。

大家都愁眉苦臉地死死望著性命交關的那一頁，漸漸地感到苦惱起來。沉默了一陣，忽然間候補軍官比格勒爾大吃一驚嚷道：「報告長官，老天爺，密碼裡有點毛病。」

大家不論怎麼拼命，除了撒格那爾上尉以外誰也沒能根據第一六〇頁上頭的字母的次序，找到對面第一六一頁上的字母，然後再查出密電碼的底細來。

「諸位，」撒格那爾上尉自己聽了候補軍官比格勒爾緊張的發言認爲有事實的根據以後，就結結巴巴地說，「這究竟是怎麼搞的呀？我這本《神父的罪孽》裡一點沒錯，可是你們的那本卻不對頭啦！」

「長官，對不起……」發言的又是候補軍官比格勒爾。「我想指出。」他接著說，「盧德維希·剛赫弗爾這部書有上下兩卷。如果您費心翻翻標題頁看看，就會明白了。上面寫著：『長篇小說，共兩卷。』我們拿的是上卷，而您拿的是下卷。」這位認眞到家的比格勒爾解釋道。「因此，顯然我們手裡的第一六〇頁和第一六一頁跟您的不相符。我們這裡的大大不同。在您那本裡，電報的第一個字翻出來是『on』，但是我們的拼起來卻是『bo』❷。」

看來比格勒爾顯然不是像大家想的那樣一個傻瓜。

「旅指揮部發給我的是下卷，」上尉說，「一定是搞錯了。看來是旅指揮部搞亂啦。」

候補軍官比格勒爾得意揚揚地四下張望。這時候，撒格那爾上尉繼續說下去：

「諸位，這眞是怪事。旅部裡有些人頭腦太簡單啦。」

---

❷ 拼起來發音如「bo」，根本不是個字。

眞相大白的時候，要是有人留心觀察盧卡施中尉的話，就會發覺他心裡正在跟一種奇怪的衝動搏鬥著。他咬著嘴唇，正想說點什麼，可是當他終於張開嘴說的時候，卻又改變主意談到別的題目上去了。

「這件事情用不著這樣認眞，」他用一種莫名其妙的難為情的聲調說。「咱們在布魯克駐紮的時候，電碼譯法改變過好幾次。開到前線以前，咱們還會採用一套新的呢。可是我個人認為到了前線，咱們不會有許多空閒去猜謎的。想想看，等不到誰把一件密碼破譯出來，咱們的連部、營部以至旅部早給人家炸成碎片兒啦。這種密碼沒有什麼實際價值。」

撒格那爾上尉很勉強地表示了同意。

「實際上，」他承認說，「就我自己在塞爾維亞前線的經驗來說，誰也沒工夫去推敲這種暗語。我並不是說，如果咱們在戰壕裡守個時期，密碼也沒用處。而且，他們確實也換過密碼。」

撒格那爾上尉從他剛才的論據上全面撤退了下來：

「參謀在前線越來越少使用密碼，其中一個主要原因是我們的野戰電話不太靈，尤其是轟起大炮來的時候，聽不清字音。簡直什麼也聽不見。於是，事情就會攪得亂七八糟。」

他歇了一下。

「諸位，在陣地上把事情攪得亂七八糟是最要不得的，」他像煞有介事地說。

「諸位，我們眼看就要到剌布❸了，」又停了一陣，他接著說。「每人要發五兩匈牙利香

---

❸ 匈牙利城市，在布達佩斯西北。

腸。休息半個鐘頭。」

他望了望時間表。

「我們是四點十二分開車。三點五十八分大家都得在火車上集合。從第十一連起，一連連地下車，配給是在第六號貯藏所發，每次發一個排。負責發放的是候補軍官比格勒爾。」

大家都望著候補軍官比格勒爾，直像是說：「你這個小冒失鬼，這下子你可是自找！」

但是這位勤懇的候補軍官比格勒爾已經從他的手提包裡扯出一張紙和一把尺寸，他照著班數在紙上劃起線，並且問每班的班長班上有多少人，沒一個班長能說出準數來的。他們只能把筆記本裡信筆寫下的一些模模糊糊的數目字提供給比格勒爾。

盧卡施中尉頭一個跳出參謀車。他走到帥克坐的那節敞車。

「到這兒來，帥克，」他說。「別說傻話了，來，我有點事問你。」

「長官，我很樂意奉告。」

盧卡施中尉把帥克帶走，他對帥克瞟了一個十分懷疑的眼色。

撒格那爾上尉的講解大大失敗了。在他講解的時候，盧卡施中尉正發揮著一些作偵探的本領，這也並不費事，因爲他們動身的前一天，帥克曾對盧卡施中尉說過：「長官，營指揮部有些專門給軍官看的書，是我從聯隊辦公室取來的。」

這樣，他們邁第二道鐵軌的時候，盧卡施中尉就直截了當地問他說：「你認得剛赫弗爾嗎？」

「他是誰呀？」帥克很感興趣地問道。

「一個德國作家，你這個大傻瓜！」盧卡施中尉回答說。

「長官，謝天謝地，」帥克帶著殉道者的神情說。「可以說，我什麼德國作家也不認識，我曾經認識過一個捷克作家，一個叫拉迪斯拉夫·哈耶克的。他給《動物世界》寫過稿子❹。」

「聽著，別來這套。」盧卡施中尉插嘴道。「我問你的不是那個。我問你的只是：那些書是不是剛赫弗爾作的，你注意到沒有？」

「您說的是我從聯隊辦公室取來送到營指揮部的那些書嗎？」帥克問道。「噢，對啦，足足裝了一口袋，我費了好大勁兒才搬到連部辦公室去的。後來把我那些書翻了翻，我才知道是怎麼回事。補給士對我說：『這是上卷，那是下卷，軍官們知道應該看哪一卷。』因此，我心想，他們一定都發了昏，因爲誰要是想從頭讀《神父的罪孽》這樣一本書，或者不論什

❹這人的姓名，近似本書作者的。同時，哈謝克曾當過《動物世界》的編輯。

麼書，他們一定得從上卷讀起。因爲咱們不像猶太人那樣，從後往前讀❺。所以，長官，您從俱樂部回來以後我就給您打電話，把這些書的事報告給您，問您是不是戰爭期間事情都顛倒了過來，書也得從後往前讀：先讀下卷，後讀上卷呢？您叫我不要再說廢話。於是我又去問咱們的補給士萬尼克，因爲他在前方有過些經驗。他說，軍官們大概以爲戰爭就像是他媽的一場野餐，隨身還帶著一般的讀物，就像是出去避暑似的。他說，他們在前線沒工夫看書，因爲總得跑路。所以，長官，我只把這故事的上卷送到營部辦公室去，其餘的我就給留在咱們連部辦公室啦。我的意思是等軍官們讀完了上卷再發給他們下卷，就像圖書流動處那樣，可是命令忽然來了，說我們就要開拔，通知全營把其餘的書全送到聯隊貯藏所去。」

帥克緩了口氣，然後接著說道：「長官，那些貯藏所裡各式各樣玩兒都有。布迪尤維斯教堂唱經班領唱人戴的那頂禮帽也在那兒，就是他入伍時戴的那頂。」

「喂，帥克，」盧卡施中尉長長嘆了口氣說，「我告訴你，你的亂搗得太大了，你自己還不明白呢。我叫你白痴都叫膩煩啦。我簡直找不出話來形容你。我要是管你叫白痴，那就完全是給你戴高帽子，事實上就是這樣。不論什麼時候，不管他們說到那本書的什麼話，你都不要去理會。你什麼也沒聽說過，什麼也不知道，什麼也記不得。好，現在你回到你的敞車上去，對萬尼克說，他是個糊塗蛋。我已經告訴過他三遍把士兵的準確數目報上來。今天我需要那些數字的時候，我只能用上星期的舊名單。」

❺指希伯來文從右往左讀。

「好吧，長官，」帥克喊了一聲，就不慌不忙地朝他的敞車走去。

「軍士，」帥克坐回原來地方以後，說道，「我覺得今天盧卡施中尉的脾氣很好。他叫我對你說，你是個糊塗蛋，因爲他已經告訴過你三遍把連裡士兵的人數告訴他。」

「老天爺，」補給士萬尼克生氣地說道。「我一定得治一治那些混賬的中士。他們懶得把各班的人數告訴給我，那能算是我的錯兒嗎？我他媽的怎麼能猜得出有多少人呢？我敢說，咱們這個先遣隊太妙了。可是我早就料到，早就料到啦。我準知道一切都會弄得亂七八糟的。今天廚房裡少了四份配給，明天又多出三份來。他們也不通知我一聲有人進了醫療所沒有。上個月我的名單上有個叫尼可迪姆的傢伙，到發餉那天我才知道他已經得急性肺結核死在醫療所了。他們一直還替他領著配給。還發過他一套軍裝，可是天曉得那套軍裝跑到哪兒去啦。中尉管不好他的連隊，臨了兒還罵我是糊塗蛋。」

在這以前沒多久，撒格那爾上尉跟候補軍官比格勒爾曾有過一段非常緊張的談話——

「你眞奇怪，比格勒爾，」撒格那爾上尉說，「五兩匈牙利香腸沒發，你怎麼也不馬上來向我報告呢？我只好親自去調查爲什麼大家都從貯藏所轉回來。軍官們也回來了，這樣一來，好像命令都是空話。我交代的是：『按連到貯藏所去，一排排地發。』那意思是說，要是沒有配給可發，士兵也同樣一班一班地回到火車上。我告訴過你，要維持秩序，可是你撒手不管。我想你大概也樂得不發配給香腸，省得你絞腦汁一份份地去數。」

「報告長官，士兵沒領到香腸，每人領到了兩張帶圖的明信片。」

候補軍官比格勒爾就把兩張這種明信片作爲樣品送給營長看。明信片是維也納戰史資料館發的，館長是魏努維支將軍。一面是一幅俄國兵的漫畫，畫的是一個長了亂蓬蓬的鬍子的俄國農民，被一個骷髏擁抱著。下面寫著——

把背信棄義的俄國人掃蕩乾淨的那一天，就是我帝國皆大歡喜之日。

另外一張明信片是日爾曼帝國發出來的，那是德國人給奧匈帝國戰士們的慰勞品。上邊印著一句格言，Viribus unitis❻，下邊畫著愛德華．葛雷爵士❼吊在絞刑架上，下面有奧國和德國的士兵各一人，愉快地敬著禮，另外還附上由格林茲的《鐵拳》那本書裡摘錄下來的一首詩。德國報紙說那本書裡的妙句就像一下下抽打的鞭子一樣，充滿了輕鬆愉快的幽默和叫人無法不笑的俏皮。下面這段就是其中的一鞭子。

葛雷

絞刑架應當舉得讓人人看到，
這時上面吊著個愛德華．葛雷爵士。
這件事老早就應該發生了，

---

❻ 拉丁文，意思是：「精誠團結」。
❼ 當時英國的外交大臣。

那麼爲什麼沒有呢？你必須知道
所有的樹都不肯當絞刑架
讓這個猶大❽吊在上頭。

撒格那爾上尉看完了這件「輕鬆愉快的幽默和叫人無法不笑的俏皮」的樣品，就回到參謀車上去了。那裡除了候補軍官比格勒爾以外，都在玩紙牌。候補軍官比格勒爾正在翻看著一疊剛動手寫的稿子，都是關於戰爭的各個方面的，因爲他的野心不但是要在戰場上出人頭地，並且還想成爲一位傑出的文學家。他的著作標題都很響亮，不過寫出來的還僅僅是標題而已。其中包括下面這些——

參與大戰的軍隊的性質；誰發動的戰爭？奧匈政策與大戰的誕生；對戰爭的觀察；對群眾講演大戰的爆發；對於政治及戰爭的感想；奧匈帝國的光榮之日；斯拉夫民族的帝國主義與大戰；戰爭文件；有關大戰史的文件；大戰日記；大戰日誌；大戰時期中的本王朝；在作戰中的奧匈帝國內各民族；我在大戰中的經歷；我的從軍日記；與奧匈帝國的敵人如何作戰；勝利屬於誰？我們的軍官和士兵；我軍士兵值得推崇的事跡；奧匈英雄錄；鐵旅；我的前方書簡集；野戰軍手冊；奮鬥之日與勝利之日；我的戰地見聞

❽出賣耶穌的叛徒。

錄；在戰壕中；軍官自述；敵機與我軍步兵；戰鬥之後；我們的炮兵——祖國忠實的女兒們；戰爭的攻勢與守勢；鐵與血；勝利或死亡；被俘的我軍英雄。

撒格那爾上尉檢查過這些以後，就問候補軍官比格勒爾他究竟想搞些什麼名堂。候補軍官比格勒爾打從心頭高興地說，每個標題都代表他預備寫的一本書。有多少個標題，就有多少本書。

「假使我在前線陣亡的話，長官，」他說，「我總想身後留下點回憶錄之類的遺作。」

撒格那爾上尉把候補軍官比格勒爾領到窗戶跟前。

「看看你還有些什麼別的。我對你這些事兒非常感到興趣，」他帶點譏諷地說。「你藏在軍便服裡面的那個筆記本寫的是什麼呀？」

「沒什麼，」候補軍官比格勒爾回答說，臉上羞怯得像個姑娘。「長官您自己看吧。」

筆記本上貼著一個紙條，寫著——

> 奧匈軍隊所打的偉大而著名的諸戰役總論
> 帝國皇家陸軍軍官阿多爾夫．比格勒爾
> 根據戰史資料編纂而成，並加評注。
> 帝國皇家陸軍軍官阿多爾夫．比格勒爾著。

總論寫得十分簡單。

它從一六三四年九月六日的諾爾陵金戰役寫起，然後到一六九七年九月十一日的岑塔戰役，一八〇五年十月三十一日的加爾笛拉戰役，一八〇九年五月二十二日的阿斯波恩戰役，一八一三年的萊比錫戰役，一八四八年五月的聖．路西亞戰役，一八六六年六月二十七日的特勞特諾戰役，以至一八七八年八月十九日塞拉耶弗的攻佔。

所有這些戰役的圖解畫得都一模一樣。每場戰役候補軍官比格勒爾都在一邊用實線畫一些長方形表示奧匈軍隊，然後又用虛線畫一些長方形表示敵軍。雙方都各分左右和中間三翼，後面都有後備軍。圖解上來回畫著箭頭。諾爾陵金戰役跟塞拉耶弗的攻佔一樣，就像一場足球比賽開始以前比賽員的部署，箭頭表示雙方該朝哪邊踢球。

撒格那爾上尉帶著笑容繼續翻看著筆記本，看到他評論普魯士跟奧地利打的特勞特諾戰役的一段話時，就停了一下。候補軍官比格勒爾寫道——

特勞特諾戰役根本不應該打，因爲地勢多山，強大的普魯士縱隊居高臨下，威脅我方，對我師左翼採取包圍形勢，從而使馬阻切里將軍無法展開軍力。

「那麼照你說來，」撒格那爾上尉帶著笑容說，一面把筆記本還給候補軍官比格勒爾，「只有特勞特諾是個平原，特勞特諾戰役才打得。喝，眞不錯，你這麼快就把自己升作『帝國皇家陸軍軍官阿多爾夫·比格勒爾』啦。照你這晉升的速度，咱們到不了布達佩斯你就會當一位陸軍大元帥了。可是，天哪，你連個軍官還沒當上哪。你是個候補軍官。正像一個下士沒資格自稱作上士一樣，你也沒資格給稱作軍官。」

候補軍官比格勒爾看到話已經說完了，就敬了禮，紅著臉穿過車廂，走到車廂那端的走廊。他進了廁所，就輕聲地嗚咽起來。後來他擦乾了眼淚，闊步走到走廊，自言自語著：一定要堅強，十分堅強。但是他頭痛起來，感到非常不舒服。

他走到自己那個角落，躺了下來。後來，旗手普里施奈爾來讓他就瓶子呷了一口白蘭地，他大吃一驚，發現候補軍官比格勒爾正在埋頭看著烏爾都·克拉弗特的著作：《自修教程：如何爲德皇而死！》

軍隊到達布達佩斯之前，候補軍官比格勒爾醉得把身子從車窗探出去，不斷地朝著荒涼的野景嚷道：「往前挪動呀！看在上帝的面上，往前挪動挪動吧！」

後來奉撒格那爾上尉的命令，傳令兵馬吐士支和巴茲爾把候補軍官比格勒爾放到一張座位上。候補軍官比格勒爾躺在那裡，夢見自己得到了鐵十字章❾和勛級線❿；夢見捷報裡提到他的戰績；又夢見自己是個少校，正出發去檢閱一旅人。他奇怪怎麼帶領一旅人，卻依然只是個少校。他疑心自己本應當是個少將，可是在郵遞中間，把個「將」⓫字換掉了。後來，他又坐上了一輛汽車，汽車爆炸了，因而他到了天堂的大門。進門的口號是「上帝和德皇」。他被引到上帝跟前，結果上帝不是別人，正是撒格那爾上尉。上尉責備他冒充少將，然後他又陷進一個新的夢

---

❾當時普魯士的一種勛章。

❿一種表示功勛的緞帶，普通鑲在軍服的左上方。

⓫少校是Major，少將是Major-general，英譯本作：把後一字丟了。

⓬一七四〇—一七四八年間，爲了承認奧國女皇瑪麗·德莉撒的問題，西歐主要幾個國家都捲進去的一場戰爭。

⓭奧地利一城市，臨多瑙河。

境。在奧地利繼位戰爭⓬中他正在林茲⓭防守。戰場上是一片碉堡和木柵，盧卡施中尉奄奄一息地倒在他腳前。盧卡施中尉正跟他說著些很感傷又很恭維的話。這時，他覺得自己中了一顆子彈，於是身子就不在馬背上了。穿過太空，他跌倒在車廂的地板上。

巴茲爾和馬吐士支把他抬起來，又放回座位上。然後，馬吐士支到撒格那爾上尉那裡報告說，候補軍官比格勒爾出了怪事兒啦。

「我不認為是白蘭地酒搞的，」他說。「更可能是得了霍亂。他在所有的火車站上都喝了水。我看見他在馬左尼……」

「霍亂不會這麼快就鬧起來。去請大夫來給他瞧瞧吧。」

屬這一營的大夫叫維爾弗爾。維爾弗爾大夫檢查完了候補軍官比格勒爾，回來以後，他噗哧一聲笑了。

「候補軍官比格勒爾，你對勛級的想望使你身體小小出了點岔子。你得的不是霍亂，也不是痢疾。吃了三十塊奶油雞蛋捲，白蘭地又喝得過了量——唉，正像我說的，身體小小出了點岔子。」

「這麼一說沒什麼要緊吧？」撒格那爾上尉問道。「可還是一樣。萬一消息傳了出去……」

「我給他治了一治，」維爾弗爾大夫接著說。「剩下的交給營長去辦吧。我要送他到醫療所去。我給他寫個診斷書，證明他得了痢疾。惡性痢疾。必須隔離。必須把候補軍官比格勒爾送到消毒間去。」

撒格那爾上尉朝他的朋友盧卡施中尉轉過來，打著十足的官腔說：

「你們連裡的候補軍官比格勒爾得了痢疾，叫他留在布達佩斯治療吧。」

於是，勇往直前的候補軍官比格勒爾就這樣被送到新布達的軍人傳染病醫院去了。

在大戰的漩渦裡，他把褲子丟掉了。⓮

⓮ 暗指他鬧腹瀉。

2 在布達佩斯

在布達佩斯的火車站上，馬吐士丈把旅長拍來的電報交給撒格那爾上尉，上面寫著：「迅速結束炊飯，向蘇考爾進發。」接著又寫道：「將輜重兵派往東部。停止偵察工作。第十三先遣隊在布格河上架橋。其他詳見報端。」

撒格那爾上尉立刻就到鐵路運輸總辦事處去。接見他的是一位矮矮胖胖的少校，臉上帶著和藹的笑容。

「你們這位旅長又在玩起他那套高明的把戲啦。」說著，他興高采烈地咯咯笑起來。「這種瞎扯蛋的電報我還是得送來，因為師部還沒通知我們說，他的電報一律扣留。昨天第七十五聯隊的第十四先遣隊打這兒路過。營長接到一份電報，要他額外發給每名士兵六個克郎，作為波里茲米索❶的獎勵金，同時說六個克郎中間，兩個要存在這兒的辦公室，拿來認購戰爭公債。我從可靠的方面聽說，你們的旅長中風了。」

「長官，照聯隊的命令，」撒格那爾上尉對那位管鐵路運輸的軍官說，「我們應當向戈德洛

❶ 波蘭城市，在加里西亞，處於交通樞紐，很有戰略價值，是第一次世界大戰中的一個爭奪的焦點。德軍曾兩得兩失。

進發。每個士兵在這裡應當領五兩瑞士乾酪。上一站他們應當領五兩匈牙利香腸。但是他們什麼也沒領到。」

「我估計在這裡也領不到，」少校回答說，依然柔和地笑著。「我沒聽說有這樣的命令，至少沒聽說捷克聯隊應當領這些。」他說最後這句話的時候是有所指的。「無論如何，這不關我的事。你最好找補給單位去。」

「長官，我們什麼時候走哇？」

「你們前面有一列車，是載著重炮往加里西亞開的。一個鐘頭之內我們就把它打發走了。第三道鐵軌上有一列醫療車。重炮車開出去以後二十五分鐘，它就開走了。第十二道鐵軌上是一列彈藥車。那要在醫療車開走以後十分鐘開。彈藥車開走後二十分鐘就該你們這列車開了。」

「自然，這只是說明如果沒有改變的話，」他補充說，依然瞇瞇笑著，使撒格那爾上尉十分膩煩。

「長官，對不起，」撒格那爾上尉隨後問道。「您能解釋一下爲什麼您不曉得捷克聯隊每人發五兩瑞士乾酪的命令嗎？」

「關於那個，有個特殊規定，」布達佩斯那位管鐵路運輸的軍官回答，臉上依然笑著。

「大概我這是自找釘子碰，」撒格那爾上尉走出辦公室的時候心裡想道。「我幹嘛沒叫盧卡施中尉把所有的排長召集起來，跟他們一道去補給單位那裡替每個人領五兩瑞士乾酪呢？」

第十一連連長盧卡施中尉還沒來得及執行撒格那爾上尉關於每個人發五兩瑞士乾酪的命令，開車的信號就打出了，士兵什麼配給也沒領便回到車上。本來每人應領的是五兩瑞士乾酪，如今改爲每人一盒火柴和一張帶圖的明信片——是奧地利戰屍埋葬委員會發的。本來每人應領的是五兩瑞士乾酪，如今他們得到的是一幅西部加里西亞軍人公墓的圖片，上面是一座追悼一些民團陣亡人員的紀念碑，雕塑者是自願參軍的上士舒茲——舒茲是個雕塑家，他躲著不上前線，終於如願以償了。

參謀車的左近人聲嘈雜，熱鬧得很。先遣隊的軍官們圍著撒格那爾上尉，他正興奮地向軍官們解釋著什麼。他剛從鐵路運輸管理處回來，在那兒接到旅部十份十分機密（並且毫不虛假）的電報，電文裡的消息具有非常重大的意義，同時，關於如何應付一九一五年五月二十二日奧地利發生的新局勢，它也有所指示。

旅部來的電報說，義大利對奧匈帝國宣了戰。

撒格那爾上尉看完了剛由旅部來的電報，就吩咐放警報。

先遣隊全體集合以後，士兵就都在廣場上排起隊來。撒格那爾上尉用異乎尋常的莊重聲調，宣讀了剛由旅部發來的電文——

> 義大利國王是我帝國的盟友。由於他奸詐貪婪，無與倫比，竟把應遵守的友好協定忘個乾淨。戰事爆發以來，毫無信義的義大利國王一直在玩弄雙重把戲，暗地與敵方談判，直至五月二十二至二十三日向我宣戰時，這種陰謀達到極點。我方最高統帥深信，向來光明磊落、堅定不移的我軍官兵，對一個背信棄義的盟國卑鄙的陰謀，必能給他一個重大打擊，使奸人明白以狡猾卑鄙之心發動了這場戰爭，就等於自取滅亡。我們堅決

相信上帝必保佑我們，使聖．路西亞、維森查、諾瓦拉、克斯吐能等地的征服者❷，不久將重新出現在義大利的平原上大顯身手。我們渴望征他們，我們必須征服他們，我們一定能征服他們！

宣讀完了，士兵照例歡呼了三聲，然後就都趕回火車上去了，心裡覺得怪迷茫的。本來每人應發的五兩瑞士乾酪沒有發，如今反倒偷天換日地把一場對義大利的戰爭壓到他們頭上去了。帥克跟補給士萬尼克、電話員楚東斯基、巴倫和炊事員尤拉達同坐在一輛敞車裡，他們開始了一場關於義大利參戰的有趣的談話。

「得，咱們又搭上一場戰爭，」帥克說道，「咱們又添了一個敵人，添了一道前線，咱們用起彈藥來可得省著點兒啦。」

「我唯一擔心的是，」巴倫十分關心地說，「義大利這檔子事一定會減少咱們的配給。」

補給士萬尼克思索了一下，然後很沉重地說道：

「那一定會的，因爲這麼一來，打贏這場戰爭又得需要更長的時間了。」

「咱們眼前需要的，」帥克說，「就是再來個像雷迪茲基那樣的傢伙。他對那一帶很熟悉，也懂得怎樣冷不防把義大利人逮住，該用炮轟那塊兒，從哪邊開炮。打進一個地方不難，誰都能

---

❷ 四個都是義大利的地名，「征服者」指奧地利。在十八世紀，奧地利軍隊曾屢次攻佔義大利領土。

辦得到。可是能不能再打出來，那就看一個人的戰術高明不高明啦。」

萬尼克暗地裡對義大利特別關心。他在老家開的那間藥店裡兼賣檸檬水，都是用爛檸檬做的。他總是從義大利買到最賤而且最爛的檸檬。現在這麼一來，他的藥店就再也買不到義大利的檸檬了。沒疑問，跟義大利一打仗，一定會產生許多這種出人意料之外的不便的。

參謀車裡大家在談著義大利參戰後造成的一些最近的形勢。那位戰略大家候補軍官比格勒爾如今不在場，如果不是第三連的杜布中尉在一定的程度上替代了他，他們的談話一定會枯燥無味的。

杜布中尉就一本正經地用塾師的口吻開始發表他的高見：「一般說來，義大利這個舉動在我看來毫不足奇。三個月以前我就算定會發生的。沒有疑問，近幾年來義大利因爲跟土耳其打仗打贏了，所以變得目中無人。不但這樣，它也過分信賴它的艦隊，過分信

賴亞得里亞海沿岸和南提羅爾省人民的情緒了❸。戰前，我時常對我們那地方的警察局長說，咱們政府不應該小視南方的民族統一運動。他很同意我的意見，因為凡是有遠見而且關心帝國安危的人，勢必早已看出，如果我們過於姑息那些分子，就會有怎樣的下場。我記得很清楚，大約兩年以前，在跟我們那地方的警察局長談話的時候，我曾說義大利只不過又在等機會反過頭來打我們。」

「現在他們已經這樣幹啦！」他大聲咆哮著，真像別人都在跟他辯論，雖然所有的正式軍官聽著他的講演，都希望這位多話的先生快點完蛋。

「老實說，」他把聲音放輕些，接著說：「在絕大部分情形下，人們容易忘記咱們跟義大利過去的關係。今天旅部命令裡提到的一八四八和一八六六年❹，那是咱們軍隊光榮、勝利的日子。但是我總是盡自己的責任。在學年完結以前，差不多就是剛一開仗的時候，我給我的學生出了個作文題目：『我國英雄在義大利，從維森查到克斯吐查或……』」

這個東拉西扯的杜布中尉還在莊重地補充說：「……鮮血與生命獻給哈布斯堡王朝，獻給統一的、偉大無比的奧地利。」

他歇了一下，等著參謀車裡別位對新的局勢表示些竟見，這樣他就好向他們證明他五年前就

---

❸ 亞得土亞海是義大利以東、南斯拉夫以西的海灣。南提羅爾是奧地利最西的一省，與瑞士、巴伐利亞及義大利毗鄰。這裏指當時這一帶人民有親義的情緒。

❹ 指那兩年奧地利都曾攻佔過義大利的國土。

知道義大利有朝一日會怎樣對待它的盟國了。但是他失望得很傷心，因爲營部傳令兵馬吐士支把《佩斯使者報》的晚刊從火車站上給撒格那爾上尉帶來後，上尉把頭埋在報紙裡說道：「瞧，咱們在布魯克的時候正演戲的那位女演員魏妮爾，昨天晚上又在布達佩斯的小劇院登台啦。」

這時候，火車在站上已經足足停了兩個多鐘頭，因此別的敞車上人人都相信火軍要掉過頭去，往義大利開了。這種想法是梯隊上發生的幾件奇怪的事引起的。大家又從敞車上被趕下來，一個衛生檢查員隨著一個消毒委員會來了，就把所有的敞車大量灑了來蘇水。這辦法很多人十分反對，尤其是放麵包的車子。但是命令終歸是命令。衛生委員會下命令要把所有屬於第七二八梯隊的敞車都消了毒，所以他們就愣頭愣腦地往大堆的麵包和一口袋一口袋的米上噴起來蘇水。僅僅從這一點也可以表明要發生點不同凡響的事了。

噴完了，大家又被趕回敞車去，因爲一位老將軍檢閱梯隊來了。站在後排的帥克對補給士萬尼克談起這位賢者的時候說：「這是個老討厭鬼！」

這個老討厭鬼就沿著一排排的隊伍蹣跚踱著，後邊跟著撒格那爾上尉。他在一個年輕的新兵面前停下來。顯然是爲了鼓勵一般士兵，他問起這個年輕的新兵的籍貫、年齡和他有沒有錶。年輕的新兵有一只錶，不過他想：既然這位先生會再送他一只，他就回答說，沒有。

老將軍聽了傻笑了一下，就像弗朗茲·尤塞夫每逢在節日對市長們訓話時常做的那個樣子，然後說：「那很好，那很好。」於是，他又抬舉了站在旁邊的一個下士，問他的老婆好不好。

「報告長官，」下士喊著說，「我沒結婚。」

將軍聽了，神氣十足地笑了笑，說了幾遍：「那很好，那很好。」

然後將軍越發帶有老年人的稚氣，他要撒格那爾上尉叫隊伍從右邊兩個兩個地報數給他看看。過了一會兒，他就聽他們喊起「一——二，一——二，一——二。」

老將軍很喜歡這手兒。他家裡有兩個傳令兵，他就常叫他們站到他前面，讓他們「一二——，一二——」地報數。

這種將軍奧地利有的是。

檢閱順利結束以後，將軍對撒格那爾上尉大大誇獎了一番。士兵們可以在火車站左近隨便走動，因爲接到通知說，火車還有三個鐘頭才開呢。於是，士兵們就到處溜達，碰碰運氣：車站上既然擠了很多人，偶爾也有士兵能討到一支香菸。

顯然地，早先火車站上對軍隊那種盛大歡迎的熱情已經相當冷落下去了，如今士兵開始乞討起來。

英雄歡迎協會派一個代表團來見撒格那爾上尉。代表團的成員是兩位無聊到家的太太，她們還送給軍隊一些慰勞品，是二十小盒咳嗽糖（各種口味的）。這種小盒是布達佩斯城一個糖果製造商當作廣告分送的，盒子是錫質的，蓋上畫著一個匈牙利兵跟一個奧地利的民兵

握著手，他們頭上閃亮著聖．地司提芬❺的王冠。王冠周圍又用德文和匈牙利文寫著：「爲了皇帝、上帝和祖國。」糖果製造商對君王眞是忠心耿耿，他居然把皇帝放到上帝前面了。

每盒裝著八十粒咳嗽糖；平均分配起來，每三個人可以分到五粒。除了咳嗽糖，兩位無聊而且愁容滿面的太太還帶來一捆傳單，上面印著布達佩斯大主教戈查．扎特木爾．布達法爾寫的兩篇新祈禱文。祈禱文是用德文和匈牙利文寫的，上邊把一切敵人都狠狠地詛咒了一通。照那位年高德劭的大主教說來，萬能的上帝應該把俄國人、英國人、塞爾維亞人、法國人和日本人都碾成肉末。就像希律❻當年屠殺嬰兒那樣，萬能的上帝也應當讓敵人通身浴血，把他們殺光。這位可敬的大主教在他那篇虔誠的祈禱文裡曾使用這樣美妙的詞句：

願上帝祝福你們的刺刀，叫它們直扎到你們敵人的腑臟裡去；願萬能的上帝憑他偉大的正義指引你們的炮火，叫它甭落到敵軍參謀的頭上。慈悲的上帝，願我們一切的敵人受到我們的創傷以後，用他們自己的血把他們憋死。

兩位太太送完這些慰勞品以後，就向撒格那爾上尉熱切地表示，希望分發的時候她們也在

---

❺ 當時奧地利的守護聖人。

❻ 希律．阿基勞斯（公元前二二——約公元一八），猶太國王。據《聖經．馬太福音》第一章，他派人把伯利恒和附近一帶兩歲以內的男嬰殺光。

場。老實說，一個太太甚至說，她想趁這個機會對官兵講幾句話——她總叫他們「咱們勇敢的孩子們。」

撒格那爾上尉拒絕她們的要求時，兩位太太都很難過。這時，慰勞品已經裝到那輛當作貯藏所用的車上去了。兩位可敬的太太就走過軍隊的行列，一位太太在一名長了鬍子的戰士頰上拍了一拍。這戰士對兩位太太的崇高任務毫不知情，她們走過去以後，就對他的伙伴說：

「好一對厚臉皮的老婊子！嘿，這樣醜八怪、扁腳的老太婆，居然吊俺大兵的膀子！」

車站像平時一樣熙熙攘攘。義大利的參戰引起了相當大的恐慌。炮兵兩個梯隊被留下，派到斯梯里亞❼去了。另外有一個波斯尼亞人編成的梯隊，不曉得為什麼有兩天給丟下完全沒人管。他們已經兩天沒領到配給了，目前正在新佩斯城的街上流浪，向人討著吃。

第九十一聯隊的先遣隊終於又湊齊，回到敞車上去

❼奧地利南部的一省。

了。可是過了一會，營部傳令馬吐士支從鐵路運輸管理處回來，帶來消息說，還要三個鐘頭才開車呢。於是，剛湊齊了的士兵又從敞車上被放了出來。然後，就在列車開動以前，杜布中尉很煩躁地走進參謀車，叫撒格那爾上尉馬上把帥克逮捕起來。杜布中尉教書的時候是以喜歡在同事中間傳話出名的。他喜歡跟士兵談話，好抓住他們心裡想的些什麼，同時，他也好用教訓的口吻向他們解釋一下爲什麼要打仗，和爲了什麼而打。

他散步的時候瞅見帥克站在離火車大樓後面的一根電燈桿子不遠的地方，正津津有味地端詳著一張賣慈善彩票的招貼，那是爲籌戰款的。招貼上畫著一個滿臉懼色、留著鬍子的哥薩克人背牆而立，一個奧地利士兵用刺刀把他扎穿。

杜布中尉輕輕敲了一下帥克的肩膀，問他看了喜歡不。

「報告長官，」帥克回答說，「無聊到家了。胡說八道的招貼，我當年見過多了，可是從來還沒有像這幅這麼糟糕的。」

「你不喜歡的是什麼呢？」杜布中尉問道。

「長官，首先我不喜歡那個兵對於委託給他的那把刺刀的使用法兒。喝，那麼抵著牆使起來就要把刺刀弄壞了。而且，無論如何他也用不著那樣幹，因爲那個俄國人已經舉手投降了。他已經是個俘虜。對俘虜得按規矩辦事。說回來啦，得有個是非公道。那傢伙的幹法一定會被逮捕的。」

杜布中尉繼續調查帥克的看法，問道：「這麼說來你替那個俄國人難過，對不？」

「長官，我替他們兩個人都難過。我替那俄國人難過，因爲他肚子裡扎了根刺刀；我替那個兵難過，因爲他得因爲這件事被捕。請問長官，他幹嘛那樣弄壞他的刺刀呢？」

杜布中尉氣唬唬地盯著好兵帥克那張愉快的臉，用憤怒的聲調問他說：「你認得我嗎？」

「我認得您，長官。」

杜布中尉翻了翻眼睛、跺了跺腳說：「告訴你，你還不認得我哪。」

帥克依然泰然自若，又回答說：「報告長官，我認得您，您是我們這個先遣隊的。」

「你還不認得我哪！」杜布中尉大聲嚷道。「你認得我善的一面，可是等你見識見識我那惡的一面。要是誰碰著我惡的一面，我就讓他後悔爹媽不該生他！好，你認得不認得？」

「長官，我的確認得您。」

杜布中尉狠狠地瞪著帥克。帥克用一種很有尊嚴的鎮定承受著杜布中尉蠻橫的眼色，他們的會見就在一聲「解散！」的命令下結束了。

杜布中尉心裡想著帥克，決定叫撒格那爾上尉把他嚴加禁閉。同時帥克呢，心裡也想著：他一輩子很見過幾位白痴軍官，然而杜布中尉卻是他所見到的中間最出色的樣品。

杜布中尉又攔住三批士兵的去路，但是他在「叫他們後悔爹媽不該生他們」的教育上的努力卻完全失敗了。他面子上掛不住了，因此他才在開車以前叫撒格那爾上尉把帥克逮捕起來。他強調好兵帥克的舉動傲慢得驚人，必須把他隔離起來。他說，要是再這麼搞下去，士兵的眼裡就完全沒有軍官了。他反問說，在座的軍官一定不會有人懷疑這一點的。戰前他曾對他那地方的警察局長說，作上司的一定要對下屬保持威嚴。警察局長也是同樣想法。尤其在打仗的時候，軍隊離敵人越近，就越應當叫士兵懂得畏懼上帝。因此，他要求應當就地懲辦帥克。

作爲正規軍官，撒格那爾上尉討厭所有的後備軍官。他提醒杜布中尉說，他建議的那種辦法只能由警衛室去執行。至於帥克，杜布中尉首先應當找的是管帥克的人，那個人就是盧卡施中尉。這種事都是由警衛室直截了當地去辦。杜布中尉大概也知道，這種事得按著程序從連部轉到營部。如果帥克做了錯事，先得由連部懲辦他；如果他不服，他還可以向營部警衛室上訴。可是如果盧卡施中尉願意把杜布中尉的報告看作正式的通知，認爲應當採取懲治的措施，撒格那爾上尉也不反對把帥克帶來盤問一下。

盧卡施中尉也不反對這樣做。

杜布中尉猶豫不決了。他說，他只是泛泛地要求懲罰帥克，也許帥克不能恰當地表白他自己的意思，只不過他回答的話叫人聽來覺得傲慢、無禮、對上級不知尊敬就是了。而且從這個帥克的一般樣子看來，顯然他神經上不大健全。

於是，一場暴風雨就從帥克頭上掠過去了，一點也沒碰著他。

列車還沒開，一列兵車把這個梯隊趕過去了，車上載著各單位形形色色的人物。有掉了隊的士兵，如今出了醫院，正被送回他們的聯隊去；也有其他可疑的人物，在拘留營裡玩過一陣把戲，如今去歸隊。

這列車的乘客中間，有一個自願軍官馬立克，爲了拒絕打掃茅房，他被控有叛變行爲。可是師部軍事法庭宣告他無罪。這時候他剛在參謀車上出現，正向營長報到。

撒格那爾上尉看到這個自願軍官，又從他手裡接過證件來，其中包括一個機密的鑑定，說他是個「政治上可疑分子，須加戒備」，心裡很不高興。

「你是一個道地的懶鬼，」撒格那爾上尉對他說。「以你所受的教育，你本應該出人頭地，得到你應得的官階。然而你光知道從這個拘留營混到那個拘留營，你眞給聯隊丟臉。可是如今你有了一個機會來彌補以往的過失。你是個聰明的年輕小伙子，我相信你隨身必然帶來鋼筆。戰場上每一營都需要一個人把那個營在前線的戰績好好記錄下來。他要做的只是把一切打勝的仗，一切營裡出色的活動一一記下來。這樣慢慢地積累起來，就可以寫成一部陸軍史了。你聽明白了嗎？」

「報告長官，聽明白了。把咱們營部的英勇事跡都記錄下來是我打心裡高興做的事，尤其現在正在全力反攻，營部就要投入激烈的戰鬥。」

「你就屬營本部，」撒格那爾上尉接著說，「要是提出誰應該得勛章，你就把他的姓名記下來，然後我們供給你細節，這樣你就可以把咱們進軍的情況記錄下來，來說明操作這營不屈不撓的鬥志和嚴格的紀律。你這個工作不大好做，可是如果

我給你些恰當的提示，我希望你也有足夠的觀察力能把咱們這一營記載得比別的單位都強。我來打個電報給聯隊的總部，報告他們已經派你作營部的戰績記錄員了。好，你去向第十一連補給士萬尼克報到，好讓他給你在車上安排個地方，然後叫他到我這兒來。」

過不多久，命令下來了，叫他們一刻鐘之內動身。既然誰也不信這回事，儘管百般戒備，有些人還是東西亂蕩。等火車眞地開動的時候，有十八個人失了蹤，其中就有第十二先遣部隊的拿撒克勒中士，列車消失到伊撒塔爾塞那邊好久以後，他還在火車站後邊一座小灌木林裡跟一個婊子吵著嘴。她索價五個克郎，作爲服務費。

3 從哈特萬❶到加里西亞前線

將要獲得軍事光榮的這個營，是先用火車運到東加里西亞的拉伯爾茲，從那裏他們就步行到前線去。在火車上，帥克和那個自願軍官坐的那輛敞車多少又變成談叛逆話的地方了；在較小的規模上，類似性質的談話也在別的敞車上進行著。老實說，連參謀車裡都有某種程度的不滿情緒，因爲在菲茲－阿邦尼地方接到軍部一道命令，宣希軍官的酒類類配給減少了四分之一品脫。自然士兵們也沒被忘掉，他們每人的西米❷配給也減少了三分之一兩，更奇怪的是軍隊裏誰也沒見過一粒西米。

車站上擠得人山人海。兩列軍火車等著先開出去，跟著是兩梯隊的炮兵，和載著架橋部隊的一列車。

還有一列車載著航空部隊，在另一條鐵軌上可以看見敞車上擺著飛機和大炮，可都已經破爛不堪了。那是打下來的飛機的殘骸和炸碎了的高射炮的炮身。往前方輸送的都是新的器材，這些過去光榮的遺跡是要運到後方去修理改造的。

❶ 布達佩斯東北的一個城市。

❷ 一種樅樹的莖髓作成的澱粉質食品。

可是杜布中尉正圍著擊傷的大炮和飛機集合的士兵們解釋說，這就是戰利品。他繼續裝著傻瓜，指著一架被擊傷的、支柱上還清清楚楚標著「衛因那爾．紐史達」❸字樣的奧地利飛機對士兵們說：「這是咱們在列姆堡❹地方俘獲的俄國飛機，」杜布中尉說。盧卡施中尉無意中聽到這句話，就走過來補了一句：「對呀，還燒死兩個俄國飛行員哪。」隨後他又一句話不說地走開了，可是心裏想杜有中尉是多麼可怕的一個傻瓜呀。

在第二批敞車後面，他碰到帥克。他很想躲得遠遠的，因爲帥克一看見盧卡施中尉兩眼就直直地望著他，像是有無限的心事要向他傾吐。

帥克照直走到盧卡施中尉面前。

「報告長官，我是來看看您還有什麼吩咐沒有。報告長官，我到參謀車上找過您。」

「聽我說，帥克，」盧卡施中尉回答說，「我越看見你，我就越相信你這個人一點不知道尊敬上級軍官。」

「報告長官，」帥克賠罪說，「我曾經在弗賴德爾．封．布摩朗❺中校——或者類似一個名字——下面當過兵，他的個子也就有您一半高，留著一副長鬍子，看來像個猴子。他發起脾氣來跳得老高，所以我們管他叫橡皮老爹。那麼，有一天……」

---

❸奧地利城市，有製造軍火及發動機的工廠。這裏表明飛機並不是俘獲來的。

❹波蘭城市。

❺「布摩朗」是澳洲本地人用的一種原始武器，打出去以後還能飛回來。

盧卡施中尉友善地在帥克肩頭上拍了一下，用和藹的聲調對他說：「得啦，住嘴吧，你這個流氓。」

「您說得對，長官，」帥克回答說，然後就回到他那輛敞車上去了。

五分鐘以後，列車離休門涅不遠了。在這裏可以清楚地看見戰鬥的痕跡，這場仗是在俄國人向提查流域進攻的時候發生的。山坡兩邊都是簡陋的戰壕，偶爾有一片農莊的廢墟。要是這種廢墟周圍搭起一些臨時的棚子的話，那就表示居民已經又回來了。

後來，將近晌午，他們走到了休門涅，那裏火車站上也有戰鬥的痕跡。午飯準備起來了，士兵趁這個機會窺探一個秘密：俄國人走了以後，當局是怎樣對待當地人民的——當地人民跟俄國人在語言和宗教上是相同的。

在月台上，站著一批露丹尼亞❻囚犯，周圍有匈牙利的憲兵把著。囚犯中間有從這一帶到處搜來的神父、教師和農民。他們的手都反綁在背後，兩個兩個地拴在一道。大部分鼻子都破了，腦袋上腫著泡，因爲他們被捕以後，立刻就被憲兵痛打了一頓。

再走過去一點，一個匈牙利憲兵正在跟一個神父開玩笑。他在神父的左腳上栓了一根繩子牽在手裏，然後用槍把子逼那個神父跳扎達士舞。正跳的時候他一拉繩子，神父就臉朝地倒下了。神父的手被倒綁著，他站不起來，只好拼命設法滾得仰面朝天，這樣也許可以挺起身來。憲兵看

❻烏克蘭蘇維埃社會主義共和國的一部分，在蘇聯與捷克接壤的地方。第一次世界大戰時屬匈牙利。

到這個，笑得竟流出了淚來。當神父終於掙扎著爬了起來的時候，他又拉了一下繩子，神父就又臉朝地倒下了。

一個憲兵隊的軍官過來把這種娛樂打斷了。他吩咐把囚犯帶到火車站後邊一間空的棚屋裏去，這樣士兵可以隨便揍他們，捉弄他們，誰也看不到。

參謀車裡談論著這些舉動，一般說來，大家都很不贊成。

旗手克勞斯認爲要是他們當了奸細，就該當場把他們絞死，事前不要虐待他們。可是杜布中尉對整個舉動卻表示完完全全地贊成，他馬上就認爲囚犯跟塞拉耶弗的暴舉必然有關係。聽他說來，眞好像休門涅的匈牙利憲兵在替被刺死的斐迪南大公爵和他的妻子報仇哪。爲了加重他這話的力量，他說他訂了一份月刊，這份月刊甚至在戰爭爆發以前，在它的七月號上就說過：薩拉熱窩的空前暴舉會在人們心上留下一個多年也不會好的創傷，和其他類似的話。

盧卡施中尉也咕噥了幾句，說休門涅的憲兵可能也訂了登載那篇感人的文章的那份雜誌。然後他就走出車廂去找帥克。忽然他對一切都感到厭煩，只想喝個醉，忘掉他的煩惱。

「我說，帥克，」他說，「你不知道哪裏可以弄到一瓶白蘭地吧？我有點兒不大好過。」

「報告長官，那是因爲時令變了。我想咱們到了前線您更會覺得不好過的。您離開大本營越遠，您就越會覺得不對勁兒。可是長官您要是高興的話，我可以替您搞點兒白蘭地來，只是我怕車會開走，把我丟下。」

盧卡施中尉叫他放心，說火車還要兩個鐘頭才開，車站後頭有人偷偷地論瓶賣白蘭地。撒格那爾上尉曾派馬吐士支去那裏買過，他花十五克郎買來一瓶滿好的法國白蘭地。於是十五克朗拿出來了，帥克就得去，並且還不要讓人知道是替盧卡施中尉買的，或者是中尉派他去的，因爲嚴格說起來，這是不許可的。

「長官您放心，」帥克說，「不會出岔子，因爲我很喜歡幹不許可的事。這種事兒我捲進過好幾檔子啦，自己連曉得也不曉得。如果要提起來的話，我們在布拉格兵營裡的時候，有一回叫我們別……」

「向後轉！快步走！」盧卡施中尉把他打斷了。

於是，帥克就往車站後邊走去，一路上自己重複著這趟遠征主要注意的事項。白蘭地必須是上好的，因此他得先嘗它一嘗，當然這是不許可的，如果他幹起來可得當心。

他剛要從月台側面拐彎，又碰到杜布中尉。帥克過了月台繼續往前走，杜布中尉靈機一動，就也跟了來。走過車站，靠馬路擺著一排籃子，都底朝天放著，上面是幾只柳條編的托盤，裏面放著各種點心，看來就像預備給學童們去遠足的時候吃的那樣毫不違法。是一些碎糖棍兒、脆捲餅、一大堆水果糖，這兒那兒還放著一片片黑麵包和一截香腸，看來顯然是馬肉做的。可是籃子裡放的卻是各色酒類，有小瓶白蘭地、甜酒、燒酒和其他含酒精的飲料。

沿著馬路有一道溝，溝那邊就是一座棚子，各種違禁飲料的交易都在裏邊進行。

士兵先在柳條托盤前面講好價錢，然後一個頭上兩邊有鬈髮的猶太人就從那看來毫不違法的托盤下邊拿出瓶白蘭地，藏在長袍子下面，帶到木棚子裏面；然後那個士兵就小心翼翼地塞到褲子或者軍便服裏。

帥克往這個地方走來，而杜布中尉也就用他釘梢的本領注視著帥克的行動。

帥克走到頭一只籃子跟前就試試運氣。他先挑了點兒糖果，付了錢，放到衣袋裏了。這時候，那個頭上兩邊有鬈髮的先生就用德國話跟他咬耳朵說：

「老總，我還有點兒荷蘭燒酒哪。」

價錢很快就講妥了。帥克走進那個棚子，但是他等那個頭上兩邊有鬈髮的先生把瓶子打開，他嘗了嘗以後才付錢。他對那白蘭地總算很滿意。他把酒瓶塞進軍便服下面以後，就回到車站上去了。

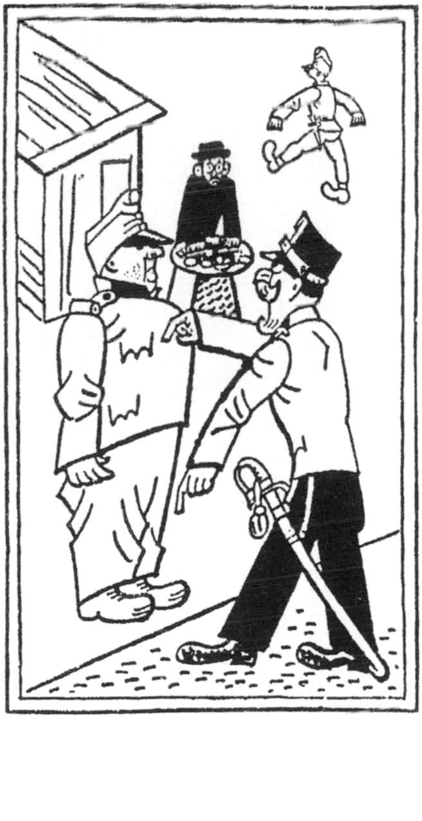

「你到哪兒去啦，你這下流鬼？」帥克剛要走上月台的時候，杜布中尉站到他面前說。

「報告長官，我去弄點兒糖果吃。」

帥克把手伸到衣袋裏，掏出一把又髒又滿是塵土的糖果。

「長官您肯賞光嘗點兒嗎？我嘗了嘗，還不壞。長官，這種糖果還有點兒挺好的水果味道，吃起來像覆盆子果醬。」

帥克的軍便服下面凸出一只酒瓶的彎彎曲曲的輪廓來。

杜布中尉在帥克的軍便服上摸索了一下。

「這是什麼，你這下流鬼？拿出來！」

帥克掏出一只瓶子來，上面清楚醒目地寫著「白蘭地」，裏面是黃糊糊的液體。

「報告長官，」帥克毫不畏縮地回答說，「我往這只空的白蘭地瓶子裏灌了點兒水。昨天那頓紅燒肉吃下以後，到現在我還渴得要命哪。可是，長官您瞧，那個唧筒的水有點兒黃。我想那大概就是含鐵質的水，非常有益健康，喝了很滋補。」

「帥克，如果你眞渴得那麼厲害，」杜布中尉魔鬼般地笑了笑說，「那就喝吧，可是要大口喝下去，一口氣把它全喝掉。」

杜布中尉自以爲步步加緊地折磨著帥克了。他想，這回可終於把帥克難住了。他做計帥克喝幾口就喝不下去啦，那時候，他杜克布中尉就會占了上風，說：「把瓶子交給我，讓我喝一通，我也口渴啦。」接著，他幸災樂禍地摹想著帥克在那可怕的時刻該有多麼狼狽。結果種種煩惱都會落到他頭上。

帥克拔開瓶塞，舉到唇邊，瓶裏的東西就大口大口地消失到他的喉嚨裏去了。杜布中尉給這情景嚇呆了。他眼睜睜地望著帥克從容不迫地把整瓶都喝了下去，然後把空瓶子往馬路那邊的池子裏一丟，丟的就像是檸檬水的瓶子似的。帥克說道：「報告長官，那水的確有點兒鐵的味道。我從前認得一個在布拉格附近開酒館的傢伙，他常常把舊的馬蹄鐵丟到井裏，那樣爲夏天的遊客作一種帶鐵味兒的飲料。」

「你這個壞蛋，我給你馬蹄鐵嘗嘗！來，你帶我去看看你取水的那口井。」

「長官，離這兒只有幾步，就在那座木屋後邊。」

「你先往前走，你這下流鬼！這樣我好看看你步子邁得對不對。」

帥克在前邊走去，心裏想只好聽天由命了。可是他彷彿覺得那木屋後邊有口井，因此，在那裏眞地就找到一口井，他也並沒有覺得奇怪。事實上，那兒還有一架唧筒。他們走到那兒，帥克就上下拔那唧筒的把兒，隨後就淌出一股黃糊糊的水來。這樣，帥克就能用應有的莊嚴說：「長官，這就是那帶鐵味兒的水。」

正在這時候，那個兩鬢留著鬈髮的人很害怕，走了過來。帥克用德國話告訴他中尉要喝水，叫他拿一只玻璃杯來。

杜布中尉狼狽得只好一口氣把一杯水全喝了下去，那水在他嘴裏留下了糞湯子的味道。這件事把他搞得昏

頭昏腦的。他給了那猶太人一張五克郎的票子，那然掉過身來對帥克說：「你在這兒晃蕩什麼？回到你應該待的地方去！」

五分鐘以後，帥克在參謀車上出現了，他神秘地對盧卡施中尉招手，叫他出來，然後對中尉說：「報告長官，再有五分鐘，最多十分鐘，我就要大醉特醉了。可是我要躺在我的敞車上，請

長官您答應三個鐘頭以內別喊我，別吩咐我做什麼，直到我把這個醉勁兒睡過去。我沒出什麼毛病，只是給杜布中尉抓到了。我告訴他是水，因此我只好當著他面把一瓶白蘭地全喝乾，來證明那是水。長官，什麼事也沒出，照你吩咐的，我一點兒馬腳也沒露，而且我提防得很緊。可是現在我向長官您報告，我覺得兩條腿開始有點兒站不穩。自然，長官，我的酒量不含糊，因爲我跟著卡茲先生的時候……」

「別說了，你這野豬！」盧卡施中尉嚷道，其實他並沒眞地生帥克的氣。另一方面，他對杜布中尉更倍加憎恨。

帥克小心翼翼地溜回他那節敞車去。當他墊著大衣枕著背包躺下以後，他對補給士萬尼克和其他的人說：「不管怎樣，我這傢伙生平這回是眞喝醉了，我不願意人把我喊醒。」

說完這話，他翻過身去就打起呼嚕來。

經歷了許多磨難才弄到這份營部記錄員差使的自願軍官馬立克，這時候坐在一張可以折疊的桌子旁邊。他正在事先準備著一些隨時可以列舉的營部英勇事跡，他對這種預卜未來的事顯然感到濃厚的興趣。

自願軍官這時候正咧嘴笑著，拼命刷刷地寫著。補給士萬尼克在旁邊很感興趣地望著他。隨後萬尼克站起來，從自願軍官的肩膀後邊看他寫些什麼。

自願軍官向他解釋說：「替本營的戰史事先準備材料，這太有趣了。這工作主要是要有系統地做。全盤得有一套系統。」

「一套有系統的系統，」萬尼克說，臉上多少帶著些輕蔑的笑容。

「對呀，」自願軍官信口說。「搞上一套系統化的、有系統的系統來寫咱們這營的戰史。一開頭就寫咱們這營打了什麼了不起的勝仗可不成。事情得按照一定的計劃一步步地來。一個營不能一上去就把敵人打垮。這中間我得一點一滴地積累一些細小的事跡來表現咱們這營無可倫比的英勇。喂，還有……」馬立克作了一個猛然想起什麼來的姿勢，繼續說下去，「我差點兒忘記告訴你了，軍士，你給我找一份全體軍士的名單來。告訴我第十二連一個上士的名字。叫赫斯卡？那麼，咱們就讓赫斯卡的腦袋給地雷炸掉。他的腦袋飛掉了，他的身子卻繼續前進了幾碼，並且瞄準打下一架飛機。自然，皇室得在他們自己家裏特別布置一個晚會，來慶祝這種戰績。到會的都是些顯赫人物，而且就在皇帝臥室緊隔壁的房間裡舉行。房裡點的全是蠟燭，我想你也曉得，宮裡的人們都不喜歡電燈，因爲咱們這位上了年紀的皇帝❼很不喜歡『短路』❽。向我們這營致敬的慶祝會從下午六點鐘開起，那時，皇太子的孫子們都上床睡覺了，皇帝舉杯向我們這個先遣隊致完賀詞以後，大公爵夫人瑪麗·瓦勤莉也說幾句話。軍士，她特別要誇獎你一番。我跟你說，奧地利有許許多多的營，可是只有咱們這營建下了這樣的奇功。自然，從我寫下的筆記來說，咱們這營顯然要遭受不可挽回的慘重損失，因爲一個沒人陣亡的營就不成其爲營了。關於咱們的傷亡，那得另外寫一篇文章。勝利將要不斷地來，我手頭就已經有四十二宗了。可是咱們這營的戰史不能淨是一連串枯燥無味的勝利。所以正像我所說的，也得遭受許多損失。這樣，營裏

❼ 指當時奧匈帝國的皇帝弗朗茲·尤塞夫一世。

❽ 電燈的保險絲斷了，電燈因而忽然熄滅。

的每個人都會輪到一次露露頭角的機會，直到比方說九月吧，咱們這營就一個也不剩了。單剩那兒頁光榮的戰史的來震撼全體奧地利人民的心弦。軍士，我就是那麼結束這部戰史的，一切榮譽都歸於先烈！他們對咱們帝國的愛戴是最神聖不過的，因爲那種愛戴是以死爲歸宿的。讓後人一說到像萬尼克這樣的名字，就感到敬畏吧。那些靠烈士過活因而最切身地感到這個損失的親屬們，讓他們驕傲地擦乾他們的眼睛吧，因爲陣亡的是咱們這營的英雄。」

電話員楚東斯基和炊事員尤拉達屏息聽著自願軍官計劃中的營部戰史。

門是半開著的。這時候，杜布中尉探進頭來。

「帥克在這裏嗎？」他問道。

「報告長官，他睡了，」自願軍官回答道。

「我問到他的時候，你就應當打起精神來，把他給我找來。」

「這我可辦不到，長官，他在睡覺哪。」

杜布中尉發脾氣了。

「你叫什麼名字？馬立克？噢，對了，你就是那個一直被關禁閉的自願軍官，對不對？」

「對，長官。作爲自願軍官，我的訓練差不多全是帶著手銬腳鐐受的。可是自從師部軍事法庭證明我確實沒有罪，把我釋放那天起，我就又恢復了我以前的職位，並且被委任作本營戰史的記錄員。」

「你這差使長不了，」杜布中尉脹紅了臉，大聲嚷道。「我一定想法叫它長不了！」

「長官，我希望長官去報告警衛室，」自願軍官正顏厲色地說。

「你別跟我胡鬧，」杜布中尉說。「我會把你送到警衛室去的。咱們後會有期，那時候你就會替自己大大難過起來，因爲你還不知道我的厲害，可到那時候你會知道的。」

杜布中尉氣沖沖地走出去了，在氣惱中，他完全忘掉不過幾分鐘以前，他本來滿心打算把帥克叫來對他說：「朝我噴一口氣，」用這最後的手段來證明帥克違法喝了酒。

過了半個鐘頭他才想起這件事來，可是已經太晚了，因爲這中間士兵們都領了一份帶甜酒的黑咖啡。杜布中尉折回敞車上的時候，帥克已經在忙這忙那了。杜布中尉一叫，他像一隻綿羊般地從車裏蹦出來。

「朝我噴一口氣！」杜布中尉向他咆哮道。

帥克就盡他肺裏所有的一切朝他噴去，直像一股熱風把釀酒廠的香味朝田野颳去一般。

「我聞到的是什麼氣味，你這畜生。」

「報告長官，您可以聞到甜酒的氣味。」

「哦，我可以聞到，對嗎？」杜布中尉盛氣凌人地嚷道。「這回我可抓著你了。」

「是呀，長官，」帥克非常鎮定地說，「我們剛領到爲喝咖啡用的一份甜酒，我把甜酒先喝掉了。自然，要是有了新的規定，要我們必須先喝咖啡，後喝甜酒，那我很抱歉，我保證這樣的事以後不再發生了。」

杜布中尉一句話沒說，迷茫地搖搖頭走開了，但是馬上又折回來對帥克說：

「你們這些人都給我記住，早晚我會叫你們喊饒命的。」他能做到的只是這些，然後他又回到參謀車上去了。他感到自己非說點話不可，因此，他就用貼己的、十分自在的口氣對撒格那爾上尉說：「我說，上尉，你覺得……怎麼樣……」

「我失陪一會兒，對不起，」撒格那爾上尉說道，然後他就走到車外邊去了。

一刻鐘以後，列車向那基—查巴開去了，走過布里斯托夫和大拉得萬尼一帶被燒毀的村莊。這時他們知道身臨戰地了。喀爾巴阡山的山坡上到處都是戰壕，戰壕的兩邊盡是巨大的彈坑。跨過一條注入拉布爾河的小溪——火車就沿著拉布爾河的上游行駛——他們可以看到新修的橋，和燒焦了的舊橋的橋身。整個山谷都給連鑿帶挖得百孔千瘡，土地被蹂躪得看來就像一大群大鼴鼠在上面搭過窩似的。在彈坑的邊上散落著奧地利軍裝的碎片，這是被大雨沖出地面的。那基—查巴的後邊，在一棵燒焦了的老樅樹的亂枝叢中，掛著一隻奧地利步兵的靴子，裏邊還有一塊脛骨。這些沒有了綠葉的森林或沒有了松針的松樹，這些沒有了樹梢的樹，和遍是彈孔的孤零零的村莊都印證了炮火所造成的毀壞。

列車沿著新砌成的堤防緩慢地前進，因而全營官兵可以飽覽一下戰地的景物。那些栽著白十字架的軍人墳墓在破壞得糜爛不堪的山坡上形成一片片的白色閃亮著。官兵們仔細端詳著那些墳墓，這樣他們好逐漸地、但是確信無疑地做好精神準備，來迎接那頂奧地利軍帽最後會頒給他們的光榮：跟泥土攪和在一起，掛在白十字架上。

密左—拉伯爾茲是炸毀又燒光了的火車站後面的一個停車處，原來的車站只剩下一片被煙熏黑了的牆，上面露出彎彎曲曲的鋼骨。代替燒毀了的車站的，是匆匆新蓋起來的一間長形木屋，上面釘滿了告示牌子，用各種文字寫著：「認購奧地利戰爭公債！」另外一間長形的木屋是一個紅十字會站，從裏面走出兩個護士，一個胖醫生。

士兵們接到通知說，過了巴洛塔，到盧勃卡山口就開飯。營部的軍士長帶著各連隊的炊事員以及負責全營補給的采塔姆中尉，隨同四個當偵察員的士兵，向麥茲教區進發。不到半個鐘頭他們就回來了，帶著三口後腿捆起來的豬，和連哭帶喊的一家露丹尼亞農民——豬是硬從他們家裏徵用來的。後面還跟著那個從紅十字會木屋裏走出來的胖軍醫。他正在大聲向采塔姆中尉解釋著什麼，中尉只聳了聳肩肪。

在參謀車前邊衝突達到了高潮。軍醫毫不客氣地對撒格那爾上尉說，豬是紅十字會醫院定下了的，而農民乾脆不承認有這麼回事。他要求豬應該歸還給他，因爲那是他唯一的產業，他絕不能按照付給他的價錢撒手。說著，他就把接到的豬錢硬塞到撒格那爾上尉手裏。農民的老婆這時候握住上尉另外一隻手，她按那一帶風土人情用突出的卑躬屈膝的樣子吻起他的手來。

撒格那爾上尉吃了一大驚，好一會他才掙脫那個鄉下老太婆的手。掙脫也是白搭，因爲她那個較小的孩子又頂替了她，用濕溜溜的嘴巴吻起他的手來。

可是，采塔姆中尉用公事公辦的口氣斷然說道：「這傢伙家裏還有十二口豬哪，而且我們已經照最近師部『經濟項』第一二四二〇號指示的規定給過他錢了。根據指示的第十六條，在未受戰爭波的地區，豬價不能超出每磅一克郎三個黑勒爾的牲畜官價，而在受到戰爭波及的地區，每磅可以再加給十五黑勒爾，共合每磅一克郎十八個黑勒爾。注意下面的指示：若是有豬可以供應過路軍隊食用的地區雖然受到戰爭波及，但是查出豬依然沒受損失，牲畜價錢照未受戰爭波及的地區每磅再加七個黑勒爾。如遇到糾紛，應在現場組織調查團，成員爲牲畜的原主、有關部隊的指揮官和負責給養的軍官或軍士。」

這些話都是采塔母中尉從他隨身總攜帶的一份師部指令念出來的。他差不多閉上眼也背得出：在戰區，胡蘿蔔的官價漲到每磅十四個半黑勒爾了。在同一地區，軍官食堂用的菜心漲到每磅九十五個黑勒爾了。坐在維也納擬定這些價碼的先生們似乎摹想戰區長滿了胡蘿蔔和菜心。但是采塔姆中尉用德語把這段話念給那個激動的農民聽，然後問他懂了沒有。農民搖頭的時候，中尉對他咆哮道：「那麼，你想要個調查團嗎？」

農民只聽得懂「調查團」三個，因此他點了點頭。這時候，他的豬已經被拖到野戰廚房宰殺去了，他就被特別為了執行徵用而派來的、槍上了刺刀的士兵們包圍起來。於是，調查團向他的農莊出發，去確定究竟應該給他每磅一克郎十八個黑勒爾還是一克郎三個黑勒爾。可是他們剛剛走上通往村莊的大路，野戰廚房那邊就傳來比人的喊叫還要難聽三倍的豬的尖聲嘶叫。農民知道一切都完了，就絕望地用露丹尼亞土話嚷道：

「每口給我兩個金幣吧！」

四個士兵向他逼來，農民一家都在撒格那爾上尉和采塔姆中尉面前咕噥跪在土地上。做媽媽的和她兩個女兒抱住上尉和中尉的膝頭，管他們叫恩人，直到最後那農民大聲嚷著叫她們站起來。他並且說，若是士兵要把豬吃掉，他們就儘管吃吧，他希望他們吃了會死的。

於是，調查團這個想法就放棄了。那個農民氣憤憤地揮動著拳頭，因而每個士兵都用槍把子揍了他一下。這時候，他一家都在胸前劃起十字，跑掉了。

關於軍官的伙食，撒格那爾上尉已經有了吩咐：「烤豬肉架香草汁。挑好肉不要太肥的。」

這樣，走到盧勃卡山口士兵領配給的時候，每人在湯裏只發現兩小塊肉，運氣更壞的只能找到一塊肉皮。

另一方面，辦公室的職員們嘴上卻都油膩得發亮，抬擔架的塡得肚皮都凸了起來，而這片上好的豐衣足食的地區周圍，舉目全是最近的戰鬥留下的原封未動的痕跡。到處都散落著彈殼，空罐頭盒，俄羅斯、奧地利和德國軍裝的碎片，擊毀了的車輛上的零件，當作繃帶用過的長而浸了血的紗布和棉花。

從前的火車站如今只剩一片廢墟了，旁邊一株古老的松樹給一顆沒炸開的炮彈擊中。到處都是炮彈的碎片，附近一定埋著士兵的屍體，因爲有一股可怕的腐爛的臭味。

近處的山後邊瀰漫起濃煙，好像整整一座村莊燒了起來，使得眼前這片戰爭景色更加美滿了。那邊燒得木屋是霍亂和痢疾患者的隔離所。那些急於想請大公爵夫人瑪麗出面贊助，成立一所醫院的先生們可皆大歡喜了，他們報告了一些莫須有的霍亂和痢疾患者隔離所概況，隨後就發了一注大財。這時候，大公爵夫人出面贊助的這套騙局，也跟著焚燒草褥子的臭氣一道兒上了天堂。

德國人已經趕著在火車站後邊一塊岩石上給陣亡的勃蘭登堡士兵修起一座紀念碑，上面刻著「盧勃卡山口戰役英雄紀念碑」和一隻銅鑄的巨大的德意志鷹❾。紀念碑的基座上刻著題詞，說明那隻鷹是用德軍解放喀爾巴阡山時俘獲的俄軍大炮鑄成的。

全營官兵吃過飯，就在這片奇怪的景物環境下休息。旅部拍來一件關於本營此後行動的密碼

---

❾當時德國的國徽。

電報，撒格那爾上尉跟營部副官這時還沒弄清電文的內容。電文措辭含糊得直像他們查本不該開進盧勃卡山口來，而應當從紐史達特往完全不同的方向開，因爲電文裏提到了什麼：「恰波—翁瓦爾；小倍里茲那．烏卓克。」

撒格那爾上尉回到參謀車上以後，展開了一場關於關奧地利當局是不是昏庸糊塗的爭論，有的人的弦外之音似乎說，要不是有人家德國人撐著，東線的軍團早就給打得七零八落了。接著，杜布中尉就替奧地利的昏庸糊塗辯護起來。他瞎扯道：他們到達的地區在最近的戰鬥中間破壞得很厲害了，因此，才還沒能把這條陣線整頓好。所有的軍官聽了都用憐憫的眼色望著他，等於說：「他這麼昏頭昏腦的，這怪不得他。」杜布中尉發覺沒人反駁他，就索性信口開河地胡扯下去，說這片痴痍滿目的風景給他多麼雄壯的感覺，它標誌著奧地利軍隊硬幹到底的大無畏精神。這時候還沒人出來反駁，於是，他又說道：

「對了，俄國人從這裏撤退的時候，軍心一定亂得一團糟的。」

撒格那爾上尉已經拿定主意，只要他們在戰壕裏形勢一緊張，他抓機會就把杜布中尉派到眞空地帶去偵察敵人的陣地。

看來杜布中尉的嘴永遠也不會停的。他繼續對所有的軍官說，他從報上看到德奧軍隊進行散河⑩攻勢的時候在喀爾巴阡山打了幾場仗，和喀爾巴阡山口的爭奪戰，他談得直像他不但參加了些戰役，並且那些戰役就是由他本人指揮的。最後，盧卡施中尉實在杙受不下去了，就對杜布中

---

⑩ 波蘭的河流，第一次世界大戰期間，沿岸曾有過激烈的戰鬥。

尉說：「這些話想來你在戰前都跟你家鄉的那位警察局長談過了吧。」

杜布中尉狠狠瞪了盧卡施中尉一眼，走出去了。

火車停在堤防上。堤防底下散落著各種物件，顯然是俄羅斯士兵從這個缺口撤退的時候丟的。有生了鏽的茶罐、子彈殼和一卷卷的鐵蒺藜，更多的是浸了血的紗布和棉花。這個缺口上面站著一簇士兵，杜布中尉很快就望到其中有帥克，他正對別的士兵講解著什麼。

於是，他走了過去。

「怎麼啦？」杜布中尉直直站到帥克跟前，聲色俱厲地問道。

「報告長官，」帥克代表大家回答說，「我們正在看哪。」

「看什麼？」杜布中尉大聲嚷道。

「報告長官，我們正看下面那個缺口哪。」

「誰批准你們的？」

「報告長官，我們是在執行施萊格爾上校的命令。在布魯克的時候，他是我們的指揮官。我們往前方開拔，他跟我們分手的時候，在臨別的演說裏囑咐道：每逢走到一個曾經打過仗的地

方，就要把那個地方好好仔細看一看，這樣才好研究一下那仗是怎麼打的，找出對我們可能有用的東西。」

如果依照杜布中尉自己的意向，他就會把帥克從缺口邊沿上推下去，但是他抑制了這個誘惑，打斷了帥克的話頭，對那簇士兵大聲嚷道：「別在那兒咧著嘴那麼傻朝著我望。」

而當帥克跟著大家走開的時候，他又咆哮道：「你留下，帥克！」

這樣，他們就站在那裏，面對面望著。杜布中尉竭力想找點兒著實可怕的話來說。

他掏出手槍來問道：「你曉得這是什麼嗎？」

「報告長官，我曉得的，長官。盧卡施中尉也有一支，跟這支一模一樣。」

「那麼，好小子，你記住，」杜布中尉用莊重嚴肅的口氣說道，「如果你繼續作你那套宣傳，你就會碰到十分不愉快的事。」

然後，他就走了，一路上自己重複著：「對，跟他最好就那麼說：宣傳，這個詞兒用得最合我的心。宣傳。」

帥克在回敞車以前，來回散了一會兒步，喃喃自言自語道：「我要是知道該替他起個什麼名兒多麼好呢，」

可帥克還沒散完步，就已經替杜布中尉想出一個恰當的尊稱來了：「混帳的老牢騷鬼！」

發明了這個名兒以後，他就回到敞車上去了。

4 快步走

按它的來歷，第九十一聯隊這一營本隸屬於「鐵旅」。散諾克原來就是「鐵旅」旅部指揮部的所在地。雖然從散諾克到凌堡格之間，以至往北直到前線的鐵路交通並沒有斷，不明白東戰區的參謀爲什麼叫「鐵旅」和旅本部把先遣營放到離前方一百英里，而這時候，火線正從布格河上的勃洛第沿著河岸往北朝蘇考爾延伸。

這期間，師部又下了新的命令。第九十一聯隊究竟該往哪裏開，眼前必得確定了，因爲根據新的布置，本來第九十一聯隊所走的路線改由第一〇二聯隊的先遣營走了。事情說來是異常複雜的。俄國人在加里西亞的東北角正迅速地撤退著，因此，有一部分奧地利的軍隊攪地那裏。有些地方，德國部隊也像楔子般地插進來，加上前方新到的先遣營和其他部隊，使形勢更混亂起來。離前線有些距離的戰區也發生類似的情況，就像散諾克這裏，一批德國軍隊——漢諾威師的後備隊忽然來了。他們的司令官是個上校，他長得是這樣令人討厭，「鐵旅」的旅長一瞅見他就頭痛。漢諾威後備隊的上校提出他的隊本部擬出的計劃，照那個計劃，後備隊的士兵應該住當地的小學校——而第九十一聯隊的士兵早已住進去了；他要求把克拉科銀行散諾克分行的房子撥給他的隊本部用——而那房子正被「鐵旅」的指揮部占用著。

旅長直接跟師本部聯得了聯繫，他把情況報告了師部，這個脾氣暴躁的漢諾威人也跟師部談了一通，結果，「鐵旅」接到這樣一道命令——

限你旅於即日下午六時以前從城內撤退，開往吐洛瓦・沃爾斯卡—里斯柯維茲—斯塔拉梭—散布爾，聽候指示。第九十一聯隊先遣營應隨行，以爲掩護。因此，先頭部隊應於下午五時三十分向吐洛瓦方向出發，南北兩翼掩護部隊應保持兩里距離。後衛部隊庄於下午六時十五分開拔。

按照官方計劃做的開拔準備完成了以後，旅長——就是給漢諾威後備隊的上校巧妙地從他的駐地趕掉的那位旅長，叫全營官兵集合，像往常一樣成正方隊形然後他就向他們演說了一番。他很喜歡講話，想到什麼就講什麼。直至沒可講的了，他忽然想起戰地的郵政來。

「士兵們，」他大聲嚷起來，「我們現在正朝敵人的火線行進，離火線只差幾天路程了。到目前為止軍隊總是在開動著，你們沒機會把住址通知給親戚朋友，只有通知了，你們才好享受接到後方親人來信的快樂。」

他好像總不能把自己從這股思路拔出來，他不斷地重複著這樣的話：「你們的親戚朋友」、「後方親人」和「妻子情人」等等。任何人聽到他的演說都會以為只要前方組織好軍郵，這些穿了褐色軍服的士兵立刻就會心甘情願去戰場上拼命，以為即使一個士兵兩條腿都給炮彈炸掉，只要他記起他的軍郵號碼是七十二號，想到也許有一封家信在那兒等著他，甚至還可能有一個包裹，裏邊燉著一塊腌牛肉、一點兒熏豬肉和幾塊家裏烤的點心，他就一定會快快樂樂地死去。

旅長講完了，旅部的樂隊奏起國歌，大家爲皇帝歡呼了三聲。然後，這群注定要送到布格河那邊某地屠宰場上送死的「人類中間的畜生」，就分成若干支隊，遵照接到的指示陸續開拔了。

第十一連是五時三十分開拔，朝吐洛瓦．沃爾斯卡進發的。士兵走不多久，就七零八落了，因爲在火車上休息了那麼些日子，如今背起全副裝備走起路來，四肢酸疼，於是大家就儘量想辦法使自己輕省一些。他們不斷地把步槍從這邊換到那邊，大部分都是低著腦袋吃力地走著。他們都渴得要命，因爲太陽雖然落下去了，天氣卻依然像中午一般悶熱，而這時他們的水壺都乾了。他們知道這種不舒服還只是初嘗的滋味，更大的苦頭還在後頭呢。

想到這個，每個人就更使不出勁頭兒來啦。上半天他們還唱歌，可是現在完全聽不到歌聲了。他們做計要在吐洛瓦．沃爾斯卡過夜，於是彼此打聽著離那裏還有多遠。

估計要在吐洛瓦．沃爾斯卡過夜？他們可都大錯特錯了。

盧卡施中尉把楚東斯基、補給士萬尼克和帥克喊來。給他們的指示很簡單。要他們把裝備交給救護班，馬上穿過田野趕到馬里—波達尼克；然後沿著那條河朝東南方向走，到里斯柯維茲去。

帥克、萬尼克和楚東斯基三個人負責布置宿營，替隨後一個鐘頭或者一個半鐘頭就到的全連安排過夜的地方。萬尼克要在帥克的協助下，照軍章規定的食肉份量給全連備辦一口豬。肉必須當晚燉出來，住的地方必須乾淨。不要那些盡是虱子臭蟲的木屋，好讓隊伍好好歇上一夜，因爲第二天早上六點半，全連得從里斯柯維茲朝通往斯塔拉索爾大道上的克魯顯柯開拔。

三個人正要出發的時候，教區的神父出現了。他在士兵中間散發一種傳單，上面是一首讚美歌，用軍隊裏各民族的文字印著。這樣的讚美歌他整整有一包，還是教會裏一位位分很高的要人在幾位年輕女人陪伴下，坐著汽車巡遊遭受破壞的加里西亞，路過這裏時候留下的。

吐洛瓦．沃爾斯卡有的是茅舍。不久，這些茅舍就都給傳單貼滿了。

在他們應該替連隊找宿營地方的那個村莊裏，是一片漆黑，所有的狗都一起汪汪叫了起來。結果，他們不得不停止前進，好好研究一下，該怎麼來對付那些畜生。

狗咬得越來越凶了，帥克朝著昏黑的夜色嚷道：「趴下，畜生，還不給我趴下！」帥克就像他當狗販子的時候對他自己的狗那樣嚷。

這樣一來，狗咬得更凶了。所以，補給士萬尼克說：「帥克，別朝它們嚷！不然的話，你會把整個加里西亞的狗都逗得咬起咱們來啦！」

一間間的茅屋點起燈來了，他們走到頭一所茅屋就敲起門來，打聽村長住在哪裏。他們聽到屋裏一個尖厲刺耳的女人聲音，用一種並不是波蘭話也不是烏克蘭話的語言說她男人正在前方打仗，她的小孩們出了天花；說家裏的東西都給俄國人搶光了，說她男人上前線以前，囑咐過她晚上管誰叫門，永遠也別給開。直等到他們把門敲得更響，一再說他們是奉命來找宿營的地方，一隻看不見的手才開門讓他們進去。他們發現原來那就村長的官邸。村長想叫帥克相信那尖厲的女人聲音不是他裝的。但是並沒成功。村長解釋說，每逢他太太猛然給叫醒，她總是胡言亂語，自己也不知道說些什麼。至於替全連找個宿營的地方，他說村莊地方很狹小，連一個兵待的地方也沒有。這兒沒有地方給他們睡覺，也買不到什麼；一切都給俄國人拿光了。要是老總願意的話，他建議領他們克魯顯柯去，離這裏三刻鐘的路。那裏有好多座大莊園，不愁沒宿營的地方。每個士兵可以暖暖和和地蓋上一張羊皮。那裏有好多頭牛，士兵也可以把他們的飯盒裝滿了牛奶，那裏的水也好，軍官們可以在園主的公館安歇。可是里斯柯維茲這裡卻是個貧陋、骯髒、遍處是虱子臭蟲的地方。他自己就曾經有過五頭牛，可是全給俄國人拿去了。結果自己的孩子生了病，他想弄點牛奶，還得老遠走到克魯顯柯去。

為了證實以上他所說的，茅屋隔壁牛棚子裏的幾頭牛哞哞地叫了起來。隨後可以聽到那個尖厲的女人的聲音咒罵那些不幸的動物說，巴不得它們都得了霍亂死掉。但是牛的叫聲並沒難住村長。他一面穿著套靴一面說道：「我們這裏僅有的一頭牛是鄰居的，剛才您聽到叫的就是它。老爺們，那是一頭病牛，一個可憐的畜生。俄國人把它的牛犢子搶去了。從那以後，就擠不出奶來了，但是牛的主人很替它難過。不肯把它宰掉，因為他盼望聖母總有一天會把一切恢復過來的。」

在演說的當兒，他隨手穿著羊皮大衣。

「老總，咱們現在到克魯顯柯去，」他接下去說，「離這裏只有三刻鐘的路。不對，唉，我這個老孽障胡扯什麼呀！——沒那麼遠，連半個鐘頭也用不著。我會抄近走，過一道小河，然後走到一棵橡樹那裏就穿過一座樺木林子。是個大村子，他們的白酒勁頭很足。老總，咱們這就走吧，別再耽擱時候了。得讓您這個有名氣的聯隊的官兵有個合適、舒服的地方歇腳。一定得給在咱們國王和皇帝❶麾下跟俄國人打仗的官兵們找個乾淨的地方過夜。可是我們這村兒淨是虱子臭蟲、天花和霍亂。昨天，我們這個倒楣的村兒裏有三個人得了霍亂死啦。老總，最仁慈的上帝的憤怒給里斯柯維茲帶來了災難。」

這時候，帥克威風凜凜地揮了一下手。

「老總，」帥克模仿著村長的聲音說道，「最近的樹在哪裏？」

村長沒聽懂「樹」這個字，於是帥克向他解釋說，譬如一棵樺樹或是橡樹，或者結李子或者桔桃子的樹，或者幹脆任何有結實枝子的東西。村長說他的茅舍前面有一棵橡樹。

「那麼好吧，」帥克作了一個隨便哪個人都可以懂的吊死人的手勢，說，「我們把你就吊死在你那茅舍前面，因爲你一定得知道現在正在打仗，命令叫我們在這裏過夜，而不是在克魯顯柯或是別的地方。你不能改變我們的軍事計劃，你要是敢試試看，那麼我們就吊死你。」

村長哆嗦起來了。他結結巴巴地說，很願意盡力替老爺們效力。既然他們非住在這個村兒不可，也許勉強也能找到地，而且叫他們住起來樣樣都稱心。他說，馬上去提盞燈來。

隨後他們就都進村兒裏去了，後邊一大群狗護送著。

---

❶指奧地利國王，他同時是奧匈帝國的皇帝。

他們四下找著宿營地點，一面望到里斯柯維茲地方雖然不小，可是戰禍也確實把它糟蹋得很慘。實際上它並沒給炮火摧毀，因爲雙方都不可思議地沒把它包括到作戰範圍裏去。可是另一方面，左近遭到破壞的村莊裏的難民卻全擠到這地方來了。有些木棚子竟住到八家人。戰爭引起的一場搶劫把他們的家當都搞光了，如今只得忍受這樣悲慘絕頂的生活。

不得已，連隊的一部分人只好住到村子那頭一家破壞了的小釀酒廠去，那裏，發酵室足可以容上一半人。其餘的，每十個人爲一批，分住到一些田莊上去。這些闊的田莊莊主是不讓那些赤貧的下流人住進來的，那些難民的家具什物都給搶掉，如今當了乞丐。

連本部的全體軍官和補給士萬尼克、傳令兵、電話員、救護班、炊事員以及帥克都住在神父家裏。那裏地方寬綽得很，因爲神父不收容那一家家什麼都沒有了的難民。

那神父是一個又高又乾瘦的老頭子，穿著件褪了色的盡是油污的教袍。他吝嗇得幾乎什麼都不吃。他的父親自幼就教他深深仇恨俄國人。當初俄國人在這兒的時候，他家裏也住過幾個長滿鬍子的哥薩克人，雞鵝吃個精光。於是，他對俄國人的仇恨忽然消了。後來匈牙利人來到這個村兒，把他蜂窩裏的蜂蜜都拿走，他對奧地利軍隊的不滿更加深了。如今，他狠狠瞪了這批夜行客一陣，在他們面前踱來踱去的時候，他居然很神氣地聳了聳肩頭，說道：「我什麼也沒有。我是個窮光蛋。你們連一塊麵包也找不到。」

神父住宅後面那座小釀酒廠的院子裏，野戰廚房用的鐵鍋下面正生著火，鍋裏滾滾煮著開水，可是沒東西下鍋。補給士和炊事員在村兒裏到處找豬，可是一口也沒找到。走到哪裏都得到這麼個答覆：俄國人把什麼都拿光了，吃光了。

後來，他們把酒館裏的猶太人喊醒了。他捋了捋頭上兩邊的鬈髮，做出因爲不能滿足主顧的要求而萬分難過的樣子。但是他終於勸動他們買他一頭古老的牛，這還是上一世紀遺留下的，一個行將踹腿、又瘦又醜的東西，就剩下皮包骨了。這樣可怕的貨色他還要很高的價錢。他扯著頭上兩邊的鬈髮起著誓說，這樣的牛他們就是走遍了整個加里西亞、整個奧地利和德國、整個歐洲、整個世界也休想找到。他連哭帶號地說，這是奉耶和華的旨意降生到世間的最肥的牛。他指著他的祖先起誓說，四面八方的人們都來瞻仰過這頭牛，四鄉把這頭牛當作傳奇談論著，而且老實說，這不是頭母牛，而是閹牛中間最有油水的。最後，他跪在他們面前，兩隻手輪流抓著他們的膝頭，嚷道：「高興的話，你們盡可以把我這可憐的猶太人宰了，但是你們一定得買下這頭牛再走。」

那個猶太人號叫得把大家都騙了，結果，任何馬肉販子也不會收下的這塊臭肉，就拖到野戰廚房用的鐵鍋裏去了。猶太人把款子穩穩當當放到衣袋裏以後，好半天還在哭哭啼啼，哀嘆著爲了把這麼壯實一頭牛賣得這麼便宜，他們簡直叫他破了產，毀滅了他，以後他只能討飯過活了。他懇求他們把他吊死，因爲他在老年竟做下這麼一檔子糊塗事，他的祖宗在墳頭裏也閉不上眼睛。

那頭牛給他們帶來不少麻煩。他們有時候感到永遠也剝不下它的皮來了。當他們試著剝的時候，也只能硬把皮撕開，看見皮底下是像擰在一起的乾繩索一般的腱子。

這中間，他們也不知道從哪裏弄到了一袋子土豆，於是他們就開始絕望地煮起這堆老牛筋和老牛骨頭來，小灶上還在竭力用這個老牛骨頭架子替軍官們併湊一頓飯，但是這也完全是徒然的努力。

所有接觸到這頭可憐的牛的人——倘若這種怪物可以叫做牛的話——都不會忘記它的。而且以後要是在蘇考爾戰役中，指揮官對官兵提起里斯柯維茲那頭牛來，看來第十一連一定會怒吼一聲，舉起刺刀來向敵人衝去。這頭牛是這樣地笑話，它連點肉湯也煮不出來。肉越煮跟骨頭貼得越緊，成爲硬邦邦的一塊，淡然無味得像一個半生都啃著公文程式、一肚子卷宗檔案的官吏。

帥克在連本部和廚房之間當通訊員，替他們通風報信，讓大家準知道什麼時候飯可以做好。終於帥克告訴盧卡施中尉說：

「長官，那眞的不成，那頭牛的肉硬得可以去割玻璃。炊事員想咬下一口肉來，把門牙都給崩掉啦。」

這時候，決定最好還是在吃飯以前讓大家先睡個覺，因爲反正當天的晚飯不到第二天早晨是吃不成的。

電話員楚東斯基在廚房裏點著一截教堂裏的殘蠟，趕著給他老婆寫一批信，省得以後麻煩。第一封是這樣寫的——

我親愛的、親愛的妻子，我心愛的芭倩卞：

現在是夜晚了，我不斷地想著你，我的親愛的，你望著枕旁空著的半邊兒，也一定想死我了。請你原諒我由這個聯想到許許多多的事。你當然知道自從開戰以來我一直在前線。我的許多夥伴受傷回家養病了，聽他們說一回去知道有些壞蛋吊了他們老婆的膀子了。眞是比死還難受。親愛的芭倩卡，我這麼寫，自己也痛苦，如果不是你自己告訴我說，我並不是頭一個親近你的男人，在我前邊還有個克勞斯先生，我是不會這麼寫的。他就住在尼克拉斯大街。在夜晚，一想到這個拆白黨可能跟你倒的亂，親愛的芭倩卡，我想我可以當場把他的腦袋擰下來。多少日子我都沒提這件事，可是我一想到他又會追你，我的心就疼，所以我乾脆對你說，我不准我的老婆像個婊子那樣亂蕩給我丟臉。最親愛的芭倩卡，原諒我說老實話，可是當心別叫我聽到你胡鬧的話。要是我聽到什麼，我就把你們兩人都幹掉，因爲我什麼都幹得出。命也肯拼的。多多的吻你。問候咱爹媽好。你自己的東尼。

另外一封後備的信是這樣寫的——

我最親愛的芭倩卡：

這信寄到的時候，我們已經打過一場大戰。我很高興告訴你，我們勝了。我們大概打下十架敵人的飛機，和一個鼻子上長了個瘤子的將軍。炮彈正從頭上飛，打得最緊張的時候我想到你——最親愛的芭倩卡，想到你不知道做些什麼？近來怎樣家中怎樣？我永遠記得我們一起去喝啤酒那回，你把我領回家去，第二天你累垮了。現在我們又要開拔不能寫下去了。我希望你沒偷漢子，因爲你知道我不會答應的。可是我們現在又要出發了，多多的吻你願你平安如意。你自己的東尼。

寫到這裏，楚東斯基開始打起瞌睡。不久，就趴在桌上睡著了。

神父並沒睡覺，他在住宅裏到處巡邏著，推開廚房的門，爲了節省，把楚東斯基胳膊肘旁邊熊熊點著的那截教堂的殘蠟給吹滅了。

飯廳裏，除了杜布中尉誰也沒睡覺。補給士萬尼克從駐在散諾克的旅指揮部收到一份新的關於供給的規定，正在細心研究著。他發現軍隊離前線越近，口糧發得越少。看到規定裏有一條禁止在給士兵煮的湯裏放番紅花和薑，他忍不住笑了起來。規定裏還提到骨頭必須集中起來，送到兵站，轉到師部貯藏所去。這條訂得很模糊，沒說清楚是人骨頭還是其他被宰殺了牲口的骨頭。

早晨，他們離開里斯柯維茲，向斯塔拉梭和斯坦布夫進發的時候，還把那頭可憐的牛裝到野戰廚房用的鐵鍋裏帶著走。牛還沒煮熟，他們決定一路上隨走隨煮。他們預定要在里斯柯維茲和斯塔拉梭的中途歇腳的時候吃那頭牛。

開拔以前，先發了黑咖啡。

杜布中尉就像痴人說夢般地對連隊演說起來。他的講詞冗長，使大家感到比身上背的裝備和來福槍還叫人疲乏。講詞裏充滿了這樣一些深奧的道理：

「一般士兵對軍官的感情，使他們能夠作出叫人難以置信的犧牲。至於這種感情是否出於士兵的眞心，那倒沒多大關係；事實上，可以說毫無關係，因爲這種感情要不是出於眞心，反正也是可以強制的。這種感情並不是一般的感情，裏邊有尊敬，有懼怕，還有紀律。」

帥克一直是走在左邊的，而當杜布中尉作起演講來的時候，他就一直把臉偏向中尉那邊，直像他接到了「向右看！」的命令一樣。起初，杜布中尉沒留意，他接著說下去——

「這種紀律，這種強制性的服從，這種士兵對軍官強制性的感情表示得十分清楚，因爲士兵跟軍官之間的關係是很簡單的：一個服從，一個下命令。我們時常從軍事學的書裏讀到：每個士兵都應當把軍人的直截了當，軍人的簡單明瞭，當作軍人的美德來學習。每個士兵，不管他樂不樂意，都必須對他的上級軍官具有深厚的感情。上級軍官在他的眼裏必須是個完美的典範，具有堅定不移、萬無一失的意志。」

講到這裏，他留意到帥克那固定下來的「向右看」的姿勢。他忽然心神不安地覺出他的講詞越來越費解，覺出士兵對上級軍官應當有感情這個題目是條死巷子，他正著急找不到出路呢。於是他朝帥克嚷道：「你幹嘛那麼直著眼瞪我？」

「報告長官，我正在執行命令，正像您親自吩咐我，您說，當您講話的時候，我得盯住您的嘴。而且，也由於每個士兵都應當對他的上級有感情，執行他的一切命令，並且永遠記住……」

「你給我掉過臉去！」杜布中尉嚷道，「你不許再那麼瞪著我，你這沒腦子的笨貨！」帥克就掉過頭去「向左看」。他跟杜布中尉並排走著，姿勢僵直得終於使杜布中尉又向他嚷道：「我正在跟你講話，你幹嘛朝那邊看？」

「報告長官，我正在執行您的命令，向左看哪。」

「老天爺！」杜布中尉嘆息道，「你眞是個搗蛋鬼！住嘴，到後排去，我不要看到你！」

於是，帥克就到後邊跟救護班一道走去了。他慢慢磨蹭著，一直磨蹭到他們歇腳的地方。在這兒，大家終於從那頭悲慘的牛身上嘗到一點湯和肉。

「這頭牛呀，」帥克說道，「該當在醋裏至少泡上兩個星期，買這頭牛的人，也該當那麼泡泡。」

一個通訊員帶著給第十一連的新的命令從旅部指揮部騎著馬奔來。爲了可以走到費勒斯丁，他們的路線又變了：不再經過沃拉里茲和散布爾，因爲那邊已經駐了兩個波山的聯隊，再也住不下了。

盧卡施中尉立刻下命令，吩咐萬尼克和帥克替連隊在費勒斯丁找宿營的地方。

「帥克，你當心路上可別鬧出亂子來，」盧卡施中尉說。「頂要緊的是，遇到誰都要規規矩矩的。」

「報告長官，我盡力而爲。可是今天早晨我打瞌睡的時候，作了一個討厭的夢。我夢見在我住的房子的過道裏有一個洗衣盆往外冒水，冒了一個通宵。過道都是水，結果把房子的天花板給泡起來了，房東立刻叫我搬家。可笑的是，長官，這樣的事確實發生過。在卡爾林，就在鐵路橋的後邊……」

「帥克，我對你說，你最好別再胡說八道了。你看看這張地圖，幫萬尼克找找路線。離開這村子以後，你們貼著右邊走，一直走到一道河。然後你們沿著河走，一直走到第二個村子。從那兒再往前走，在你們右手會遇到一道小河，這河是前邊那道河的支流。從那裏穿過田野，照直往北走，就到了費勒斯丁。一定會找到的，你們都記得住嗎？」

帥克覺得他記得住。於是，他就照這些指示跟萬尼克出發了。

中午剛過去，田野給太陽曬得有氣無力的。埋了士兵屍首的坑上沒覆好土，迎風吹來一股腐爛的臭味。他們現在走到的這個地區，在進攻波里茲密斯爾的時候發生過戰鬥，好幾個營的人都在這裏遭到機關槍的掃射。河邊幾座子叢林裏，可以看到炮火的破壞。一片片的平地或山坡過去都長滿了樹，如今只剩下鋸齒般的樹根子凸在地面下了。這片荒原上，縱橫都是戰壕。

「這兒跟布拉格不大一樣，」帥克說，沉默壓得越來越不好受。過了一會兒，他又說道：「打完仗，這兒的收成準錯不了。他們用不著買什麼骨粉啦。整聯隊的人都在田裏爛掉，對莊稼人是好透了。什麼大糞也比不上這個肥。這叫我想起赫魯布中尉來。他在卡爾林的兵營待過，人人都覺得他有點兒傻，因爲他從來不罵我們，跟我們說話也永遠不動火。有一天我們向他報告說，我們的配給麵包吃不得，隨便哪個軍官聽到我們居然敢抱怨伙食都會對我們大發脾氣的，可是他卻不然。哦，他才不呢。他只把士兵叫來，讓他們圍著他站著，然後儘量客氣地跟他們講話。『首先，』他說，『你們得記住兵營可不是個熟食店，你可以買腌鱔魚、油漬沙丁魚和各種夾心麵包，』他說：『每個士兵應該有足夠的頭腦，懂得毫無怨言地吃他那份配給。』他又說：『你們只要想想，咱們是在作戰哪。那麼，一場戰役打完，你們給埋起來了，不論你們死以前吃什麼樣的麵包，對那塊土地還不都是一樣。』他說：『大地母親反正也是把你們拆開，連人帶皮靴都吃掉的。什麼也糟蹋不了。從你們的骷髏上頭就又長出一片新麥子，那麥子又可以用來給別的士兵製造配給麵包。那些士兵也許跟你們一樣抱怨起來，不同的是，有人會給那些士兵戴上手銬腳鐐，把他們關起來說不定關到哪一天，因爲那個人有權利那麼做。』他還說：『所以我跟你們講清楚了，我希望你們記住，誰也不許再到這兒來抱怨。』」

帥克這時候望了望四周的景物。

「我覺得咱們走錯了路，」帥克說。「盧卡施中尉對咱們講得很清楚。咱們得先上後下，向

左拐完了再向右拐，然後再向右拐，接著再向左拐。可是咱們現在是一直走哪。我看前面是個十字路口，如果您問我走哪邊，我想咱們應當走左邊那條路。」

到了十字路口，補給士萬尼克堅持說，應當走右邊那條路。

「不管怎樣，我反正走左邊這條，」帥克說。「我這條路走起來比您那條舒服。我要沿著這條長了玻璃草的小河走。如果您願意大熱天去逛蕩，就請便吧。我要照盧卡施中尉給咱們指示的走，他說咱們不會走錯的。所以我要穿過田野慢慢地走，一路上採點花兒。」

「帥克，你別犯傻啦，」萬尼克說，「從地圖上你可以看出，應當照我說的走右邊這條路。」

「地圖有時候會錯的，」帥克回答說，他一面朝著山下那條小河走去。「您要是不信我的話，軍士，您要是十足相信自己的想法，那麼咱們只好各奔前程，在費勒斯丁見啦。您看看錶吧，看咱們究竟誰先到。您要是遇到危險，就朝天空放一槍，這樣我好知道您在哪兒。」

下半天，帥克走到一座小池塘，遇到一個逃跑的俄國俘虜正在那兒洗澡。望到帥克，他光著身子就跑了。柳樹底下放著一套俄軍的軍服，帥克很想知道他穿起那套制服來是什麼樣子。於是，他把那個倒楣的光著身子的俘虜那套軍服穿上了——那俘虜是從駐在森林那邊一個村子裏的押送隊上逃出來的。帥克很想在塘水上照照他的尊容。他在塘邊逗留了好半天，結果給搜捕那個逃跑的俄國俘虜的偵察兵發現了。偵察兵是匈牙利人，因此，儘管帥克再抗議，他們還是把他帶到赤魯瓦的兵站去，在那兒把他跟一批俄國俘虜關在一起，派去修理通往波里茲密斯爾的鐵道。

事情發生得是這樣突然，以至帥克第二天才摸清究竟發生了什麼事。一部分俘虜是住在一間學校教室裏，帥克就用一條木炭在牆上寫道——

第九十一聯隊第十一先遣隊連隊傳令兵約塞夫．帥克（原籍布拉格）在此睡覺。他出來是替連隊找宿營的地方，卻在費勒斯丁附近被誤爲奧地利人，被俘虜了。

〈全書終〉

致謝

本書的插畫，係出自於捷克著名畫家的約瑟夫・拉達。他也是哈謝克生平最好的朋友！

國家圖書館出版品預行編目資料

好兵帥克／雅羅斯拉夫．哈謝克／著
-- 二版 -- 新北市：新潮社文化事業有限公司，2021.04
面；　公分
譯自：OSUDY DOBRÉHO VOJÁKA ŠVEJKA ZA SVÉTOVÉ VÁLKY
ISBN 978-986-316-794-5（平裝）

882.457　　110001788

好兵帥克

雅羅斯拉夫．哈謝克／著

【策　劃】林郁
【制　作】天蠍座文創
【出　版】新潮社文化事業有限公司
電話：(02) 8666-5711
傳真：(02) 8666-5833
E-mail：service@xcsbook.com.tw

【總經銷】創智文化有限公司
新北市土城區忠承路 89 號 6F（永寧科技園區）
電話：2268-3469
傳真：2269-6560

印前作業　菩薩蠻、東豪印刷事業有限公司

二　　版　2021 年 04 月